JAN COSTIN WAGNER, Jahrgang 1972, lebt als Schriftsteller und Musiker bei Frankfurt am Main. Seine Romane um den finnischen Ermittler Kimmo Joentaa wurden von der Presse gefeiert, vielfach ausgezeichnet (u. a. Deutscher Krimipreis, Nominierung zum Los Angeles Times Book Prize), in 14 Sprachen übersetzt und mehrfach verfilmt. Sein Roman »Sommer bei Nacht«, der Auftakt der Ben-Neven-Reihe, stieg mit Erscheinen sofort auf Platz 1 der Krimibestenliste ein, »Am roten Strand« war für den Friedrich-Glauser-Preis 2023 nominiert.

»Jan Costin Wagner schreibt psychologische Romane, die auch noch spannende Krimis sind. Kein deutscher Autor kann das so gut wie er. Beneidenswert.«

Matthias Brandt

»Ich bewundere schon lange, wie mühelos er es schafft, mich immer wieder in seine Geschichten hineinzuziehen.«

Bjarne Mädel

JAN COSTIN WAGNER

AM ROTEN STRAND

ROMAN

Rowohlt Taschenbuch Verlag

Veröffentlicht im Rowohlt Taschenbuch Verlag,
Hamburg, September 2023

Lektorat Wolfgang Hörner
Covergestaltung Cordula Schmidt Design, Hamburg,
nach dem Original vom Galiani Verlag,
Design Lisa Neuhalfen
Coverabbildung Mihaela Ninic;
Stelter Photography/Mauritius Images
Satz aus der Minion
Druck und Bindung GGP Media GmbH, Pößneck
ISBN 978-3-499-00872-6

Die Rowohlt Verlage haben sich zu einer nachhaltigen Buchproduktion verpflichtet. Gemeinsam mit unseren Partnern und Lieferanten setzen wir uns für eine klimaneutrale Buchproduktion ein, die den Erwerb von Klimazertifikaten zur Kompensation des CO_2-Ausstoßes einschließt.
www.klimaneutralerverlag.de

FSC www.fsc.org
MIX
Papier | Fördert gute Waldnutzung
FSC® C014496

Für Belinda

And the boy on the moon
got finally in trouble with signings
well … maybe
bringing the night to the people
when they sleep

(girl and the moon)

Eins

And the girl on the sun
was well engaged with a story
of love and pain and hate
stealing the day … let the people dream again

JOSY

Der Sommer ist echt. So unmittelbar, mehr geht nicht. Das ist zumindest ihre Meinung. Josys. Sie ist nach vorn gegangen. Eingestiegen. Losgefahren.

Das Haar hat sie zum Pferdeschwanz gebunden, sie genießt das warme Licht auf der Stirn, die jetzt freiliegt. Die Morgensonne scheint durch die Windschutzscheibe herein, bespielt ihr Gesicht, wie ein Clown, dem Lustiges vorschwebt.

Josy lacht leise. Es ist eher ein Kichern. Josys Kichern. Es ist alles so nah, das Kichern, der Sommer, die Sonne. Die Straße, der Wegesrand, der Motor, der erstirbt, die Stille. Das knallrote Schild, das am Dach prangt, die Buchstaben. HOTEL.

Sie lehnt sich zurück, beginnt zu warten. Wenn alles so ist wie erwartet, wird der Mann gegen acht joggen gehen. Sie will gar nichts von ihm. Vom Mann.

So nennt sie alle Männer. Mann.

Sie will ihm nur dabei zusehen, wie er läuft. Schritt für Schritt.

Sie wartet, ist ganz ruhig. Unbehelligt, die Vereinbarung

gilt, sie ist vorne und bleibt das auch bis auf Weiteres. Sie ist eine gute Beobachterin. Deshalb sieht sie ihn sofort, als er aus dem Hotel tritt und eine kurze Dehnübung macht neben dem Parkplatz, auf dem vorwiegend Luxuskarossen stehen. Dann läuft er los. Ritual. Der Mann ist noch immer recht fit, recht gut anzusehen, obwohl er in die Jahre gekommen ist.

Im Gegensatz zu Josy, Josy bleibt immer jung.

Sie will nichts von dem Mann, sie wollte nur sehen, ob er wirklich gekommen ist. Und ob er tut, was er immer getan hat.

Sie startet den Wagen, wendet, kehrt zu den anderen zurück, ins Glashaus.

LANDMANN

In der Nacht vor der Beerdigung träumt er, dass Barbara zurückgekehrt ist. Zurückgekehrt, als Vermisste. Er ist der leitende Ermittler in dem Fall. Er ist damit beauftragt, Barbara zu suchen. Sie ist weg und doch wieder da. Er empfindet es, im Traum, als eine gute Wendung.

Barbara ist nicht mehr tot, nur noch verschwunden.

Aber er findet sie nicht. Er begeht eine leer stehende Wohnung. Das Licht ist beige. Nostalgie. Bereits im Traum beginnt er zu begreifen, dass es nicht stimmt, dass es nicht echt ist.

Er führt Gespräche mit Schatten, die Barbara gesehen haben. Die Schatten sagen ihm, wo sie ist, aber er kann die Worte nicht greifen, sie erreichen ihn nicht, verpuffen. Dann ist er an einem Strand, der von Gestrüpp überwuchert ist. Er läuft, dann öffnet sich der Blick, er hört Wellen rauschen. Sie ist hier irgendwo, aber er begreift, dass er ihr nicht begegnen wird. Es ist nur ein Bild. Er kann sich in dem Bild bewegen, aber das Bild lebt nicht.

Dann steht er an einer Weggabelung. Zwei Straßenschilder über ihm, im 90-Grad-Winkel zueinander. Das Beige hat sich zusehends verdunkelt. Es ist nicht der Abend, der sich ankündigt, es ist das Ende des Traums, das näher rückt.

Dann ist das Ende da, die Szenerie zerfließt, und er schlägt die Augen auf, weinend.

BEN

Svea trinkt Kaffee, Marlene isst Cornflakes, Ben sitzt den beiden gegenüber, schweigend. Weil er die Worte noch nicht gefunden hat, die Marlenes Frage beantworten könnten.

»Wie war sie so?«, hat sie gefragt. Marlene meint Barbara, Landmanns Tochter, die heute beerdigt werden wird.

»Ich habe sie gar nicht so häufig getroffen«, sagt Ben. »Aber sie war … ja, einfach sehr nett. Sehr …« Das nächste Wort schluckt er herunter.

Marlene sieht ihn fragend an.

Lebensfroh, das ist das Wort, das ihm auf den Lippen gelegen hat. Nein, denkt er. Das wird er nicht aussprechen. Obwohl es stimmt. Aber es würde Marlene verwirren. Es passt nicht mehr zu Landmanns Tochter, von der Marlene inzwischen weiß, dass sie sich das Leben genommen hat.

Woher weiß sie das eigentlich? Er hat es ihr nicht explizit gesagt. Svea auch nicht. Offenbar hat es Marlene zwischen den Zeilen lesen können, hat es ertastet, erspürt, in den Pausen, die entstanden sind, wenn er in den vergangenen Tagen und Wochen mit Landmann telefoniert hat.

»Ja, sie war nett. Liebenswert. Klug, so wie Landmann.«

Marlene nickt. Sie kennt Landmann ein wenig, manchmal sind sie dort gewesen, Svea, Marlene und er selbst. Zuletzt waren sie gemeinsam vor etwa einem Jahr da, im Sommer, Marlene ist im See geschwommen, der direkt an den großen Garten des Hauses grenzt, in dem Landmann lebt.

Landmann, denkt er. Sein ewiger Mentor, wie Svea gerne sagt, augenzwinkernd. Die Zeit, in der er mit Landmann hat zusammenarbeiten dürfen, war seine beste, und Svea hat ja recht. Er hat auf Landmann nie verzichten können, hat ihn hinzugezogen zu Ermittlungen, wenn er nicht weiterwusste. Aber jetzt fällt Landmann aus. Jetzt ist er es, der Landmann wird helfen müssen.

»Ich mag ihn«, sagt Marlene.

»Hm?«

»Herrn Landmann. Er ist wie so ein alter, weiser Mann. Einer, der alles weiß.«

Ben lächelt. Und dann denkt er, dass es nicht stimmt. Landmann weiß nicht alles. Es gibt Dinge, die Landmann nie wissen wird. Zum Beispiel über seine verstorbene Tochter, Barbara. Und über ihn. Ben.

Ben nickt.

»Ein Alleswisser«, sagt Marlene. Dann trübt sich ihr Blick

ein. Jetzt sieht sie nachdenklich aus. Sie legt den Zeigefinger an die Lippen, kneift die Augen zusammen, posiert.

Svea lacht. »Marlene, du siehst aus wie eine sehr gelehrte Professorin. Was denkst du?«

Marlene lächelt, löst sich aus der Pose, und Ben ahnt, was sie denkt, und fragt sich, woraus seine elfjährige Tochter diese Erkenntnis schöpft.

»Ich dachte nur gerade«, sagt Marlene. »Dass es so was ja nicht gibt. Also, so jemanden gibt es ja nicht. So einen Alleswisser.«

ANNE

Anne erwacht aus einem tiefen, traumlosen Schlaf. Seit einigen Wochen schläft sie so. So … gut. Sie hebt den Blick. Christian sitzt gegen das Bettgestell gelehnt, blättert in Unterlagen. Er wendet sich ihr zu. »Guten Morgen«, sagt er.

»Morgen«, sagt sie. Sie spürt ein Lächeln auf ihren Lippen.

»Alles gut?«, fragt Christian.

»Ja. Klar.«

»Du siehst aus … als würdest du mich auslachen.«

»Nein«, sagt sie.

»Na dann«, sagt Christian. Auch er lächelt.

Wie in einem Film, denkt Anne. Vermutlich hätte sie früher sogar gesagt: *wie in einem schlechten Film.* Das hätte sie einfach so dahingesagt. Was hätte das anderes sein sollen, wenn nicht ein schlechter Film? Die Vorstellung, dass es ihr gut gehen könnte. Dass sie jemanden in ihrer Nähe haben könnte, der … ihr wirklich nah ist. Und um das Klischee auf die Spitze zu treiben …

»Also, ich denke, dass du mich komisch ansiehst«, sagt Christian.

… um das Klischee auf die Spitze zu treiben, das Beste daran … sie haben nicht mal Sex. Nicht mal dran gedacht. Zumindest sie nicht.

»Tja«, murmelt sie.

»Hm?«, fragt Christian.

»Zumindest ich nicht«, sagt sie. »Und du?«

»Bitte?«, fragt er.

Sie lacht. Wenn sie raten müsste, würde sie sagen, dass er tatsächlich nichts von ihr will. Dass er tatsächlich nichts vorbereitet, keine plötzliche Wendung. Platonische Freundschaft. Reden, schweigen. Gemeinsam einschlafen, Seite an Seite.

»Was liest du?«, fragt sie.

Er zögert. Sie weiß, was er liest. Christian, der Polizist, ermittelt. In ihrem Fall. Im weitesten Sinne. Lange Zurückliegendes wird ausgewertet. Ein monströses Geschehen, auf weißes Papier gebannt.

Christian legt die Akte auf dem Nachttisch ab. »Ich muss ein paar Sachen vorbereiten«, sagt er. »Für zwei Vernehmungen heute.«

Sie nickt.

Und ja, so etwas gibt es wirklich, denkt sie. Vielleicht.

So eine Freundschaft, wie im schlechten Film, die einfach nur aus Zuneigung gemacht ist und nicht an Bedingungen geknüpft.

Die Szenerie ist gleißend hell, während er zum Friedhof fährt. Svea ist zu Hause geblieben, um sich um Marlene zu kümmern. Es ist gut so, denkt Ben. Er hat gespürt, dass es ihr schwergefallen wäre, mitzukommen. Wer geht schon gerne zu Beerdigungen. Beschreitet letzte Wege, mit Menschen, die noch nicht so weit sind.

Ben hat gesagt, dass sie bei Marlene bleiben solle, Landmann werde das sicher verstehen. Svea hat gezögert. Dann hat sie genickt, erleichtert.

Sie hat Barbara, Landmanns Tochter, kaum gekannt. Sind sie sich überhaupt je begegnet? Ja, doch, mindestens das eine Mal, im Sommer vor einigen Jahren, als Barbara zu Besuch in Wiesbaden war. Grillparty bei Landmann. Marlene … eine damals noch sehr kleine Marlene … ist am Ufer des Sees, in dem großen Garten, mit Mädchen aus Landmanns Nachbarschaft herumgerannt.

Auch Ben hat Barbara eigentlich kaum gekannt. Aber er hat immer gewusst, wie nah Landmann und sie sich standen. Sie waren doch wirklich … Vater und Tochter … wie aus dem Bilderbuch. Er schließt die Augen. Erinnert sich an den Anruf, vor einigen Wochen. Er war es, der Landmann angerufen hat. In der Hoffnung, dass Landmann ihm bei einer Ermittlung werde helfen können. In diesem Fall, der ihn sehr beschäftigt hat. Kindesentführung. Zwei Jungen. Landmanns Stimme ist weit weg gewesen. In einem anderen Land. *Du kennst ja Barbara,* Landmanns Worte.

Ja, sicher, hat Ben entgegnet. *Deine Tochter.*

Sie ist tot. Und dann: *Ich werde hier eine Weile bleiben müssen. Da, wo Barbara gelebt hat.*

Ben hat keine Worte gefunden. Hat nur gedacht, dass er Barbara gemocht hat und dass Landmann ihm nicht wird helfen können, in seinem wichtigsten Fall.

Er ist da. Angekommen, lässt den Wagen ausrollen, parkt auf einer freien Fläche vor dem von hohen Bäumen umsäumten Friedhof. Dunkel gekleidete Menschen sind auf dem Weg zu den Gräbern. Große, kleine. Sie bewegen sich wie in Zeitlupe. Der Blick eines Jungen streift Ben. Ein schlanker Junge, ganz in Schwarz, er geht an der Hand einer Frau. Vermutlich die Mutter.

Ben sieht den beiden nach. Fokussiert den Jungen. Betrachtet seinen Nacken, seine kurz geschorenen Haare. Verspürt Lust. Vage, klebrig, sie wabert an den Beinen entlang. Er würgt sie ab, indem er aussteigt.

CHRISTIAN

Eine Weile wartet Christian Sandner auf Bens Ankunft, dann fällt ihm ein, dass Ben heute später ins Büro kommen wird. Er ist bei der Beerdigung der Tochter eines langjährigen Kollegen, Landmann. Christian kennt Landmann nur aus Bens Erzählungen, er stieß zum Dezernat für Delikte am Menschen erst, nachdem Landmann, der *Mathematiker,* wie Ben ihn gerne nennt, in den Ruhestand gegangen war.

Er denkt an die beiden. An Ben. An Landmann. Den er nicht kennt, der ihm aber schon seit Tagen nicht aus dem Kopf geht. Landmann hat seine Tochter verloren. Mit der er, wie Ben gesagt hat, ein so gutes Verhältnis hatte.

Der Gedanke verliert sich, formiert sich neu, steuert ein anderes Ziel an: Ben. Seit einigen Wochen ist Christian bewusst, dass er mit ihm wird sprechen müssen. Er hat noch nicht anknüpfen können, hat noch keinen Weg gefunden, den er begehen könnte. Er weiß nur, dass sie sprechen müssen, irgendwann. Denn Ben hat vor seinen Augen einen Menschen erschossen.

Die interne Ermittlung ist noch nicht abgeschlossen, aber es wird vermutlich nicht mehr lange dauern. Er, Christian, hat gesagt, was zu sagen war. Vor allem hat er verschwiegen, was er nicht in Worte hat fassen können.

Er senkt den Blick auf die Akte, die er schon heute früh studiert hat. Er hat Anne nicht gesagt, dass ihn diese Akte besonders beschäftigt, sie behandelt ein Verbrechen, das lange zurückliegt. Und Anne kommt auch darin vor. Eine neunjährige Anne, die Opfer wurde. Die Akte erzählt nicht die Geschichte, sie listet nur Fakten auf. Anne Gärtner ist einer von vielen Namen. Genau genommen sind es 24.

24 Namen. 24 Kinder, drei Männer. Die Männer stehen im Verdacht, die Kinder sexuell missbraucht und den Missbrauch gefilmt zu haben. Das Ganze hat mindestens vierzehn Jahre lang angedauert. Das Netzwerk, das an dem Missbrauch durch den Konsum von Filmen und Fotos partizipiert hat, umfasst, Stand heute, 51 Personen. Das alles sind vorläufige Zahlen, da es sich um eine laufende Ermittlung handelt. Haupttäter und treibende Kraft scheint

ein Mann namens Anton Holdner gewesen zu sein, der seit einigen Wochen in Untersuchungshaft sitzt. Ein Hausverwalter und Bewohner eines Campingplatzes am Rand der Stadt. Christians Blick streift den Namen des Campingplatzes, der in der Akte mehrfach vorkommt.

Am roten Strand – Seeblickcamping.

Die Worte verschwimmen vor Christians Augen. In seinem Rücken hört er Schritte, die er sofort zuordnen kann.

»Guten Morgen, Christian«, sagt sein Kollege, Mark Lederer.

»Morgen, Mark«, sagt Christian.

Lederer setzt sich an seinen Schreibtisch. Sie sitzen zu zweit in dem weiten Großraumbüro. »Bist du gerade erst gekommen?«, fragt Christian.

Lederer hebt den Blick. »Hm?«

»Bist du heute etwas später gekommen?«

»Ach so. Nein, ich hatte unten einen Kaffee getrunken. Pause gemacht«, sagt Lederer.

Christian Sandner nickt. Er lächelt unwillkürlich. Natürlich, denkt er. Lederer ist immer als Erster da. Es beruhigt ihn, lässt ihn ahnen, dass alles in Ordnung kommen könnte, gibt ihm einen kleinen Schub, ein wenig Kraft, weiterzulesen. *Anne Gärtner, neun Jahre alt.* Inzwischen ist sie Mitte zwanzig. Ihm geht die Frage durch den Kopf, ob Anne unter anderen Umständen weiter geschwiegen hätte, immer weiter, ob sie das Geheimnis ihres Leids mit ins Grab genommen hätte.

Der Gedanke verliert sich, vielleicht, weil er sich nicht vorstellen kann, dass sie stirbt. Sie ist gerade erst in sein Leben getreten. Mit Wucht. Er liebt sie, von ganzem Herzen. Einfach dafür, dass sie da ist. Dass sie existiert.

»Schwierige Lektüre«, murmelt Lederer.

Christian wendet sich ihm zu, sucht seinen Blick. Lederer studiert dieselbe Akte, dieselben Namen, Daten.

»Ja«, sagt Christian.

Er denkt an Landmann, Bens langjährigen Vorgesetzten, den Mathematiker. Vielleicht hätte Landmann etwas herauslesen können aus diesen Zahlen, aber Landmann hat anderes zu tun.

Christians Gedanken verweilen bei dem Mann, den er nur aus Bens Erzählungen kennt und der so allein sein muss an diesem Tag, in diesem Moment.

Christian kann es gut verstehen, weil er weiß, wie es ist, wenn der wichtige Mensch zu fehlen beginnt. Und weil er weiß, wie es ist, wenn der wichtige Mensch plötzlich im Leben steht. Er denkt an Landmann, stellt ihn sich vor. Sieht ihn im Grünen stehen, in der Sonne, am Grab.

Dann, zu seiner eigenen Verwirrung, formuliert er in Gedanken eine Art Gebet, ungläubig und in religiösen Dingen unbedarft, wie er ist.

Gib Landmann Kraft, denkt Christian, ohne zu wissen, an welchen Gott er sich mit dieser Bitte wendet.

LANDMANN

Kraft, denkt Landmann. Fremdes Wort, fremder Gedanke. Die Kraft ist weg. Jetzt, da sie weg ist, spürt er, dass er sie besessen hat. Diese Kraft zu leben. Das Leben anzunehmen, es zu genießen, ohne sich wirklich bewusst zu machen, was es bedeutet. Auf diesem Planeten zu wandeln, mit den anderen. Gemeinsam mit all den anderen haltlosen Menschenwesen.

Vage nimmt er wahr, dass Ben vorübergeht, mit gesenktem Kopf, in einiger Entfernung. Die Menschen versammeln sich, suchen ihre Plätze. Die Sonne bescheint den Vorplatz der kleinen Kapelle, in der die Pfarrerin gleich über Barbara sprechen wird. Es werden vorformulierte Worte sein, die er bereits kennt, denn er hat sie niedergeschrieben und der Pfarrerin den Zettel in die Hand gedrückt. Das sei alles, hat er gesagt. Alles, was an diesem Tag zu sagen sein werde.

Natürlich stimmt das nicht. Es wäre viel mehr. Ein vielstimmiger Chor sollte es sein, der eine lange Reihe von Worten anstimmt. Er hebt unwillkürlich den Blick. Sucht die Fläche ab, die Gesichter, die seinen Blick meiden.

Wo sind Barbaras Freundinnen? Sind sie gekommen? Angereist, aus der Ferne, aus der Stadt, in der Barbara ihr Leben beendet hat? Aus freien Stücken? Sagt man so?

Er hat eine Nachricht für Barbaras Freundinnen auf einem Anrufbeantworter hinterlassen und sich gefragt, ob diese Nachricht einen Empfänger finden wird. Die WG, in der Barbara gelebt hat, hat in jedem Fall noch so etwas, einen Anrufbeantworter. Vielleicht werden sie also wirklich kommen. Zumindest einige von ihnen. Einige von Barbaras Freundinnen.

Waren es eigentlich Freundinnen? Landmann weiß es nicht. Er weiß nicht, wem Barbara wirklich nahgestanden hat, in den Tagen, Wochen, Monaten vor ihrem Tod. Sie haben nur selten telefoniert. Es gab keinen

Grund dafür, es war einfach so, dass Barbara auf seine Versuche, Kontakt aufzunehmen, ein wenig seltener eingegangen ist.

Er hat sich gar nichts dabei gedacht. Er ist nicht im Ansatz auf die Idee gekommen, dass daran etwas merkwürdig sein könnte. Warum auch? Warum sollte ein lebensfroher Mensch wie Barbara plötzlich nicht mehr lebensfroh sein? Das ergibt keinen Sinn. So funktionieren Gleichungen nicht.

Wie eine Gleichung, die aufgeht, funktioniert die Beerdigung, das weiß er schon jetzt, denn er hat alles in die Wege geleitet. Hat, als schließlich die Obduktion abgeschlossen und die Leiche freigegeben war, die Bestattung ebenso akribisch geplant wie den anschließenden Ausklang in einem nahe gelegenen Café.

Er hat alle angeschrieben, hat sorgfältig recherchiert. Namen, Adressen, Freunde, Verwandte. Die meisten sind gekommen. Hat er vergessen zu erwähnen, dass er sie nicht sehen will? Dass er allen nur Bescheid gibt, um die Form zu wahren?

Ja, doch, das zu erwähnen hat er vergessen.

Jetzt sind sie da, sogar seine Schwester, Margot, mit ihrem Ehemann, Thomas. Beide kennt er kaum, Margot hat er zuletzt vor Jahren gesehen, aber jetzt werden sie neben ihm in der ersten Reihe sitzen. Auch einige der Nachbarn, die er angeschrieben hat, sind da.

Von den ehemaligen Kollegen nur einer: Ben.

Und dahinten sind tatsächlich die jungen Frauen, mit denen Barbara in einer WG gelebt und studiert hat. Schauspiel, aber sie wollte etwas anderes machen, das hat sie ihm gesagt, einige Zeit vor ihrem Tod. Sie wolle sich *neu orientieren.* Hat sie gesagt.

Landmann betrachtet die Frauen, lässt sie nicht aus den Augen. Eine von ihnen, Lisa, wenn er sich richtig erinnert, löst sich aus der Gruppe und kommt auf ihn zu.

»Herr Landmann.«

Sie reicht ihm die Hand. Sonnenlicht flackert, flimmert, flüchtig, tanzt vor seinen Augen.

»Ich werde ein paar Worte sagen«, sagt die Frau. Lisa. »Sie hatten ja … eine Nachricht aufgesprochen und gesagt, dass wir, wenn wir wollen, etwas sagen sollten. Dass das schön wäre …«

Hat er das gesagt? Ja, doch. Er nickt.

»Nicht lange«, sagt sie. »Ein paar Minuten.«

Ein paar Minuten, denkt er.

Sie sieht ihn fragend an.

»Möchten Sie das immer noch?«, fragt Lisa. Vermutlich Barbaras beste Freundin.

»Ja. Natürlich. Es freut mich«, sagt er.

Sie lächelt.

»Dann werde ich auf ein Signal der Pfarrerin warten.«

Landmann nickt. Die Pfarrerin steht aufrecht vor der Kapelle. Ihr Blick ist offen, sympathisch.

Lisa, Barbaras Freundin, die einige Worte sagen wird, lächelt traurig.

Die Kraft ist weg, denkt Landmann. Er findet weder den Impuls, das Lächeln zu erwidern, noch wird er zuhören können, wenn Lisa über Barbara spricht. Seine Kraft reicht nicht, nicht einmal für ein paar Minuten.

Der Verhörraum ist grün und grau. Dass es so ist, wird ihm zum ersten Mal wirklich bewusst, obwohl er es seit Langem weiß. Er hat häufig hier Gespräche geführt, einem bestimmten Schema folgend, eine bestimmte Rolle ausfüllend. Früher hat er sich selbst in der Rolle wahrgenommen, heute nimmt er den Raum wahr. Grau und grün.

Der Mann, der ihm gegenübersitzt, ist … einfach das. Ein Mann. Irgendeiner. Er trägt ein weißes Hemd, ein blaues Sakko, Jeans. Repräsentant eines lässigen Unternehmertums. 49 Jahre alt.

Der Mann hat sich so angezogen, am frühen Morgen, weil er davon ausgegangen ist, einen dieser normalen Tage zu verleben. Im Büro des Unternehmens, in dem er arbeitet und das mit einer Software die Digitalisierung des Standorts Deutschland vorantreibt. So steht es in der Broschüre, die Christian überflogen hat, sie ist Teil der Akte.

»Ja«, sagt Christian Sandner. Betrachtet die aufgeschlagene Akte, die vor ihm liegt. Er weiß, was darinsteht. Hebt den Blick, sucht das Gesicht des Mannes.

»Herr Göbel«, sagt er.

Der Mann nickt.

»Jens Göbel.«

»Richtig.«

Richtig, denkt Christian. »Herr Göbel, Sie haben mitgeteilt, auf die Anwesenheit eines Anwalts verzichten zu wollen.«

»Das trifft zu«, sagt Göbel. »Ich habe gar keinen Anwalt. Wozu?«

»Sie wissen …« Christian sucht den Blick des Mannes, findet ihn. »Sie wissen, warum Sie hier sind?«

Der Mann schweigt. Christian wartet.

»Nein«, sagt der Mann.

»Aber die Kollegen, die Sie heute früh aufgesucht haben, haben Sie darauf hingewiesen, dass Ihnen der Besitz von kinderpornografischen Schriften sowie die Beteiligung an einem mehrfachen Missbrauch im Juni vor vierzehn Jahren zur Last gelegt werden.«

Christian betrachtet den Mann.

Der Mann schweigt. Sucht nach Worten. »Ich verstehe nichts davon«, sagt er.

»Was genau verstehen Sie nicht?«

»Vor vierzehn Jahren. Machen Sie Witze? Das ist eine Ewigkeit her. Wäre das überhaupt noch … es ist ohnehin nie passiert.«

Eine Ewigkeit, denkt Christian. Anne war damals neun. Ihr Name steht da, schwarz auf weiß. Sie ist eines der Kinder, die vor einer Ewigkeit, wie Herr Göbel es nennt, im Wohnwagen des Haupttäters, Holdner, vergewaltigt wurden. Von Holdner, dem Hausverwalter, Göbel, dem Unternehmer, und, Stand jetzt, einem weiteren Mann, der noch nicht ermittelt werden konnte.

»Wie ist die Bekanntschaft zwischen Ihnen und Herrn Anton Holdner entstanden? Wie kam es dazu?«

»Gar nicht«, sagt Göbel. »Ich kenne keinen Holdner.«

»Wir haben Chatverläufe, die das Gegenteil belegen. Diese Chatverläufe sind aktuell, wenige Monate alt. Sie sind also bis in die Gegenwart hinein weiter beteiligt gewesen, zumindest am Austausch kinderpornografischer Schriften, vermutlich auch unmittelbar am Missbrauch.«

Göbel schweigt.

»Wir haben Sie auf Basis eines IP-Adressen-Abgleichs in dem Forum als *Quietsch30* identifiziert«, sagt Christian.

»Das kann nicht zutreffen«, sagt Göbel.

»Sie sprachen in einem der Chats davon, dass Sie die Tochter Ihrer Halbschwester hart rannehmen wollen.«

Göbel schweigt.

»Sie weisen darauf hin, dass es kleine Mädchen so brauchen. Dass es ihnen Freude macht.«

»Nein«, sagt Göbel.

»Die Tochter Ihrer Halbschwester ist fünf Jahre alt.«

»Das ist nicht richtig. Fragen Sie sie doch. Ich habe sie niemals angefasst.«

»Sie sagen also, dass Sie es sich nur vorgestellt haben? Fantasien sind ja erlaubt.«

»Ich habe gar nichts. Ich bin nicht dieser …«

»Quietsch30.«

»Ja. Was ist das für ein schwachsinniger Name?«

»Wenn Sie nicht Quietsch30 sind, wie kann es dann sein, dass Quietsch30, ebenso wie Sie, eine Halbschwester hat, deren Tochter fünf Jahre alt ist?«

»Zufall«, sagt Göbel.

Christian schweigt. Er denkt an Anne. Vielleicht wird Sie diesen Mann als einen derjenigen, die sie vor vielen Jahren vergewaltigt haben, identifizieren müssen. Obwohl das Videomaterial, das sie im Wohnwagen von Holdner gefunden haben, ausreichen sollte. Aber der Göbel, der auf diesen Aufnahmen zu sehen ist, ist vierzehn Jahre jünger, und die Aufnahme ist häufig ein wenig verwackelt, sobald sein Gesicht ins Bild kommt.

Christian beschließt, eine Pause einzulegen. Er steht auf, wendet sich ab. »In einem Punkt haben Sie recht, Herr Göbel«, sagt er.

Göbel hebt den Blick.

»Quietsch30 ist tatsächlich ein schwachsinniger Name.«

BEN

Nach der Beerdigung folgt Ben der Trauergesellschaft in das Café, in dem die Nachbetrachtung stattfindet. Das Wort spukt für eine Weile durch seine Gedanken, bis ihm bewusst wird, dass es merkwürdig ist. Falsch, unpassend. Vielleicht ist es ein Wort, das eher ihm selbst gilt, denn er befindet sich seit Wochen in einer Art Nachbetrachtung.

Seitdem er einen Menschen erschossen hat, den Entführer eines kleinen Jungen, Jannis. Am Abend steht ein weiterer Termin mit der Leiterin der internen Ermittlung an, ein weiterer Baustein in der Nachbetrachtung. Es ist tatsächlich eine *interne Ermittlung*, eine polizeiliche und eine, die er selbst durchführt.

Aber jetzt flutet die Sonne das weitläufige Café, Schatten tanzen an den Wänden. Auf einem Tisch stehen gelbe und rosa Kuchen bereit. Pfirsich und Himbeere. Weiße Tassen, weiße Kaffeekannen. Ben sucht den Raum ab, findet

Landmann, er sitzt an einem Tisch am Rand, neben seiner Schwester, Margot.

Ben weiß wenig über Margot, Landmann hat ihm vor Jahren mal Fotos aus der Kindheit gezeigt und gesagt, dass er mit Margot im Erwachsenenleben kaum noch Kontakt gehabt hat. *Ich denke, wir sind sehr verschieden,* hat er gesagt, ohne näher darauf einzugehen, inwiefern. In jedem Fall bedeutet es, dass Margot weder Polizistin noch Mathematikerin gewesen ist.

Kindheit. Erwachsenenleben. Ben erinnert sich daran, dass er sich ein wenig darüber gewundert hat, damals, als Landmann ihm die Fotos gezeigt hat. Landmann als Kind, schwarz und weiß, in Badehose, lachend.

Jetzt sitzen die beiden Geschwister Seite an Seite, flankiert von einem Mann, vermutlich Margots Ehemann, dessen Blick verschlossen ist. Landmann führt eine weiße Tasse zum Mund.

An einem Tisch, einige Meter entfernt, sitzen jüngere Frauen im Alter von Barbara, sicher Freundinnen. Mitstudentinnen. Sie sind in ein Gespräch vertieft, einige lachen leise, suchen einen gangbaren Weg, balancieren zwischen der Traurigkeit und der Sonne, die den Raum flutet.

Ben steht für eine Weile unschlüssig, dann gibt er sich einen Ruck und nähert sich dem Tisch, an dem Landmann und seine Schwester sitzen.

»Ben«, sagt Landmann.

Ben nickt.

»Komm, setz dich«, sagt Landmann.

Ben setzt sich Landmann gegenüber. »Ben Neven«, sagt

er, reicht der Schwester die Hand. »Ein Kollege … wir haben zusammengearbeitet.«

Die Schwester nickt, erwidert den Händedruck. Ben nickt auch dem Ehemann zu.

»Es war ganz anders, als ich gedacht habe«, sagt Landmann.

Ben sieht ihn fragend an.

»Es waren viel mehr Menschen da. Und ich war überrascht, dass Barbaras Lehrerin aus der Grundschule gesprochen hat. Und der Junge, der mit ihr im Turnverein gewesen ist. Daniel. Erst als er gesprochen hat, habe ich mich daran erinnert, dass die beiden mal zusammen gewesen sind … in der zehnten oder elften Klasse.«

Ben nickt.

»Jetzt weiß ich es wieder. Barbara hat damals Schluss gemacht. Wir haben abends zusammengesessen, und sie hat mir erzählt, dass der Junge, Daniel, zu viel zu schnell wollte. Er hat davon gesprochen, dass sie heiraten und Kinder haben und so weiter …« Landmann lächelt.

»Das kann ich verstehen«, sagt Ben.

»Hm?«

»Dass Barbara das zu schnell ging, kann ich verstehen«, sagt Ben.

»Ja, allerdings. Aber trotzdem … ich frage mich, was gewesen wäre … sie hätten ja zusammenbleiben können. Zumindest für eine Weile. Dann wäre alles anders gekommen.«

Ben schweigt.

»Weißt du, ich erinnere mich sogar daran, dass ich Barbara zugeraten habe, den Jungen zu verlassen. Diesen

Daniel, den sie aus dem Turnverein kannte. Ich fand ihn ein wenig eigenartig. Er hat Gedichte für sie geschrieben. Eigentlich schön, aber es hat mich auch in Sorge versetzt. Ich kann dir gar nicht erklären, warum.«

»Es ist etwas ungewöhnlich«, sagt Ben.

»Vielleicht habe ich dazu beigetragen, dass Barbara diesen Jungen verlassen hat und dass ihr plötzlich die Idee kam, Schauspiel zu studieren, am anderen Ende des Landes. Ich habe ihr sogar nach der Schule ein anderes Studium ausgeredet. Sie wollte eigentlich hier was mit Musik machen. Das war mir zu vage, habe ich ihr ausgeredet.«

»Das wusste ich nicht«, sagt Ben.

»Hätte ich das nicht getan, wäre sie geblieben. Alles wäre anders gekommen.«

Ben zögert. »Ich weiß nicht«, sagt er.

»Eine Variable zu verändern bedeutet, das Resultat zu verändern«, sagt Landmann.

Ben schweigt.

»Ich war wirklich überrascht«, sagt Landmann. »Dass so viele da waren, dass es so schön war, so sonnig.« Er betrachtet das Stück Kuchen, das vor ihm auf einem weißen Teller liegt. Er nimmt die Gabel, isst ein Stück.

»Sogar der Kuchen schmeckt nach Sommer«, sagt Landmann.

CHRISTIAN

Christian hat sich gerade einen Platz im hintersten Winkel der Cafeteria ausgesucht und nippt an seinem Kaffee, als er Lederer sieht. Lederer ist in Aufregung, das sieht Christian sofort.

»Was ist?«, fragt er.

»Wir haben was gefunden. In einer Kleingartenanlage.«

»Was?«

»Eine Gartenlaube. In einer Kleingartenanlage bei Hofheim.«

»Okay.«

»Ein Treffer der IT-Ermittler. Eigentümer der Laube ist ein Torsten Dahms.«

Christian nickt.

»32 Jahre alt. IT-Experte, arbeitet bei einem Telekommunikationsunternehmen.«

32 Jahre alt. Zu jung, denkt Christian unwillkürlich. Zu jung, als dass er dabei gewesen sein könnte bei dem, was Anne angetan wurde, vor einer Reihe von Jahren. Oder?

»Wie es aussieht, könnte das unser Administrator sein«, sagt Lederer.

Christian kneift die Augen zusammen.

»Holdner hat bis heute darüber geschwiegen, wer vor zwei Jahren die Plattform aktualisiert ins Darknet gestellt und verwaltet hat. Vielleicht haben wir mit Dahms unseren Mann gefunden.«

»Okay. Worauf stützen wir das?«

»Auf die Gartenlaube«, sagt Lederer. »Darin befindet sich ein Serverraum, aufwendig ausgestattet, die Kriminaltechniker sind schon da.«

»Okay.«

»Dahms ist zu Hause. Ich habe Malvi gesagt, dass wir gleich hinfahren.«

»Gut«, sagt Christian. Gartenlaube … Serverraum … er denkt an Göbel, dessen Vernehmung er eigentlich gleich fortsetzen wollte.

»Torsten Dahms«, sagt Lederer. »32 Jahre alt, verheiratet, Familienvater. Das Ehepaar Dahms hat zwei sechsjährige Töchter. Zwillinge.«

Christian betrachtet Lederer. Der Brechreiz, den er verspürt, ist vage, ein Pochen in der Speiseröhre. Er atmet es weg.

»Ich rufe Ben an«, sagt Lederer. »Wir fahren in zehn Minuten, ja?«

Christian nickt. Er sieht Lederer nach, der zielstrebig läuft, während er schon Bens Nummer anwählt. Christian bleibt noch für eine Weile sitzen. Namen gehen ihm durch den Kopf, sie kristallisieren sich heraus, verschwinden, sind ohnehin nichts als Spekulation.

Wie nennen Eltern ihre Kinder heute? Vor allem, auf welche Namen fällt die Wahl, wenn es Zwillinge sind? Er weiß es nicht. Er weiß nicht einmal, welche Namen er selbst in Betracht ziehen würde. Wenn er Kinder hätte. Der Gedanke bleibt haften. Wie das wäre, Kinder zu haben. Zwillinge. Nadine und Natalie? Er weiß nicht, ob Anne Kinder haben möchte. Das war noch kein Thema, in den Wochen, die sie miteinander verbracht haben.

Seine Gedanken kreisen um Anne. Um ihr Glück. Er hofft, dass sie einen schönen Tag verbringt. Morgens läuft sie meistens, dann schaut sie Fernsehen. Sie mag Quizsendungen, sagt, dass sie dabei entspannen kann. Das ist gut.

Wusstest du, dass Menschen nicht mehr als 25 vertraute Orte haben, die sie regelmäßig besuchen? hat sie kürzlich gefragt.

Er hat gelacht und verneint. Hat es sich durch den Kopf gehen lassen. 25 vertraute Orte. Ist das viel oder wenig?

Und ist eine Gartenlaube ein vertrauter Ort? Ein Serverraum. Was genau ist das eigentlich?

Forscher der University of London haben das mit den 25 Orten herausgefunden, hat Anne gesagt.

JOSY

Jetzt muss es also schnell gehen. Ereignisse überschlagen sich. Warum nicht? Soll ihr recht sein. Sie sieht merkwürdig klar. Fast, als könnte sie in die Zukunft sehen. Das muss an ihr liegen, an Josy. Sie ist nach vorn getreten, hat Diskussionen eine Absage erteilt. Hat Zustimmung geerntet. Sie sitzt im Café des Squash-Inn für eine Weile etwa zwanzig Meter entfernt von dem Mann, der sich lachend mit einem anderen unterhält, seinem Spielpartner. Dann steht sie auf, läuft mit Schwung, ein wenig die Hüften schwenkend, auf die beiden zu. Stellt dem Mann die Cola light hin. »Haben Sie am Court vergessen«, murmelt sie, schenkt ihm ein Lächeln.

»Oh.«

»Ja.« Sie lacht. Hell.

»Danke«, ruft der Mann noch.

Gern geschehen, denkt sie.

Sie bleibt am Rand des Geschehens sitzen, atmet die Sonne ein und aus. Sie sieht zu, während der Mann aufbricht. Er hat es nicht weit bis nach Hause. Überraschungen warten auf ihn. Sind es eigentlich Überraschungen? Oder hat der Mann immer vor Augen gehabt, dass der Tag kommen wird? Nein, vermutlich nicht. Weil er keine Augen hat. Keine, mit denen er wirklich sehen könnte.

Sie öffnet ihre eigene Cola light, trinkt langsam, Schluck für Schluck.

Gern geschehen, denkt sie noch einmal.

BEN

Lederers Anruf erreicht Ben, als er gerade zu seinem Wagen läuft. Er ist bis zum Schluss geblieben, ist als Letzter gegangen, gemeinsam mit den engsten Familienmitgliedern, mit Landmann, seiner Schwester, deren Ehemann.

Jetzt hört er, was Lederer sagt, und dann durchquert er den Tag. Als würde er die offene See am Steuer eines Motorbootes durchtrennen. Links und rechts brechen die Fassaden weg. Lederer hat in knappen Sätzen die Lage beschrieben. Das Bild, das ihn erwartet. Dahms, Torsten, verheiratet, Kinder. Zwillinge.

Das Haus ist weiß und wird von der Sonne beschienen.

Der Garten akkurat. Verschiedene Farben, fein voneinander abgetrennt. Lederer und Christian sind auch gerade angekommen, stehen vor dem Haus, beraten sich. Malvi und einige der Kriminaltechniker sind, wenn er das richtig verstanden hat, schon seit einer Weile da.

Ben läuft. Hebt den Arm, weil Christian seinen angehoben hat, zum Gruß. Dann ist er bei ihnen. Lederer geht voran. Das ist ungewöhnlich. Er folgt den beiden, Lederer und Christian, und versucht, sich einzustellen, eine Position zu finden. Er denkt an Svea, die heute später Mittelstrecke fliegt, nach Stockholm, morgen Abend wird sie wieder da sein. Er denkt an Marlene, die Freundinnen trifft, sie wollen mit der Mutter einer Freundin ein Picknick machen, am Fluss.

Dann sind sie schon im Haus. Einer der Techniker hat die Tür geöffnet. Ben sucht die Fläche ab, seinen eigenen Entdeckungen ausweichend. Er will nichts finden. Keinen Blick, keine Sache, keine Wesen. Das Erste, was ihm begegnet, ist der Blick eines Kindes. Eines Mädchens. Es sind Zwillinge, das hat Lederer gesagt.

Ben lächelt unwillkürlich. Alles gut. Alles kommt in Ordnung. Der Blick des Mädchens, das an der Treppe steht, ist verschlossen. Hat sich zurückgezogen, Schutz suchend, verinnerlicht.

Er folgt den anderen, läuft an dem Mädchen vorbei, hört gedämpft die Stimme einer Frau. »Geh nach oben zu deiner Schwester, Nele«, sagt die Frau. »Bitte.«

Nele, das ist also eines der Mädchen, einer der Zwillinge. Und die Stimme der Frau, vermutlich die Mutter, die Ehefrau von Torsten Dahms, klingt warm, trotz der Aufregung.

Ben nimmt alles wahr. Wenn die Stimme der Mutter Zuneigung zur Tochter verrät, ist vielleicht nicht alles verloren.

Der Raum öffnet sich, wird weit, die Terrassentür steht offen, der Blick auf den Garten ist malerisch. Für Momente stellt Ben sich vor, dass es wirklich ein Gemälde ist. Ein aufgemalter Garten, an der Wand. Aber Christian ist schon in das Bild hineingetreten, steht auf der Terrasse, spricht einen Mann an, der auf einem weißen Stuhl sitzt. Ben kann die Worte hören, aus der Ferne wabern sie heran.

»Herr Dahms? Torsten Dahms?«, hat Christian gesagt.

Der Mann murmelt etwas.

Jetzt ist auch Ben draußen, auf der Terrasse. Überall Blumen. Alle Farben, fein voneinander abgetrennt. Da ist auch Malvi, der Leiter der Abteilung für Delikte am Menschen, Ben nickt ihm zu.

»Hallo Ben«, sagt Malvi.

Ben gehen unwillkürlich die Worte durch den Kopf, die Malvi gesagt hat, vor einigen Wochen, als alles anfing, als der Junge, Jannis, entführt wurde. Dein Fall, hat Malvi gesagt. *Dein Fall.*

Er nähert sich dem Mann. Dahms. Familienvater. Er sitzt da, den Blick auf den Garten gerichtet. Eine blühende Landschaft, vermutlich von seiner Ehefrau gehegt und gepflegt. Oder denkt Ben jetzt zu einfach, zu konventionell? Vielleicht ist Dahms, der Kinderschänder, ein begnadeter Heimgärtner. Hat den grünen Daumen.

»Sie besitzen eine Parzelle in der Kleingartenanlage am Weiher bei Hofheim«, sagt Christian.

Dahms hebt den Blick. Aber nur ein wenig, er sieht Christian nicht an. Schweigt.

»Zu dem besagten Grundstück haben wir einige Fragen an Sie. Sie werden uns begleiten müssen«, sagt Christian.

Malvi und Lederer stehen im Hintergrund, vor bunten Blumenbeeten.

Ben wendet den Blick ab. Trifft die Augen eines Mädchens. Für Momente denkt er, dass er doppelt sieht. Nein, es sind wirklich zwei Mädchen. Eineiig. Der Mann, Dahms, der Vater dieser Mädchen, richtet sich auf. Er ist groß, sicher einen Meter und neunzig. Etwa so groß wie Christian, sie stehen sich gegenüber, Auge in Auge. Dahms nickt.

»Ich ziehe mich kurz um«, sagt er. »Dann können wir los.«

Dahms läuft ins Haus, in den Schatten, vorbei an seinen Töchtern, ohne sie anzusehen.

LEDERER

Mark Lederer sitzt im Nebenraum, betrachtet den Bildschirm, verfolgt das Verhör. Christian und Ben sitzen auf der einen, Dahms und sein Anwalt, ein schmaler Mann mit auffällig aufrechter Körperhaltung, auf der anderen Seite.

Torsten Dahms. Familienvater. Administrator. Darauf zumindest deutet alles hin.

Christian spricht. »Herr Dahms, Sie kennen Herrn Holdner. Anton Holdner?«

Dahms schweigt.

»Herr Dahms, in der Kleingartenanlage am Weiher besitzen Sie eine Parzelle und ein kleines Gartenhäuschen, richtig?«

Dahms schweigt.

»In diesem Gebäude sind wir auf einen aufwendig mit Computertechnik ausgestatteten Raum gestoßen. Unsere Auswertung dauert noch an, aber bereits jetzt können wir sagen, dass in diesem Raum und mit dieser Technik eine Plattform administriert wurde, die vor sieben Jahren online ging und vor zwei Jahren, mit deutlich größerer Reichweite, neu aufgesetzt wurde. Die Plattform wurde nach der Inhaftierung eines der Initiatoren, Herrn Anton Holdners, aufgedeckt. Sie hat viele Jahre lang pädosexuelle Menschen zusammengeführt und ihnen die Gelegenheit gegeben, Bilder und Videos zu teilen, die den Missbrauch von Kindern zeigen.«

Dahms schweigt, sein Anwalt sitzt regungslos, den Blick auf Christian gerichtet.

»Es ist so, wir ermitteln in diesem Fall in verschiedene Richtungen. Herr Anton Holdner ist, wie Sie sicher wissen, im Zusammenhang mit der Ermordung eines Kindes in Haft genommen worden. Ein anderer Strang dieser Ermittlung befasst sich mit dem Vertrieb und dem Konsum kinderpornografischer Inhalte. Ein dritter Strang befasst sich mit der Herstellung …«

»Ich habe niemanden umgebracht«, sagt Dahms.

»Aber Herr Holdner …«

»Holdner ist ein Schwein«, sagt Dahms.

»Sie kennen ihn also«, sagt Christian.

»Ein Schwein«, murmelt Dahms.

»Hat er Sie dazu überredet, die Plattform ins Darknet zu stellen? Wie haben Sie ihn kennengelernt?«

»Ein Schwein«, sagt Dahms. »Ein Kind zu töten. Ich kann es bis heute nicht glauben, dass er Kinder entführt hat. Ich habe das nicht gewusst. Es war nie die Rede davon.«

»Wie haben Sie ihn kennengelernt?«

»Gar nicht.«

Christian wartet.

»Ich habe ihn nie getroffen. Wir haben nur online kommuniziert. Ich war auf den Chatraum gestoßen, in dem Holdner ... und andere ... Bilder angeboten haben.«

»Sie haben also zunächst Bilder erworben, von Holdner.«

»Ich habe denen gesagt, dass ich das besser kann.«

»Was genau meinen Sie damit?«

»Ich habe denen gesagt, dass ich es besser kann. Dass ich eine viel bessere Sache aufsetzen könnte ... professioneller ... in jeder Hinsicht.«

»Und den Worten haben Sie Taten folgen lassen, nachdem Holdner Ihre Idee positiv aufgenommen hatte?«

Dahms nickt.

»Wie sind Sie überhaupt in Kontakt mit Holdner getreten? Haben Sie Bilder geliefert? Videos? Was haben Sie denn den Menschen, die vor Ihnen schon Mitglieder der Chatgruppe waren, liefern können? Haben Sie selbst etwas gefilmt?«

Dahms hebt den Blick. Zum ersten Mal.

»Herr Dahms wird diese Frage zurzeit nicht beantworten«, sagt der Anwalt.

Dann passieren mehrere Dinge gleichzeitig, Lederer sieht es auf dem Bildschirm, weich grau, wie eine konzertierte Szene in einem Film.

Dahms beginnt zu weinen, schluchzend, wie ein Kind, dieser hünenhafte Mann, seinen Körper auf und ab wiegend. Der Anwalt strafft sich, setzt sich noch aufrechter, Christian lehnt sich zurück, senkt den Kopf, und Ben zuckt zusammen, wie in plötzlichem Erschrecken.

BEN

Am späten Nachmittag wechselt Ben Neven die Seiten. Er ist nicht mehr der mit einer Vernehmung betraute Beamte, sondern derjenige, der vernommen wird. In der Sache »Marko Gerhardt«. So heißt der Mann, den Ben erschossen hat. Um einen Jungen zu retten, den Jungen, den Gerhardt, gemeinsam mit Holdner, entführt hatte. Jannis.

Das ist die ganze Geschichte, denkt Ben. Und heute wird sie abgeschlossen, denn es ist der letzte Termin der internen Ermittlung. Das wurde ihm gegenüber zumindest so kommuniziert. Die Leiterin der internen Ermittlung, Maren Kramer, spricht. Ben konzentriert sich auf Kramers Stimme.

»Vernehmung von Ben Neven, Ermittler im Dezernat Delikte am Menschen, anwesend sind die internen Ermittler Kramer und Bothof (Vernehmungsleiter 1 und 2) sowie Herr Ben Neven.«

Eine Pause tritt ein. Weil Kramer, die interne Ermittlerin, es so möchte. Ben konzentriert sich. Hat unmittelbar wieder die Bilder vor Augen. Den Wald, den Weg, die Sonne, die alles flutet, die ganze Szenerie. Weit entfernt kauert ein Mann am Rand des Wegs vor einem Koffer, und Ben fragt sich …

»Wir knüpfen an die Vernehmung 17-1 an, in der wir den Einsatz fokussiert haben, in dessen Verlauf Herr Marko Gerhardt zu Tode kam«, sagt Maren Kramer.

Ben nickt.

»Schildern Sie noch einmal den Ablauf der Ereignisse, Herr Neven. Beginnend mit Ihrer Ankunft auf der Lichtung.«

Lichtung, denkt Ben. Ja. Ein Wald, ein Weg, eine Lichtung. Das hat ihn überrascht. Sehr überrascht. Dass sich plötzlich dieser Blick eröffnet hat, nachdem sie wie blind durch ein Dickicht gefahren waren, umschlossen von hohen Bäumen.

»Ja«, sagt er. Konzentrier dich, denkt er.

»Herr Neven?«

»Ja. Entschuldigung. Ich war … überrascht, dass sich diese Lichtung auftat. Das kam unerwartet. Dann haben wir, mein Kollege Christian Sandner und ich, den Mann gesehen. Etwa einhundert Meter entfernt, denke ich. Oder fünfzig, fünfundsiebzig. Das ist eine Schätzung. Der Mann saß am Rand des Wegs, im höheren Gras, das die Lichtung umgibt. Neben dem Mann stand ein Koffer.«

Kramer schweigt.

»Es sah aus, als würde dieser Mann, mitten in diesem Nichts, auf einen Bus warten.«

»Sie erkannten in dem Mann den Verdächtigen, Marko Gerhardt?«

»Ich war bei der ersten Vernehmung Gerhardts nicht dabei, aber ja, ich … und wir beide, Christian und ich, wir wussten natürlich, wen wir vor uns hatten. Christian hatte den Mann einige Tage zuvor vernommen.«

»Was haben Sie gemacht?«

»Ich bin ausgestiegen. Meine Gedanken kreisten um den Koffer. Ich habe sofort gewusst, dass in dem Koffer …«

»Ja?«

»Ich wusste sofort, dass in dem Koffer der Junge ist. Dass es um Sekunden gehen könnte.« Und das stimmt auch, denkt Ben. Es ist die reine Wahrheit. »Ich bin raus aus dem Auto und einfach gelaufen. Dann habe ich gesehen, dass neben dem Mann und dem Koffer eine Grube ausgehoben worden war.«

Kramer schweigt.

»Ein Grab. Gerhardt stand kurz davor, den Jungen zu begraben. Zu töten und anschließend zu begraben.«

»Was passierte dann?«

»Ich lief einfach. Es gab keine andere Möglichkeit. Es gab keine Deckung, da war nur der Weg und die Lichtung. Der Mann, Gerhardt, wendete sich mir zu. Er stand zwischen mir und dem Koffer. Zwischen mir und dem Jungen, Jannis, von dem ich wusste, dass er in dem Koffer lag.«

Kramer wartet.

»Er hat einen Schritt auf mich zu gemacht. Hat seine rechte Hand an die Hosentasche gelegt. Als wolle er nach einer Waffe greifen.«

»Er war unbewaffnet«, sagt Maren Kramer.

»Ja, das weiß ich. Jetzt. In dem Moment war ich sicher, dass er nach einer Waffe greift.«

Maren Kramer schweigt. Ben hat die ganze Zeit, vom ersten Gespräch an, das Gefühl gehabt, dass sie alles begreift. Sie erkennt, dass er lügt. Und dass er trotzdem die Wahrheit sagt. Die Wahrheit, die sie, Kramer, hören will.

»Was taten Sie?«, fragt sie.

»Ich schoss. Meine Dienstwaffe hatte ich schon im Anschlag, während ich auf die Szene zulief.«

»Sie schossen. Wie oft?«

»Das weiß ich nicht. Aber in jedem Fall einige Male. Der Mann fiel nicht. Er … blieb einfach stehen … dann fiel er. Ich bin gerannt, über den Mann hinweggerannt. Weil ich zu dem Koffer wollte, in dem der Junge lag. Ich dachte: Er bekommt keine Luft. Christian, mein Kollege, war hinter mir. Ich habe den Koffer geöffnet, den Reißverschluss … und da … das war dieser Moment …«

Ben schließt die Augen. Sein Magen zieht sich zusammen, ein Schmerz fährt in die Wangen. Jetzt sagt er wieder die Wahrheit. Er ist ein Held. Seitdem er den Entführer des Jungen erschossen hat, ist er ein Held. Niemand spricht es aus, aber er nimmt es wahr. Kann die Hochachtung, die Ehrfurcht, die die Kollegen ihm entgegenbringen, spüren.

Niemand zweifelt daran, dass die interne Ermittlung für ihn positiv, mit seiner vollständigen Entlastung enden wird. Mit seiner vollständigen Rehabilitierung. Er ist kein Mörder, sondern ein Retter, nicht der Mörder Gerhardts, sondern der Retter des kleinen Jannis. Es ist so, auch wenn Maren Kramer, die hellwache interne Ermittlerin, intuitiv erkennt, dass etwas nicht stimmt.

»Herr Neven?«, sagt Kramer.

»… das war der Moment, in dem ich verstanden habe, dass wir es geschafft haben. Dass wir geschafft haben, woran wir alle nicht hatten glauben können.«

Er hebt den Blick.

»Dass wir den Jungen, Jannis, wirklich gerettet haben. Ich war einfach … glücklich …«

Er findet Anteilnahme, in Kramers Augen.

»Glücklich, dass er lebt.«

LEDERER

Am frühen Abend studiert Lederer die Akte, die die verschiedenen Stränge der Ermittlung zusammenführt. Im Großraumbüro spielen die Schatten mit der Sonne ein Spiel, das er nicht kennt. Aber er sieht es, beiläufig. Um ihn herum sitzen einige der Kollegen, die hinzugezogen worden sind, in der weiten hellgrauen Fläche, schweigsam in Aufgaben vertieft.

Insgesamt arbeiten zurzeit im Haus fünfzehn Ermittler an diesem Fall. Bundesweit sind es vierzig. Lederer lehnt sich zurück, versucht zu sortieren, wie alles angefangen hat.

Mit dem Verschwinden des kleinen Jungen, Jannis, auf dem Flohmarkt einer Grundschule. In Wiesbaden-Biebrich. Jannis ist wieder da, am Leben. Lederer fragt sich, wie es ihm geht. Wie weit er ist, auf dem Weg zurück. Die Tatverdächtigen: Marko Gerhardt, der nicht mehr lebt. Und Anton Holdner, der in Untersuchungshaft sitzt und eisern schweigt, während die IT-Experten in der Kriminaltechnik immer neue Details ans Licht bringen.

Holdner hat mindestens vierzehn Jahre lang, vermutlich aber noch deutlich länger, Kinder in seinem Umfeld missbraucht, vorwiegend Mädchen im Alter von drei bis vierzehn Jahren. Gerhardt seinerseits hat ausschließlich Jungen missbraucht, im Alter von drei bis neun Jahren.

Ein beträchtlicher Teil dieser Missbrauchstaten ist dokumentiert worden, durch die Täter selbst. Die Kriminaltechniker haben in Holdners Wohnwagen und auch in Marko Gerhardts Hochhauswohnung Datenträger sichergestellt, die rund zweihundertfünfzig Stunden Filmmaterial enthalten.

Die Analyse von Holdners Laptops hat dann den Blick auf ein noch viel größeres Dunkelfeld eröffnet. Holdner hat mehrere Plattformen und Chaträume initiiert, immer mithilfe von Mittätern, zuletzt wohl von Torsten Dahms, der mit seinem Wissen das Ganze offenbar optimiert und für eine schnell wachsende Anzahl von Nutzern konsumierbar gemacht hat.

Lederer studiert die Akte, tastet die Zeilen ab, bleibt für Sekunden an Zahlen haften. Es ist, als würde die Ermittlung wie ein Geschwür anwachsen. Ein schnell wachsendes Geschwür. Fünfzehn Ermittler im Haus, vierzig bundesweit, bislang einundfünfzig Nutzer von Foren und Chaträumen, aber es sind sicher hundertfach mehr, die noch nicht identifiziert werden konnten. Vierundzwanzig identifizierte Opfer des Missbrauchs, allein im Umfeld von Anton Holdner. Und jetzt suchen die Kriminaltechniker in der Gartenlaube des Verdächtigen, Dahms, nach weiteren Hinweisen. Was bedeuten könnte, dass sie erst am Anfang stehen.

Es wurden bereits Fotos der Gartenlaube in die zentrale Ermittlungsakte eingestellt. Lederer ruft sie auf, eines nach dem anderen. Ein weißes Häuschen, auffällig sauber. Ein kleines, verschlossenes Fenster, recht weit oben angebracht.

Das Fenster ist grau, das Häuschen steht unter der Sonne und ist von Rasen und blühenden Blumen umgeben, ein schmaler Kiesweg führt zum Eingang. Mehrere Fotos zeigen es aus verschiedenen Blickwinkeln.

Lederer klickt das nächste Bild an. Es zeigt den Serverraum von innen. Steril. Das ist das Erste, was er denkt. Der Raum ist weiß und grau, im Zentrum steht ein großes Regal voller Kabel, das von Ventilatoren umgeben ist. Rechts davon steht ein breiter Schreibtisch mit vier voluminösen Bildschirmen und drei schwarzen Tastaturen. Vor dem Schreibtisch steht ein vergilbter Drehstuhl, das Einzige im Raum, was alt aussieht. So alt, als hätte Dahms viele Jahre dort gesessen, um zu tun, was er getan hat. Dahms, IT-Experte, verheiratet, zweiunddreißig Jahre alt, Familienvater von Zwillingen.

Lederer steht abrupt auf, geht nach unten, holt sich in der Cafeteria eine Flasche Wasser und läuft zügig weiter, nach draußen. Er setzt sich auf eine der Bänke am Rand des großen Parks, der neben dem hellgrauen Polizeigebäude seine ersten Ausläufer hat, mit Blick auf den großen Parkplatz.

Er trinkt, in kleinen Schlucken, wundert sich ein wenig darüber, dass ihm eben im Büro so kalt geworden ist, mitten im Rekordsommer. Schüttelfrost, in Schüben.

Er lässt sich Zeit, wendet den Blick der Sonne zu, wartet, bis sie nach einigen Minuten wieder Wärme aussendet statt Kälte.

Am Abend lässt er sich treiben, ein Ziel ansteuernd. Die Kleingartenanlage liegt abseits von der Stadt in einem freien Feld, ein Baggersee ist wenige Hundert Meter entfernt. Der Ort erinnert Ben an den anderen Tatort, den Campingplatz, auf dem Holdners Wohnwagen steht. *Am roten Strand.*

Hier, in dieser grünen Anlage, waren die Vergewaltiger nicht von Campern und Hochhausanwohnern umgeben, sondern von Kleingärten. Die Parzelle von Torsten Dahms liegt ein wenig für sich, es wirkt, als wäre sie irgendwann bewusst genau so angelegt worden, als hätte da jemand seine Ruhe haben wollen.

Der Weg, der zu dem weißen Häuschen führt, ist penibel geharkt, links und rechts umgeben von flachen Blumenbeeten. Wer gießt jetzt die Blumen? denkt Ben vage.

Der Bereich ist mit Absperrbändern gekennzeichnet, eine der Technikerinnen kommt auf ihn zu, hat schon die Worte auf den Lippen, die ihn abweisen sollen, dann erkennt sie ihn. »Ah, Ben«, sagt sie.

Ben nickt. »Ich will mich mal umsehen«, sagt er, schlüpft unter dem Absperrband hindurch.

»Alles klar«, sagt die Technikerin. Ben glaubt, etwas herauszuhören. Anerkennung, Respekt. Er ist Ben Neven. DER Ben Neven. Der Neven, der den bösen Mann, Gerhardt, den pädosexuellen Kindesentführer, zur Strecke gebracht und eliminiert hat.

Das Böse aus der Welt schaffen, denkt Ben.

Er läuft. Vorbei an weiß bekleideten Kriminaltechnikern, denkt plötzlich, dass sie nur Staffage sind. Technik im wahren Sinn. Keine Menschen, sondern Gerätschaften, Werkzeuge, die nicht funktionieren.

Er taucht ab ins Dunkel, geht eine schmale Treppe hinunter in einen kühlen weißen Raum. Es ist so kühl hier unten, und Ben wird augenblicklich heiß. Er schwitzt. Der Schweiß bildet schmale Rinnsale auf der Stirn, auf den Wangen, tropft ab.

Sein Blick sucht die Fläche ab. Die drei großen Bildschirme auf dem Schreibtisch sind schwarz. So, als sei dort niemals etwas zu sehen gewesen. Außer Betrieb. Tot. Neben den Bildschirmen stehen zwei kleine Kästchen, die von der Kriminaltechnik bereits mit Nummern versehen worden sind, ebenso wie die Bildschirme und alles andere in diesem Raum.

Ben tritt an den Schreibtisch heran. Er wird die schwere Aufgabe übernehmen. Das Material sichten. Im Präsidium wurden dafür extra zwei Räume eingerichtet. Meistens sitzen sie zu zweit oder zu dritt.

In den kleinen Kästchen liegen Speichermedien. Sticks, Speicherkarten. Er denkt an Marlene. An Svea. Bald nach Hause kommen. Hören, wie Marlenes Tag war. Svea ist Mittelstrecke geflogen, nach Stockholm, sie wird morgen zurückkehren. Marlene ist schwimmen und picknicken gegangen, mit einer Freundin und deren Mutter, an den See. An einen anderen See. Nicht an diesen hier, der neben der Kleingartenanlage liegt. Auch nicht an den roten Strand, an dem Holdner gelebt hat, in einem Wohnwagen.

Er macht ein paar Schritte, steht vor dem Schreibtisch, streckt seine Hand aus und nimmt einen der vielen Speichersticks an sich. Lässt ihn in seine Hosentasche gleiten.

Dann geht er zurück, ins Licht. Wünscht den Kriminaltechnikern, an denen er vorübergeht, einen guten Feierabend. Die nicken nur, heben kaum den Blick, beharrlich Spuren suchend. Er umschließt den Stick, in seiner Hosentasche, und während er durch den Abendsommer zum Wagen läuft, lässt der Schweißausbruch endlich nach.

Dann fährt er, bei geöffneten Fenstern, umspielt von kühler Luft. Er wählt die Nummer von Ines an, der Mutter von Annabel, Marlenes Freundin. Ines nimmt das Gespräch entgegen.

»Hallo Ben«, sagt sie. »Die Mädchen spielen noch.«

»Bestens«, sagt Ben. »Ich bin jetzt unterwegs, könnte in dreißig Minuten da sein, um Marlene abzuholen.«

»Gut«, sagt Ines. »Bis bald.«

Bis bald, denkt Ben. Bald, bald.

Er schließt die Augen, für Sekunden, öffnet sie weit. Die Straße ist kaum befahren. Und er ist, in den Sekunden, die er ohne Sicht gefahren ist, kaum vom Weg abgekommen. Nur ein wenig, unmerklich.

Er fährt rechts raus, auf einen leeren Parkplatz, stellt den Motor ab. Stille, eine Minute lang. Er denkt an die Nacht, spürt sie voraus. Legt den Stick im Handschuhfach ab. Sobald Marlene schläft, wird er das Material sichten.

Er ist allein. Trinkt ein Glas Weißwein. Weißen, weil Barbara roten gemocht hat. Er muss sich abspalten, das spürt er. Am besten wäre es, wenn Barbara nie existiert hätte. Wenn nichts mehr da wäre, wenn die Gleichung aufgehen würde. Und das Endergebnis wäre null.

Alle sind nach Hause gefahren. Setzen ihr Leben fort.

Er denkt an Ben. Schön, dass er gekommen ist. Dass er sich zu ihnen gesetzt hat, dass er bis zum Ende geblieben ist. Ben ist ein guter Zuhörer, das hat Landmanns Schwester am Ende gesagt, bevor sie und ihr Mann sich verabschiedet haben. Da hat sie sicher recht. Ben ist immer ein guter Zuhörer gewesen. Vage erinnert sich Landmann an etwas, das er mit Ben hat besprechen wollen. Das war, bevor Barbara gestorben und alles aus den Fugen geraten ist. Landmann hatte eine Talksendung gesehen, in der Ben über die Ermittlung gesprochen hat, über die Entführung des Jungen, über Missbrauch an Kindern. Etwas daran hat Landmann beschäftigt, aber er konnte nicht greifen, was es war. Eine leere Stelle, blinder Fleck. Vielleicht war es nur Bens Blick, in einem Moment, in dem er sich von der Kamera unbeobachtet gefühlt hat.

Landmann trinkt. Schluck für Schluck. Minuten verstreichen. Er hat keine Antworten, weder auf Bens Blick noch auf Barbaras Tod. Barbara muss gewusst haben, dass er sie geliebt hat. Sie hatten eine gute Vater-Tochter-Bindung. Jahrzehntelang. Dann hat sie sich, in einer fremden

Stadt, in der WG, die sie sich mit Kommilitoninnen geteilt hat, das Leben genommen. Aber das, denkt Landmann, ist nicht das Schlimmste. Das Schlimmste ist, dass sie ihm die letzte Antwort verweigert hat. Das letzte Resultat.

Papa, hat sie früher gesagt, wenn er sich zu ihrem Mathematik-Nachhilfelehrer aufgeschwungen hat. Spät abends, in der Küche. Barbara hat Müsli geschlürft, und er hat lachend gesagt, dass sie sich auf die Aufgabe konzentrieren solle. *Papa … ich werde das sowieso nie kapieren,* hat sie gesagt.

Landmann lächelt. Er hat viele Spitznamen für Barbara gehabt, aber jetzt, in diesem Moment, erscheint ihm keiner angemessen.

»Barbara«, sagt Landmann. Er spricht laut, artikuliert deutlich, so als wäre da jemand, der ihn hören kann, und die Worte verschmelzen sofort mit der Stille im Haus. »Ich werde es nie kapieren.«

Er trinkt, stellt das Glas ab. Fragt sich, wann er müde genug sein wird, um zu schlafen. *Papa, ich werde das nie kapieren.*

Er lächelt.

Er wird nie begreifen, warum sie ihm keinen Abschiedsbrief hinterlassen hat.

BEN

Ben kocht Nudeln, die Marlene mit gutem Appetit isst. Svea hat eine Nachricht aus Stockholm geschrieben, mit einem Foto. Sie steht in einem hellen Sommer und kommentiert das Bild mit dem Wort *Mitternachtssonne.* Ben sendet ein lächelndes Gesicht.

Marlene sieht sich noch eine Zeichentrickserie an, drei Superheldinnen retten die Welt. Sie telefoniert mit Annabel, ihrer Freundin, die beiden wünschen sich Gute Nacht. Dann ist Zähneputzen dran, und dann steht Marlene im Pyjama auf der Schwelle zum Wohnzimmer und sagt, dass sie schlafen geht. Ben, der auf dem Sofa sitzt, vor dem flimmernden Fernseher, steht auf, folgt ihr, wartet, bis sie im Bett liegt, deckt sie zu.

»Bis morgen, Papa«, sagt Marlene.

»Bis morgen, mein Schatz«, sagt er.

Dann ist es still. Marlene schläft. Svea wacht. Oder schläft. In Stockholm. Er geht ins Bad, bespritzt sein Gesicht mit Wasser. Wartet. Lässt die Gedanken versanden.

Er geht nach unten, in sein Arbeitszimmer, fährt den PC hoch, fügt das Speichermedium ein, tastet die Dateien ab. Es sind viele. Er lässt den Blick wandern, versucht, aus den Dateinamen die Informationen abzuleiten, die er sucht. Die Ordner sind nummeriert. Vermutlich sind es Daten. Tage, an denen der jeweilige Ordner erstellt wurde. Es müssen Hunderte sein. Klassifiziert nach »Pics« und »Videos«. Ben öffnet die »Pics«, und sein Herz macht einen Sprung, als er feststellt, dass Dahms eine weitere Klassifizierung eingeführt hat, die Ben sehr weiterhilft. »Jungs« und »Mädels«. Das ist gut, denn Ben sucht die Jungs.

Er klickt den ersten Ordner an, startet die Slideshow. Zwei Jungen. Etwa zehn Jahre alt. Die Aufnahmen wandern vorüber, in wiederkehrenden Sekundenabständen, sie zeigen die Vergewaltigung der beiden Jungen durch einen

Mann, dessen Gesicht unkenntlich bleibt, es ist immer nur sein Torso zu sehen, vorwiegend sein Unterkörper.

Das ist ungewöhnlich. Die meisten sind unvorsichtig. Dieser Mann hier wollte unerkannt bleiben, und Ben denkt, dass er es auch so machen würde. Er würde sichergehen. Niemand würde ihn sehen können. Niemand würde je wissen, was er tut. Die Jungen auf den Fotos wirken sediert.

Ben lässt die Bilder ablaufen und bringt sich zum Orgasmus. Die Scham setzt sofort ein, mit Wucht. Er bleibt sitzen, erschöpft.

Dann strafft er sich, steht auf, geht nach oben ins Bad, wäscht sich, geht wieder nach unten, ins Arbeitszimmer. Der Bildschirm flackert noch. Er betrachtet die Bilder. Die Lust ist eine ferne Ahnung, die sich regt.

Er kehrt zurück in das Menü der Unterordner. »Jungs« und »Mädels«. Er klickt Mädels an. Jetzt ist er wieder Ermittler. Er fühlt sich wach, wird noch eine Weile arbeiten können. Er durchsucht »Mädels/Videos«. Der Ordner reicht einige Jahre zurück, das älteste Video ist auf Dezember vor vier Jahren datiert. Ben klickt es an.

Dann geht alles recht schnell. Er kneift die Augen zusammen, erkennt den Raum, in dem er vor wenigen Stunden gewesen ist. Den Serverraum in der Gartenlaube von Torsten Dahms. Der Filmende wirkt nervös, die ersten Sekunden sind verwackelt, dann stellt sich ein Fokus scharf. Ben erkennt unwillkürlich Dahms, einen jüngeren Dahms, der unbeholfen in die Kamera lächelt. Unter Dahms liegt ein Kind. Klein. Neben dem Kind ein weiteres Kind. Sie liegen nebeneinander.

Marlene, denkt Ben. Marlene schläft. Träumt. Von Superheldinnen, die die Welt retten, obwohl sie Kinder sind. Nein, weil sie Kinder sind.

Es sind zwei Mädchen. Sie liegen nebeneinander. Sie scheinen zu schlafen. Sie tragen rosa Kleidchen, die Dahms, der sich ins Bild hineinbeugt, jetzt nach oben schiebt. Die schlafenden Mädchen sehen wie Puppen aus, ein Eindruck, der noch dadurch verstärkt wird, dass sie sich gleichen. Sie sind … identisch.

Er denkt an Dahms, der schweigend auf der Terrasse gesessen hat, am Nachmittag, mit Blick auf seinen großen, blühenden Garten. Im Hintergrund, auf der Schwelle zum Haus, haben seine Töchter gestanden.

In rosa Sommerkleidern, eineiig, Zwillinge.

Zwei

And the boy on the moon
said well I may just buy a cloud
and the girl on the sun she said
well I send you a light

CHRISTIAN

Als Christian am Vorabend heimgekommen ist, hat Anne schon geschlafen, und jetzt schläft sie immer noch. Das ist gut, denkt er. Manchmal hat er den Eindruck, dass sie den Schlaf von Jahren nachholen muss. Dass sie schläft, um Hunderte durchwachter Nächte einzuholen.

Während er Kaffee kocht, nimmt er sich vor, sie zu fragen, ob er damit richtigliegt, aber dann kommt sie ihm zuvor, indem sie sagt, dass sie gut geträumt hat.

»Ja? Das ist schön«, sagt er.

»Ja«, sagt sie. Sie nimmt die Tasse, die er ihr anreicht. »Vor allem träume ich nicht mehr komisch. Nicht mehr … von schlechten Sachen.«

Christian schweigt.

»Rate mal, was ich geträumt habe«, sagt sie.

»Keine Ahnung«, sagt er.

»Du hast es ja nicht mal versucht.«

»Hm.«

»Von dir habe ich geträumt.«

Er sieht sie an.

»Und von mir. Von uns. Wir sind in Urlaub gefahren. Ans Meer.«

»Okay«, sagt Christian.

Sie lächelt. »War gut«, sagt sie.

Gut, denkt er. Und daran, wie schön es ist. Dass sie sich kennengelernt haben. Unter merkwürdigen Umständen. Wäre er nicht Pragmatiker, würde er es Schicksal nennen. Oder so ähnlich. Vielleicht.

Es ist schön, dass sie gut geschlafen hat, ohne Angst.

Dass sie eingeschlafen ist in der Hoffnung darauf, wieder zu erwachen.

Und dass sich diese Hoffnung tatsächlich bewahrheitet hat.

BEN

Am Morgen ist die Welt verengt. Reduziert auf den Blick durch einen Tunnel. Marlene isst Cornflakes, Svea hat ein weiteres Foto gesendet, sie steht vor einer roten Kirche in der Sonne, in Stockholm.

Ben fährt los, nachdem Marlene von ihrer Freundin Annabel abgeholt worden ist. Sie sind zu Annabel geradelt, wollen im Gartenpool planschen, er hat ihnen nachgesehen, bis sie mit dem Licht verschmolzen sind.

Er steuert sein erstes Ziel an, die Straßen sind fast unbefahren, Ferienzeit. Die Kleingartenanlage liegt, wie eine Kulisse, verlassen in der Landschaft. Jenseits der Absperrung stehen vereinzelte Schaulustige. Ben schlüpft wieder unter dem Absperrband hindurch, geht denselben Weg, den er gestern gegangen ist, nach unten, in den dunklen weißen Raum. Beiläufig grüßt er die beiden Kriminaltechniker, die bereits vor Ort sind.

Im Serverraum ist alles, wie es war. Die Beweismittel stehen an ihren Plätzen, durchnummeriert. Ben tritt an den Schreibtisch heran, legt den Speicherstick in das Kästchen zu den anderen. Er nimmt das Kästchen, geht nach oben, die Technikerin, die er gestern schon getroffen hat, kommt ihm entgegen. »Guten Morgen, Ben«, sagt sie.

»Morgen. Ich nehme das hier schon mal mit. Wir beginnen heute mit der Sichtung«, sagt er.

»Klar, mach das«, sagt sie.

Er nickt. Läuft vorüber. Passiert akkurat gepflegte Blumenbeete, auf dem Weg zum Wagen.

Dann gleitet er wieder voran. Wie auf einem Schiff, in ruhigem Fahrwasser, der einzige Passagier.

Er kommt an, stellt den Wagen in der weiten Parkfläche vor dem Polizeigebäude ab. Läuft zügig durch die Halle zum Aufzug. Er fährt nach oben, durchquert den grauen sonnengefluteten Flur.

»Hallo Ben«, ruft Lederer schon von Weitem.

»Hallo Mark«, erwidert er. Lederer, denkt er. Guter Mann, guter Polizist. Warum hat eigentlich Lederer keine Kinder? Keine Familie? Er weiß nicht viel über ihn, aber es heißt, Lederer sei alleinstehend.

»Malvi hat für zehn Uhr ein Meeting anberaumt. Er will euch über die *Besondere Aufbauorganisation* berichten, die zeitnah etabliert werden soll.«

Ben hebt den Blick.

»Die Ermittlergruppe wird innerhalb der kommenden Tage bundesweit auf fünfzig erweitert. Die Fäden sollen weiterhin hier bei uns zusammenlaufen«, sagt Lederer.

Bei uns. Fäden. Zusammenlaufen. »Das ist gut«, sagt Ben. »Sind die Sichtungsräume verfügbar? Ich will schon mal anfangen, Material aus der Gartenanlage zu prüfen.«

»Okay. Ich glaube, da ist noch keiner. Mach das«, sagt Lederer.

Ben nickt. Er weiß, dass Lederer diese eine Aufgabe von sich gewiesen hat. Er hat bei Malvi darum gebeten, von der Sichtung der Fotos und Videos befreit zu werden, und das auch im Kollegenkreis offen kommuniziert. Er könne das nicht, hat er gesagt. Er stoße da an Grenzen. Jetzt kann Ben eine Art Dankbarkeit in Lederers Augen sehen. Weil er, Ben, bereit ist, das Unerträgliche zu tun. Die eine polizeiliche Arbeit zu leisten, die Lederer nicht leisten kann.

»Mach das«, sagt Lederer noch einmal. Er lächelt, tatsächlich, dankbar. Dann wendet er sich ab, konzentriert sich auf den Bildschirm, auf dem die zentrale Intranet-Akte flimmert, die täglich größere Ausmaße annimmt und die immer noch nach dem kleinen Jungen benannt ist, der von Gerhardt und Holdner festgehalten wurde. Die Akte trägt den Namen »Fallkomplex Jannis«.

Ben läuft bis zum Ende der Bürofläche, dann einen Gang entlang und betritt einen der beiden Sichtungsräume. Er setzt sich, fährt den PC hoch, schließt den Speicherstick an. Als der Stick einrastet, ist er für Momente wie befreit. Er ist Ermittler. Leitender Ermittler. Er sichtet Material. Es ist nicht einfach. Selbst ein hochgeschätzter Kollege, Mark Lederer, kann diesen Teil der Ermittlungsarbeit nicht leisten. Deshalb muss er es tun.

Er denkt an Marlene, seine Tochter, die schwimmt, an Svea, seine Frau, die fliegt. Zurückkehren wird sie am Abend, aus Stockholm.

Ein Satz kristallisiert sich heraus, in seinen Gedanken, er beginnt, ihn abzutasten. Wort für Wort. Dann formuliert er ihn aus, in Gedanken, während das Menü des Speichersticks ihm »Jungs« und »Mädels« offeriert.

Ich bekämpfe … bekämpfe …

auf der Seite …

Er lehnt sich zurück, schließt die Augen.

Ich bekämpfe, auf der Seite der Guten, das Böse.

JOSY

Josy hat den Beschützer gar nicht kontaktiert, aber er ist da. Hat sich aufgedrängt. Das ist merkwürdig. Dass er ungebeten gekommen ist. Normalerweise macht er nur seinen Job, einen wichtigen Job, er macht ihn gut. Aber jetzt ist er da, obwohl sie ihn gar nicht hierhaben will.

»Kann man trinken«, sagt er, nippt an dem heißen Tee, den sie ihm angeboten hat.

Pfefferminz, frisch, mit Honig.

Sie beäugen sich, misstrauisch, Worte flirren vorüber, sie schweigen.

BEN

Am späten Vormittag das Meeting im Konferenzraum. Malvi, der Leiter der Abteilung für Delikte am Menschen, ist schon da, als Ben den Raum betritt. Auch Christian ist da. Und eine Frau, die Ben kennt.

Er kneift die Augen zusammen. Spürt ein Stechen im Magen. Für Momente denkt er, dass er sich irrt, dass es eine Art Halluzination ist. Da steht nicht wirklich die Leiterin der internen Ermittlung, Maren Kramer, neben Malvi. Für Sekunden ist Ben sicher, dass es vorbei ist. Man hat ihn durchschaut. Alle wissen, was wirklich passiert ist. Dass er nicht Marko Gerhardt, den Entführer des kleinen Jungen, erschossen hat, sondern sich selbst. Den Teil seiner selbst, den es auszulöschen galt.

Dass es genau so gewesen ist, hat Ben nach und nach begriffen. Und etwas anderes hat er auch begriffen. Dass es nicht gelungen ist. Der Entführer ist tot, aber der andere, der in seinem eigenen Körper wohnt, ist noch da.

»Ich grüße euch«, sagt Malvi. »Ihr kennt ja Maren Kramer. Und ich denke, ihr stimmt mir zu, wenn ich sage, dass wir sie alle sehr schätzen. Sie hat mit dir, Ben, die Gespräche zum finalen Todesschuss auf Gerhardt geführt, und dadurch ist sie mit dem gesamten Fallkomplex bereits sehr vertraut.«

Ben hebt den Blick, findet Malvis Augen. Er kann nur Anerkennung sehen. Für Kramer, aber auch für ihn, Ben. Die *Gespräche über den finalen Todesschuss auf Gerhardt*, so nennt Malvi die interne Ermittlung gegen Ben. Das klingt nicht schlecht.

»Die interne Ermittlung ist abgeschlossen, mit dem Ergebnis, das wir alle vorausgesehen haben, nämlich dass Ben richtig gehandelt hat. Notwendig. Und ich möchte sagen: vorbildlich. Was ihr beide, lieber Ben, lieber Christian, in der Ermittlung geleistet habt, ist bemerkenswert. Ich möchte diese Gelegenheit nutzen, um euch noch einmal aufrichtig dafür zu danken.«

»Nicht zu vergessen Mark«, sagt Christian.

Malvi sieht ihn fragend an.

»Mark Lederer. Er ist ungeheuer wichtig.«

Malvi nickt. »Das stimmt. Ich schließe ihn ausdrücklich mit ein, auch wenn er gerade nicht hier dabei ist. Ja … ihr fragt euch vielleicht, warum Frau Kramer heute hier ist. Ich bin der Meinung, dass wir die besten Kräfte zusammenziehen müssen, um diesen Fallkomplex, der täglich anwächst, zu bearbeiten. Und Frau Kramer war, wie ihr sicher wisst, lange in leitender Funktion bei der Bundespolizei tätig.« Er legt eine Pause ein. Ben beginnt, vorauszuahnen, was er als Nächstes sagen wird. »Deshalb habe ich den Kollegen vorgeschlagen, dass wir hier bei uns die *Besondere Aufbauorganisation* verorten, die die Ermittlung koordinieren wird. Ich habe dafür die Zusage bekommen, das heißt: Bei uns werden die Fäden dieser landesweiten Ermittlung zusammenlaufen, und die Leiter der BAO werdet ihr drei sein.« Malvi nickt ihnen nacheinander zu. Erst Ben, dann Christian, dann Maren Kramer.

»Klingt gut«, sagt Christian.

»Das denke ich auch«, sagt Malvi.

Ben nickt. Sprachlos. Er sucht Maren Kramers Blick. Sie schenkt ihm ein Lächeln, offen, ohne Vorbehalt. Er erwidert es.

»Ja«, sagt er. »Das ist gut.«

»Bestens«, sagt Malvi. »Dann lasst uns keine Zeit verlieren. Die Vernehmung von Dahms wird um elf fortgesetzt.«

»Da habe ich was«, sagt Ben. Er sieht seinen linken Arm doppelt. Merkwürdig. Dann vergeht der Schwindel, er sieht alles deutlich. Überdeutlich. So scharf, dass es hinter den Augen schmerzt.

Alle sehen ihn an.

»Ja«, sagt er. »Ich habe begonnen, die Speichermedien zu sichten, die in der Parzelle am Weiher sichergestellt wurden.«

»Und?«, fragt Malvi.

Ben atmet durch. »Dahms hat seine Töchter vergewaltigt. Ich denke, die Kinder sind zum Zeitpunkt der Aufnahme etwa zwei Jahre alt.«

CHRISTIAN

Der Verhörraum, grün und grau. Das Grün zu Türkis tendierend. Dahms sitzt auf dem Stuhl, auf dem er schon am Vortag gesessen hat. Sein Anwalt sitzt ebenfalls am selben Platz. Ben legt die neue Beweislage vor. In knappen Worten.

Der Anwalt schweigt. Dahms schweigt. Er sieht blass aus, das fällt Christian sofort auf, das ist anders als gestern. Gestern saß da ein großer Mann, braun gebrannt, sportlich, schweigsam. Heute ist Dahms immer noch sonnengebräunt, aber da ist auch eine Blässe auf seinen Wangen. Und er schwitzt. Christian sieht Schweißperlen auf der Stirn des Mannes, beginnt, sie zu zählen, während sich das Schweigen in die Länge zieht.

Er ist bei sieben, als der Anwalt zu sprechen beginnt. »Mein Mandant wird sich zurzeit zu dem Vorwurf nicht äußern.«

»Es handelt sich nicht um einen Vorwurf«, sagt Ben. »Uns liegt Videomaterial vor, das die Vergewaltigung der Töchter durch den Vater, Herrn Dahms, zeigt.«

»Wir behalten uns vor, das Material zu sichten und zu prüfen«, sagt der Anwalt.

Christian sieht ihn sich zum ersten Mal ein wenig genauer an. Das hat er bislang versäumt, vielleicht, weil der Anwalt ein unauffälliger Mann ist, zumindest äußerlich. Er ist mittelgroß, eher schlank, hat schütteres Haar. Er sieht freundlich aus. Sein Gesicht ist so geschnitten, dass der Eindruck entsteht, es würde immer ein Lächeln mitschwingen, wenn er spricht.

»Sicher«, sagt Ben. »Das Material wird Ihnen zur Prüfung vorgelegt.«

»Ihnen und Ihrem Mandanten«, sagt Christian. Er lauscht seiner Stimme nach, die sich fremd anfühlt. Ein Kratzen im Hals. Er denkt an Anne, das macht er andauernd, vor allem, wenn er in diesem Raum sitzt, Auge in Auge mit Menschen, die Kindern wie Anne den Frieden geraubt haben. Was macht Anne? Fährt Fahrrad? Schaut ein Quiz? Am Morgen, als er gegangen ist, hat sie ihm noch nachgerufen, dass sie ihm eine der besonders schweren

Fragen aus dem Quiz aufs Handy senden wird. Er muss gleich mal nachsehen, wenn das hier vorbei ist.

»Herr Dahms, unsere Ermittlung ist deutlich ausgeweitet worden, wir sind dabei, eine Ermittlergruppe zu etablieren, die bundesweit und letztlich sogar über Landesgrenzen hinweg agieren wird«, sagt Ben. Er legt eine Pause ein. Wartet, bis Dahms den Blick hebt. »Wir setzen eine gewisse Hoffnung in Sie, denn Sie sind eine der Schlüsselfiguren in dieser Ermittlung. Sie sind Administrator einer Plattform, auf der nach jetzigem Kenntnisstand etwa siebenhundert Teilnehmer Bilder und Videos und Kommentare ausgetauscht haben.«

Der Anwalt hebt seine rechte Hand an, führt sie zur rechten Schläfe, streicht daran entlang, lässt die Hand wieder sinken.

»Sie können unsere Ermittlung unterstützen. Sie können uns den kurzen Weg weisen zu Nutzerdaten, die wir dringend benötigen. Sie können uns weiterhelfen.«

Das letzte Wort hat Ben betont. Helfen. Christian fragt sich, ob Ben Dahms bewusst am wunden Punkt berühren möchte. Ob er ihm die Sehnsucht unterstellt, den Weg zurück zu den *Guten* finden zu wollen, zu den *Helfern.*

»Sie vermuten, mein Mandant sei … Betreiber dieses … Chatraums. Ich würde gerne die entsprechenden Belege sehen sowie auch das Material sichten, das den von Ihnen unterstellten Missbrauch zeigen soll«, sagt der Anwalt, mit seinem ewigen Lächeln im Gesicht.

»Es war mir immer wichtig, dass es ihnen gefällt«, sagt Dahms.

Der Anwalt zuckt zusammen. Hat sich sofort wieder im Griff. Hebt den Arm.

»Wie meinen Sie das?«, fragt Ben.

»Es war Zuneigung. Ich wollte ihnen nah sein. Es geht um …«

»Herr Dahms?«, fragt Christian.

»Es geht um Zärtlichkeit, Zuneigung.«

Stille.

»Herr Dahms?« Da ist immer noch das Kratzen im Hals, und gesprochen hat Christian jetzt vor allem, weil sein Blick Dahms gestreift hat. Für Sekunden ist er sicher, dass es Einbildung ist, dass er nicht wirklich sieht, was er sieht, er kneift die Augen zusammen.

»Herr Dahms?«, fragt er noch einmal.

Ben neben ihm ist wie erstarrt, der Anwalt reißt die Augen auf, wendet sich zur Seite ab, und Dahms erbricht weißen Schaum, bevor er abrupt aufsteht, zwei Schritte nach hinten macht, zu Boden stürzt und regungslos liegen bleibt.

MAREN

Maren Kramer konzentriert sich darauf zu beobachten. Das ist ohnehin das, was sie am besten kann, und selten zuvor hat sie den Eindruck gehabt, dass es so wichtig ist, es zu tun.

Seitdem der Mann, den Neven und Sandner vernommen haben, zu Boden gestürzt ist, ist alles in ihrer Wahrnehmung wie in Zeitlupe abgelaufen. Das ist immer dann der Fall, wenn eine Beschleunigung eintritt, die klares Denken unterminiert. Vermutlich ist es ein Mechanismus, den sie halb bewusst aktiviert, sie hat nie darüber nachgedacht. Aber doch, so wird es sein, sie folgt einer Strategie, und die Strategie lautet: Alles soll verlangsamt sein, damit sie mitkommt, damit sie weiterhin in der Lage bleibt, die Details wahrzunehmen, die verschiedenen Teilaspekte, die ein Ganzes ergeben.

Torsten Dahms ist tot. Gestorben infolge eines plötzlichen Zusammenbruchs, während der Vernehmung durch die Beamten Neven und Sandner, in Anwesenheit des Anwalts, Herrn Gerwin Reese. Sie hat es gesehen, neben dem Kollegen Lederer im Überwachungsraum sitzend, den Bildschirm anstarrend, das Geschehen darauf war wie ein unwirklicher Film, eine Szene, die plötzlich, nachdem alles normal zu sein schien, ins nicht Fassbare abgekippt ist.

Die Todesursache ist ungeklärt. Anzeichen deuten auf eine Vergiftung hin. Eine erste Befragung hat nichts zutage gefördert. Abgesehen von der wiederholt ausgesprochenen Überzeugung der diensthabenden Wärter, dass Dahms nicht die Möglichkeit gehabt hat, in der Untersuchungshaft, in suizidaler Absicht, todbringende Stoffe einzunehmen. Aber so muss es gewesen sein.

Sie hält sich im Hintergrund, folgt Neven und Sandner, die vorangehen. Das Haus ist sehr sauber, schneeweiß, der Garten groß und bunt. Es ist eine kontrollierte Buntheit, Farben, eingezwängt in abgegrenzte Flächen, in Karrees. Auf der Schwelle zum Haus steht eine Frau. Jünger als Dahms, einige Jahre, vielleicht Mitte zwanzig, denkt Maren Kramer. Ihre Augen sind verweint. Ihre Lippen bilden einen Strich. Christian Sandner spricht mit der Frau.

Maren Kramer fragt sich, ob sie überhaupt schon Bescheid weiß. Vielleicht hat sie geweint, weil ihr Mann festgenommen worden ist, am Vortag, unter dem Verdacht, am Missbrauch von Kindern beteiligt zu sein. Weiß sie schon, dass er tot ist? Und schlimmer noch, weiß sie, dass er seine eigenen Töchter … sie kann den Gedanken nicht zu Ende denken.

Sandner spricht mit ihr. Was sagt er? Wie kann es sein, dass er so ruhig ist? Wie kann er ruhig mit ihr sprechen, wenn er Ungeheuerliches zu berichten hat?

Zum ersten Mal betrachtet sie ihn genauer. Christian Sandner. Bislang hat sie mehr mit seinem Kollegen, Ben Neven, zu tun gehabt. Sie hat ihn schätzen gelernt in den Wochen der internen Ermittlung. Natürlich darf sie das niemandem anvertrauen, denn eine interne Ermittlung zielt nicht darauf ab, Wertschätzung herbeizuführen. Aber Neven hat sie unwillkürlich berührt. Die Art, wie er in einer Art Schockstarre zu verharren schien, während er über die Suche nach dem Entführer des kleinen Jannis sprach. Wie in Trance hat er geschildert, was am Ende passiert ist, als er den Entführer erschossen und den Jungen gerettet hat. In dieser Trance, das hat Maren Kramer gedacht, muss er auch gewesen sein, als er geschossen hat.

Sie hat, ein wenig widerwillig, gespürt, dass sie parteiisch ist. Hat es sich eingestehen müssen. Sie hat Nevens Partei ergriffen, denn Neven hat einen Menschen erschossen, der es nicht verdient hatte, weiterzuleben. Nicht eine einzige weitere Sekunde lang. So empfindet sie es. Zumindest dann, wenn sie es nicht weiterdenkt, nicht zu Ende. Noch etwas, das sie für sich behalten muss.

Ben Neven steht neben Christian Sandner, der spricht. Wirklich, diese Ruhe, die Sandner ausstrahlt, ist auffällig.

Die Frau, Verena Dahms, Mutter von Zwillingen, hört aufmerksam zu. Nickt. Endlich tritt eine Pause ein, die Frau wendet sich um, läuft ins Wohnzimmer, setzt sich auf eines der beiden Sofas.

Maren folgt ihr und den beiden Kollegen, setzt sich in den Sessel, der frei bleibt, nachdem Neven und Sandner auf dem Sofa der Frau gegenüber Platz genommen haben.

Sie lässt ihren Blick wandern, durch die geöffnete Terrassentür in den Garten. Was sie sieht, hält sie für Sekunden für ein Trugbild.

Im Garten spielen zwei Mädchen. Sie gleichen sich. Sie werfen einen Ball.

Frau Dahms beginnt zu weinen. Nein, sie stimmt eine Klage an. Es ist ein langer Ton, der anschwillt, aber er dringt nicht ganz durch bis nach draußen.

Draußen werfen die Mädchen einen Ball. Orange die Mittagssonne, blau der Ball, weiß und violett die Sommerkleider der Mädchen.

BEN

Christian stellt Fragen, Maren Kramer sitzt schweigend und aufmerksam an der Seite, und Ben konzentriert sich auf die Antworten, die die Ehefrau, Verena Dahms, gibt. Sie hat sich beruhigt, nachdem sie geweint hat. Das Weinen von Verena Dahms hat wie Gesang geklungen. Unendlich traurig. Sie spricht leise, bedächtig, so, als vergewisserte sie sich immer erst einige Sekunden lang, als würde sie die

Buchstaben erst noch zusammenfügen, bevor sie ein Wort sagt.

»Squash?«, fragt Christian.

»Ja«, sagt sie.

»Ihr Mann hat also gestern, bevor er nach Hause kam, bevor er dann hier festgenommen wurde, Squash gespielt.«

»Ja«, sagt sie. »Er hat ja Urlaub. Wir sind noch hier, fahren erst später … also, wir fliegen, nach Menorca.«

»Mit wem spielte Ihr Mann Squash?«, fragt Christian.

»Mit einem Arbeitskollegen. Patrick. Ich … könnte Ihnen die Nummer geben.«

»Ja, bitte«, sagt Christian.

»Was ist denn passiert?«, fragt Verena Dahms.

»Wir wissen es nicht«, sagt Christian.

»Ist … Torsten … also tot?«

»Ja«, sagt Christian.

»Aber wie … denn? Warum denn?«

»Wir wissen es noch nicht. Er hatte eine Art Zusammenbruch.«

Sie nickt. Scheint darüber nachzudenken.

»Frau Dahms, diese Frage muss ich Ihnen jetzt stellen. Sie wissen, dass wir Ihren Mann im Zusammenhang mit dem Missbrauch an Kindern festgenommen haben.«

Sie hebt den Blick, wartet.

»Haben Sie Kenntnis davon, dass Ihr Mann in ein Netzwerk eingebunden war, in dem Bilder und Aufnahmen vom Missbrauch an Kindern getauscht und kommentiert wurden?«

»Nein«, sagt sie. »Diese Frage wurde mir gestern schon gestellt.«

»Ich weiß«, sagt Christian. »Hat sich Ihr Mann oft auf dem Grundstück aufgehalten, in der Kleingartenanlage in Hofheim?«

Sie hebt den Blick, kneift die Augen zusammen. »Wie bitte?«

»Die Gartenlaube, Ihre Parzelle in der Kleingartenanlage am Weiher in Hofheim.«

»Davon weiß ich nichts«, sagt sie.

»Davon wissen Sie nichts?«

»Nein. Es … tut mir leid«, sagt sie.

Christian schweigt. Ben ist schwindlig, er möchte aufstehen, sich ein Glas Wasser holen. Kühles Wasser. Eiskalt, mit Eiswürfeln. Klar. Er folgt Maren Kramers Blick nach draußen, da spielen die Kinder. Als wäre nichts. Es ist wie ein Trugbild, ein überdeutliches Trugbild, das schärfer nicht ausgeleuchtet sein könnte.

»Wir haben gefrühstückt. Gestern. Alle vier. Torsten war guter Dinge. Ist zum Squash gefahren. Dann kamen die ersten Polizisten, standen plötzlich vor der Tür. Dann kam Torsten zurück vom Squash, dann kamen Sie und Ihre Kollegen und haben ihn mitgenommen.«

Ein Eis, denkt Ben. Wassereis, fruchtig, Zitrone. Jetzt, gleich.

»Das war alles. Am Abend habe ich die Mädchen ins Bett gebracht und ihnen gesagt, dass Papa bald wiederkommt«, sagt Verena Dahms.

Christian sucht nach Worten, Ben sieht ihm dabei zu.

Es bleibt still. Die Kinder draußen lachen, es klingt, als wären sie fröhlich. Im Sommer geborgen.

»Und Torsten ist also tot?«, fragt Verena Dahms.

Nach wie vor ist alles verlangsamt. Sie sitzt neben Christian Sandner in einem der Vernehmungsräume. Dieser hier ist grau und weiß. Der Mann, den sie befragen wollen, hat darauf verzichtet, einen Beistand hinzuzuziehen. Anton Holdner.

»Herr Holdner«, sagt Christian Sandner.

Holdner schweigt.

»Unsere Ermittlungen schreiten voran. Wir möchten Ihnen ein weiteres Mal die Gelegenheit geben, teilzuhaben.«

Holdner hebt den Blick. Ein alter Mann, denkt Maren Kramer. Ohne Kraft. Oder übersieht sie etwas?

»Wir wissen, dass Sie im Zentrum dieses Geschehens stehen«, sagt Sandner. »Das ist nicht mehr Teil der Ermittlung, das ist bereits belegt. Sie können uns helfen, Sie können auch Ihre Position im Gesamtkontext verbessern, indem Sie das tun.«

Holdner lächelt. »Ich würde einfach gerne nach Hause gehen.«

»Sie wissen, dass das nicht möglich sein wird. Sie stehen unter Anklage. Im Zusammenhang mit der Entführung zweier Jungen. Einer der beiden Jungen wurde getötet.«

Sandners Stimme zittert.

»Davon weiß ich nichts. Ich wollte nett sein zu Marko. Ich mochte ihn, ja. Das stimmt. Er tat mir leid. Als er mir das erzählt hat, mit den Jungen, habe ich versucht, ihm zu helfen. Indem ich ihm gesagt habe, dass er reinen Tisch machen muss. Ich habe ihm geraten, sich zu stellen. Aber das hat er nicht getan. Er hat schlimme Dinge getan, aber dafür könnt ihr nicht mich verantwortlich machen.« Holdner lächelt beharrlich.

»Sie stehen darüber hinaus wegen des Missbrauchs von Kindern unter Anklage. Wir haben in Ihrem Wohnwagen Datenträger sichergestellt, die Sie während der Tat zeigen.«

»Nein«, sagt Holdner.

Eine Pause tritt ein. Maren Kramer hat das Material zum Teil gesichtet. Tatsächlich ist Holdner auf diesen Aufnahmen nicht zu sehen gewesen. Aber …

»Sie haben in der Regel die Kamera geführt«, sagt Christian Sandner. »Ihre Stimme ist zu hören. Sie geben Anweisungen.«

»Stimmen. Da klingt häufig eine wie die andere«, sagt Holdner.

»Es ist Ihr Wohnwagen.«

Holdner schweigt.

»Ihre Stimme. Ihre Kamera. Datenträger, aufgefunden in Ihrem Besitz.«

Holdner. Alter Mann, mindestens leicht adipös, irgendwie bräsig, denkt Maren Kramer. Nicht ganz so schnell im Denken, wie er selbst vermutlich glaubt. Einer, der sich selbst überschätzt. Für Momente fühlt es sich unwirklich an, dass dieser betagte Mann, diese hinfällige Person so vielen Menschen Leid angetan hat.

»Sie haben Ihre Aufnahmen im Internet geteilt. Das ist bewiesen. Wir kennen Ihre Nutzernamen, Ihre Beiträge in den Chats, wir kennen jedes einzelne Ihrer Worte.«

»Worte«, sagt Holdner.

»Jede einzelne Ihrer Taten.«

»Taten«, echot Holdner. Leise, wie im Zwiegespräch.

»Sie kennen Herrn Dahms? Torsten Dahms? Er war zuletzt Betreiber Ihrer Plattform.«

Holdner schweigt.

»Sind Sie sich begegnet oder war es eine Bekanntschaft im virtuellen Raum?«

»Schall und Rauch«, sagt Holdner. Jetzt lächelt er wieder.

»Nicht ganz«, sagt Christian Sandner.

»Hm?«, fragt Holdner.

»Herr Dahms ist tot.«

Holdner kneift die Augen zusammen. Lächelnd.

»Das dürfte sogar Ihnen neu sein.«

»Was heißt das?«, fragt Holdner.

»Tot«, sagt Sandner.

Maren Kramer sucht das Gesicht des Mannes ab. Es arbeitet in ihm. Er ist verwirrt. Christian Sandner zieht die Pause in die Länge. Holdner hält seinem Blick stand. Schweigt eisern.

»Überrascht Sie das?«, fragt Sandner schließlich.

Holdner schweigt.

»Sie haben jetzt die Möglichkeit, etwas dazu zu sagen, wenn Sie Kenntnisse haben.«

Aber Holdner hat keine. Das sieht Maren Kramer, das sieht sicher auch ihr Kollege, Christian Sandner. Holdner ist nicht nur verwirrt, eher verstört. Das passt nicht zu diesem Mann, deshalb ist es so augenscheinlich.

Dann wird die Tür geöffnet. Maren Kramer wendet sich um, sieht Lederer.

»Kommt ihr mal?«, fragt er.

Sandner nickt. »Gleich, Mark«, sagt er. Wendet sich wieder an Holdner, der ein wenig zurückgelehnt sitzt, nicht entspannt, eher erschlafft. Erschöpft.

»Denken Sie in Ruhe über alles nach«, sagt Sandner. »Wir sehen uns morgen. Gleiche Zeit, selber Ort.«

Sie verlassen den Raum. Maren Kramer wirft einen letzten Blick auf Holdner, ein Beamter tritt an ihn heran, um ihn zurück in den Zellentrakt zu bringen. Holdners Blick ist auf die grauweiße Wand gerichtet. Das Lächeln ist weg. Verschwunden, ohne Spuren zu hinterlassen.

CHRISTIAN

»Was ist?«, fragt Christian, während sie den breiten Gang entlang zurück zum Großraumbüro gehen.

»Dahms«, sagt Lederer.

»Ja?«

»Wir haben ein erstes Feedback aus der Gerichtsmedizin. Ein vorläufiges.«

»Und?« Christian ist stehen geblieben, sieht Lederer an.

»Es ist möglich, dass sich die Substanz, die den Tod verursacht hat, über längere Zeit im Körper befunden hat.«

»Was heißt das genau?«, fragt Maren Kramer.

»Es ist ein Hinweis, der sich mit den Aussagen der Haftleitung deckt. Sie sind sicher, dass Dahms keine Arznei bei sich hatte. Nichts, keine toxischen Substanzen, die er seit seiner Festnahme hätte einnehmen können.«

»Moment, die Einschätzung der Gerichtsmedizin ist demnach, dass …«, sagt Christian.

»Dass Dahms möglicherweise die Substanz bereits vor seiner Festnahme eingenommen hat. Gestern. Oder vorgestern. Das ist zunächst nur zu unserer Orientierung. Ein Toxin mit fehlender Initialwirkung. Mit einer Wirkung, die verzögert eintritt. Die Information ist, dass es möglich wäre.«

Christian denkt an den Moment, der nicht lange zurückliegt. Jetzt, in der Rückschau, wirkt es fremd, als wäre er selbst Teil einer Inszenierung gewesen. Ben hat Dahms befragt. Fokussiert. Christian saß neben Ben. Er hatte den Eindruck, dass Ben jedes Wort bewusst gesetzt hat. Dahms hat kaum gesprochen. Er war still. In sich gekehrt. Stumm, als wäre er gar nicht in der Lage zu sprechen. Dann hat er doch noch etwas gesagt, etwas Ungeheuerliches … und dann …

Der Anwalt aufrecht, Dahms blass, Ben konzentriert.

Er selbst, Christian, hat versucht, sich auch zu fokussieren, aber es ist ihm schwergefallen. Ihm ist ständig ein Gedanke in die Quere gekommen, ein Gedanke, der an ein Bild geknüpft war. An das Bild von Torsten Dahms, der seine Töchter vergewaltigt, an einem sonnigen Tag, der etwa vier Jahre zurückliegt. Christian hat die Aufnahme, auf die Ben gestoßen ist, angesehen, bevor sie zur Vernehmung gegangen sind. Dahms und sein Anwalt waren schon da, als sie den Raum betreten haben.

Dahms blass, Ben konzentriert, der Anwalt in seinem Element. Christian hat die Schweißperlen gezählt, die sich auf der Stirn von Dahms gebildet haben. Dann hat sich

Dahms plötzlich nach vorn gebeugt und Schaum erbrochen. Er ist aufgestanden, gestürzt.

»Christian?«, fragt Lederer.

»Ja«, sagt er. Er denkt an Dahms, gestern, bei der Festnahme. Wie war er? Auch dann schon schweigsam, auf der Terrasse sitzend, mit Blick auf den blühenden Garten. »Welchen Eindruck hattest du von Dahms gestern?«, fragt er Lederer. Maren Kramer ist da noch nicht dabei gewesen.

»Was meinst du?«, fragt Lederer.

»Ich frage mich, ob wir dort einen Mann angetroffen haben, der gewusst hat, dass wir kommen. Der sich deshalb vor unserer Ankunft vergiftet haben könnte.«

»Ich weiß nur, dass er kein Wort gesprochen hat«, sagt Lederer.

»Ich rufe noch mal seine Frau an. Hast du die Nummer?«

Natürlich hat Lederer die Nummer. Er reicht ihm sein Handy an. Christian wählt, wartet. Die Stimme ist weit weg. Verena Dahms meldet sich mit einem leise fragenden »Ja«.

»Hier spricht Christian Sandner, von der Polizei in Wiesbaden«, sagt er.

Sie schweigt.

»Frau Dahms, ich habe noch eine Nachfrage zu Ihrem Mann. Wann haben Sie zuletzt mit ihm gesprochen? Gestern, bevor wir kamen.«

»Wie meinen Sie das?«, fragt sie. Ihre Stimme ist heiser, leise, verlangsamt.

»Sie sagten, er sei beim Squashspielen gewesen?«

»Ja, das stimmt.«

»Wann war das?«

»Gegen Mittag. Wir haben noch telefoniert, nachdem er

fertig war im Squash-Inn. Er hat gesagt, dass er noch duschen geht. Er hat meistens zweimal geduscht nach dem Sport. Erst in der Halle, dann noch mal zu Hause.«

Zweimal duschen, denkt Christian. Zweimal reinwaschen.

»Aber dann kam die Polizei. Deshalb konnte Torsten hier bei uns nicht mehr duschen. Weil Sie ihn dann mitgenommen haben.«

»Ja. Wie war er? Als Sie mit ihm telefoniert haben. Wie war seine Stimmung am Telefon nach dem Spiel?«

Eine kurze Pause tritt ein. »Ziemlich normal«, sagt sie. »Wie immer.« Die Worte klingen nach. »Nein, er war in guter Stimmung, denke ich. Weil er gewonnen hat, gegen seinen Arbeitskollegen, Patrick. Er hat gelacht. Er meinte, dass er Patrick abgezogen hat.«

»Ich brauche die Kontaktdaten. Die Adresse. Von dem Kollegen, dem Squashpartner. Und die Adresse dieser Squashhalle.«

»Das ist hier nicht weit von uns«, sagt sie. »Squash-Inn. Und der Kollege ist Patrick Leipold. Susanne und Patrick Leipold sind Freunde von uns. Ihr Kollege, Herr Lederer, hat die Kontaktdaten schon notiert.«

»Ah. Ja. Gut … Squash-Inn. Ich … danke Ihnen, das hilft uns weiter. Ich melde mich, sobald wir … mehr wissen.«

»Ja«, sagt sie. Und noch leiser: »Danke.«

»Auf Wiedersehen.«

Christian unterbricht die Verbindung.

»Die Daten von dem Squashpartner haben wir«, sagt Lederer. »Wir haben ihn aber noch nicht kontaktiert. Das erschien gestern noch nachrangig.«

Christian nickt.

»Das Squash-Inn kenne ich«, sagt Maren Kramer. »Ich klettere da manchmal.«

Christian sieht sie fragend an.

»An der Kletterwand«, sagt sie.

»Ah«, sagt er. Der Gedanke an Maren Kramer, die eine Kletterwand erklimmt, vermengt sich mit Dahms, der zu Boden stürzt.

»Seine Frau meint, er sei während des letzten Telefonats normal gewesen«, sagt er. »Sogar guter Laune, weil er sein Spiel gewonnen hatte.«

BEN

Ben sitzt zwischen Schatten und Licht. Das Licht dringt durch die Jalousien, die verschlossen, aber an einigen Stellen undicht sind. Drei Bildschirme stehen für die Sichtung der Datenträger bereit, alle sind schwarz. Er hat noch nicht die Kraft gefunden, einen der PCs hochzufahren. Er sitzt nur da, macht Pause.

Marlene ist am See, Svea in Stockholm.

Das Bild hat sich eingebrannt. Das Bild des zu Boden stürzenden Mannes. Dahms. Gefällt, wie ein Baum. Dabei war Ben so konzentriert gewesen, fokussiert darauf, Torsten Dahms die Situation vor Augen zu führen. Er hat die Vernehmung an sich gerissen, hat Auge in Auge mit diesem Mann gesessen und ihm klargemacht, worum es geht. Um alles.

In den Minuten danach, nachdem Dahms weißen Schaum erbrochen hat und zu Boden gestürzt ist, ist er ganz ruhig gewesen und hat zwei Gedanken gehabt.

Dass er nach Gerhardt nun auch Dahms getötet hat. Gerhardt mit einer Waffe, Dahms mit Worten. Das war der erste Gedanke, den hatte er, als er im Herzen des Orkans gestanden hat, neben den hektischen Menschen. Christian, Maren Kramer, Lederer und weiteren Herbeieilenden, die versucht haben zu begreifen, was passiert.

Der zweite Gedanke hat dann Ben selbst in Unruhe versetzt. In erhebliche Unruhe. Denn er hat begriffen, dass er es nicht gewesen ist. Er hat nur eine Vernehmung geleitet, hat Dahms mit Fragen konfrontiert. Fragen, die Dahms ohnehin nie hätte beantworten können oder wollen. Etwas anderes hat Dahms getötet, nicht Bens Fragen. Aber was?

Ein Mensch stirbt, denkt er. Ein Mann, dessen Geheimnisse ans Licht gekommen sind. Es muss damit zusammenhängen. Auf die Enthüllung folgt der Tod. Der Gedanke ist übersteigert, steht ihm wie ein schrilles Farbenspiel vor Augen. Enthüllung, Tod.

Er fährt einen der PCs hoch, wartet, bis der Bildschirm aufflackert, startet die Bilder. Sie laufen ab. Er sichtet sie. Einen Datenträger nach dem anderen. Datenträger aus dem Besitz von Dahms, Holdner und Göbel.

Jens Göbel, das ist der Mann, der offenbar schon seit vielen Jahren mit Holdner im Austausch stand. Die Datenträger aus seinem Besitz sind alle recht alt. Den Bildern haftet etwas Nostalgisches an. Nicht den Taten, die sie zeigen, es sind die Farben, die verschwimmenden Konturen. Zeit vergeht. Ben konzentriert sich darauf, Ordnung zu schaffen, notiert Beobachtungen. Wiederkehrende Szenerien, Hintergründe, Gegenstände, die am Rand stehen, Schriftzüge, Firmenlogos, ein Herz mit der Aufschrift: *Ich mag dich.* Die Datenträger aus dem Besitz von Göbel zeigen ausschließlich den Missbrauch an Mädchen. Bei Holdner und Dahms ist es eine Mischung, die beiden waren Sammler. Auch wenn Holdner in den Vernehmungen deutlich hervorgehoben hat, dass er nicht auf kleine Jungs steht. Das hat er gesagt, ohne den Missbrauch an Mädchen einzuräumen.

Kleine Jungs, denkt Ben. Er spürt nichts, während die Bilder vorüberziehen. Vielleicht ist es weg. Einfach so. Er macht Notizen, akribisch, bald wird sich ein Muster herauskristallisieren. Er spürt nichts, weder Lust, noch kann er mitempfinden. Weder mit den Jungen noch mit den Mädchen. Er denkt an Marlene. Wie sehr er sie liebt.

Manchmal spukt ihm die Frage im Kopf herum, auch jetzt. Was würde Svea sagen, wenn er es einfach aussprechen würde. Beiläufig, beim Abendessen. Zwischen Hauptgang und Nachtisch.

Ich mag keine Frauen, Svea, auch keine Männer, ich mag Jungs.

Er würgt das Lachen ab, schließt die Augen.

Jetzt, plötzlich, spürt er beides. Mitleid mit den Mädchen, Lust auf die Jungs.

Der nächste blühende Garten. Maren Kramer denkt, dass es etwas zu bedeuten hat. Aber sie weiß nicht, was.

In jedem Fall erzählen blühende Gärten in einem der heißesten Sommer in der Geschichte des Landes davon, dass Menschen Aufwand betreiben. Den Rasen sprengen, die Beete gießen, Tag für Tag.

Patrick Leipolds Frau lässt sie herein, und Leipold empfängt sie auf der Schwelle der geöffneten Terrassentür, es ist so vieles wie gestern, im Haus der Familie Dahms. Leipold sieht, zumindest auf den ersten Blick, sogar aus wie eine Kopie seines Freundes Dahms, nur ist er deutlich kleiner. Dahms war etwa einen Meter neunzig groß, Leipold ist eher knapp unter eins achtzig.

Intuitiv hält Maren Kramer Ausschau nach Kindern. Zwillingen. Aber da ist niemand, denn das Ehepaar Leipold ist kinderlos, Stand jetzt, so viel konnte Lederer ihr schon sagen. Maren schätzt beide auf Mitte dreißig. Da geht noch was, denkt sie. Dann vermengt sich diese Floskel mit dem Gedanken an das Leid der Kinder, der Töchter von Dahms und der anderen, die Teil dieser vielschichtigen Ermittlung sind.

Das passt nicht mehr zusammen, denkt sie. Der Gedanke daran, dass es schön ist, wenn Kinder zur Welt kommen, passt nicht zu dieser Ermittlung.

Ein anderer Gedanke nähert sich an, sie hört die Stimme ihrer Mutter. Es ist noch nicht so lange her, etwa ein halbes

Jahr. Als sie ihre Mutter am ersten Weihnachtsfeiertag in Norddeutschland besucht hat, hat sie einmal mehr die Frage gestellt. Ob sie nicht bald einen Mann haben wolle. Und Kinder. In dieser Reihenfolge, die ja auch in gewisser Weise schlüssig erscheint. Mann, Kinder. Maren hat gelächelt und die immer gleiche Antwort gegeben. »Ach, Mama.«

»Man wird ja fragen dürfen«, hat ihre Mutter entgegnet.

Christian Sandner spricht schon mit Leipold. Maren richtet ihre Sinne auf das Hier und Jetzt aus, auf diesen Moment, in dem Leipold aus Wolken zu fallen scheint.

»Wie bitte?«, fragt er.

»Wollen wir vielleicht ...«, sagt Christian und deutet auf die Terrasse, auf den Garten, der dem der Familie Dahms so beängstigend ähnlich sieht.

»Ja, sicher«, murmelt Leipold und geht voran. Sie setzen sich an den weißen Terrassentisch. Maren tritt näher, setzt sich ebenfalls.

»Was soll das heißen? Torsten ist tot?«

»Sie wissen, dass wir ihn gestern festgenommen haben? Nachdem Sie mit ihm Squash gespielt hatten.«

»Was? Nein. Warum denn?«

Maren Kramer betrachtet Patrick Leipold. Nichts, wirklich nichts deutet darauf hin, dass er ihnen etwas vorspielt. Er ist einfach perplex. In jeder Hinsicht. Torsten festgenommen, davon hat er nichts gewusst. Natürlich nicht. Nur Verena Dahms hätte ihm innerhalb der vergangenen 24 Stunden davon erzählen können, und Verena Dahms befindet sich in Schockstarre.

»Ich verstehe nicht«, sagt Leipold.

»Herr Dahms ist verstorben, in Polizeigewahrsam. Offenbar kam er mit einer noch nicht bekannten toxischen Substanz in Kontakt, möglicherweise schon gestern.«

Leipold sieht Christian Sandner an. »Was?«

»Sie haben gestern gegen Mittag Squash gespielt«, sagt Christian.

»Ja«, sagt Leipold.

»Welchen Eindruck hatten Sie von Ihrem Freund?«

Maren hebt den Blick. Den Begriff hat Sandner sicher bewusst verwendet, um auszutesten, ob Leipold sich distanzieren wird. *Nein, kein Freund, eher ein guter Bekannter.* Aber Leipold sagt nichts dergleichen.

»Was meinen Sie damit? Welchen Eindruck?«

»Wie ging es ihm? War er glücklich? Nachdenklich?«

Leipold schweigt. Versucht, die Worte zu sortieren. Die Informationen. »Ich verstehe gar nichts«, sagt er. Im Hintergrund steht seine Frau. Susanne Leipold. Sie hört die Worte, wagt nicht, näherzutreten.

»Was meinen Sie damit?«, fragt Leipold.

»Wirkte er glücklich, entspannt oder eher, in welcher Weise auch immer, anders?«, sagt Christian.

»Glücklich«, sagt Leipold. »Das trifft es eigentlich. Vor allem war er zufrieden, nachdem er unser Spiel gewonnen hatte. Aber er hat eigentlich immer gewonnen …«

»Was war davor? War er abgelenkt? In Gedanken?«

»Nein. Null. Im Gegenteil, er war konzentriert aufs Spiel. Hat die ganze Zeit gelacht und seine Schläge kommentiert.«

Eine Pause tritt ein. Stille. Eine weiße Katze durchquert den Garten.

»Gibt es irgendetwas, das Ihnen in Erinnerung geblieben

ist? Irgendetwas, das uns helfen könnte zu begreifen, was passiert ist?«, fragt Christian Sandner.

Leipold hebt den Blick. Sprachlos.

»Was ist denn passiert?«, fragt Susanne Leipold aus dem Hintergrund.

BEN

Am Abend holt er Marlene von ihrer Freundin ab. Die Mädchen spielen im Garten. Sie tragen keine violetten Sommerkleider, dennoch streift ihn der Gedanke an die Töchter von Torsten Dahms.

»Sie haben mächtig Spaß gehabt«, sagt Annabels Mutter.

Ben lächelt. Sein Blick wandert wieder zum Garten, zu den spielenden Mädchen, zu Marlene.

Ich liebe dich von ganzem Herzen, denkt er. Er formuliert den Satz ganz aus, hält ihn sich vor Augen.

»Wir waren spontan noch im Freibad. Da haben sie heute die Sprungbretter eingeweiht. Marlene ist vom Fünfer gesprungen.«

»Oh. Wow«, sagt Ben.

Ines lacht. »Es war ihr nicht ganz geheuer«, sagt sie. »Aber sie hat es durchgezogen.«

Ben nickt. Nicht ganz geheuer, denkt er. Durchgezogen.

Wenig später durchqueren sie gemeinsam den Sommer. Den verblassenden Sommer, den beginnenden Abend. Marlene sitzt auf der Rückbank, schmökert in einem Buch mit violettem Schutzumschlag.

»Ist Mama schon da?«, fragt sie.

»Weiß nicht genau«, sagt Ben. »Ich kam direkt von der Arbeit. Aber sie kommt auf jeden Fall heute Abend zurück.«

»Cool«, sagt Marlene, ohne den Blick von ihrem Buch zu nehmen.

Ben lächelt. Ihm ist schwindlig, aber er fährt sicher, schlafwandlerisch sicher, hat alles im Griff. Marlene wird nichts passieren, niemals.

Als sie ankommen, steht Svea schon da, vor dem Haus, als hätte sie auf ihre Ankunft gewartet. »Mama«, ruft Marlene, steigt schnell aus, rennt ihr entgegen. »Kann morgen Annabel bei uns übernachten?«

»Klar«, sagt Svea lachend. »Wenn Papa nichts dagegen hat.«

Marlene wendet den Blick, Ben lächelt.

»Papa hat nie was dagegen«, sagt Marlene lachend.

»Übernachten klingt gut«, sagt Ben. »Wie war Stockholm?«

»Gut«, sagt Svea. »Ziemlich entspannt.«

Ben nickt. Entspannt. Das klingt nach einem Schlüsselwort. Entspannen, zur Ruhe finden. Sie stehen unter der Sonne, vor ihrem Zuhause. Vereint in einem Moment, der außer Frage steht. Er spürt, zum ersten Mal, seit einiger Zeit, ein wenig Kraft. Vielleicht wird er Landmann anrufen, fragen, wie es ihm geht.

»Wie lief es bei dir?«, fragt Svea.

Er schweigt.

»Schwierige Ermittlung?«, fragt sie. Sie weiß, zumindest im Ansatz, an welchem Fall er zurzeit arbeitet.

»Ja«, sagt er. Schwierige Ermittlung.

Marlene springt, streckt die Hände aus, als wollte sie die Sonne einfangen wie einen Ball.

HOLDNER

Im Dunkel ein schmaler Streifen Licht. Holdner betrachtet ihn. Fragt sich, was los ist. Es wird alles zu viel. Zu wenig. Sein Leben, alles, was ihn angetrieben hat, ist weg. Einfach so. Ausgelöscht.

Er hat nicht damit gerechnet. War nicht vorbereitet. Jetzt ist er ein Nichts. Dabei hatte er Pläne. Einer dieser Pläne spukt ihm seit einiger Zeit im Kopf herum. Er hatte eine Verabredung, eine, auf die er sich gefreut hat. Fast möchte er sagen, er hat ihr entgegengefiebert.

Aber er wird nicht kommen können.

Er fragt sich, ob der andere kommen wird. Humbert, wie er sich im Chat genannt hat, vermutlich in Anlehnung an Nabokovs Roman. Holdner hat den Roman nicht gelesen, aber eine der Verfilmungen gesehen. Sehr gut. Er hat schallend gelacht. Großartig Jeremy Irons in der Hauptrolle. Die kleine Lolita … auch gut. Natürlich nur eine Schauspielerin, im echten Leben viel zu alt. Film ist immer Blendwerk. *Humbert*, so nennt er sich im Chat. Holdner fragt sich, ob er überhaupt mitbekommen hat, was passiert ist. Das Problem ist nämlich, dass dieser *Humbert* ihn, Holdner, nicht als Holdner kennt. Sondern als *Moderator/Kinderfreund*. So lautet Holdners nickname.

Seinem Treffen mit Humbert hat er entgegengefiebert, hatte schon alles vorbereitet. Und dann ging alles schief, dann kamen idiotische Dinge dazwischen.

Er ist gefangen. Im Nichts. Das Nichts macht ein Nichts aus ihm.

Dahms hat sich also das Leben genommen. So muss es wohl sein. Er fragt sich, wie er das gemacht hat. Er, Holdner, sieht keine Möglichkeit, seinem Leben in dieser Zelle ein Ende zu setzen.

Das Schlimmste aber ist etwas anderes, etwas, das er sich nur ungern eingesteht.

Er denkt an Laura, seine Enkeltochter. Fragt sich, wie es ihr geht. Was sie macht, wie sie ihr Leben lebt, ohne ihn.

Das Schlimmste ist, dass er nicht den Mut haben wird, sich das Leben zu nehmen, selbst wenn man ihm irgendwann die Möglichkeit dazu geben sollte.

CHRISTIAN

Am Abend schlägt Anne vor, dass sie ins Kino gehen könnten.

»Irgendein Gruselfilm«, sagt sie.

»Hm.«

»So gruselig, dass man darüber lachen kann.«

»Klingt gut«, sagt er.

Also laufen sie durch die Stadt, die Nacht bricht an, in der Spätvorstellung sind sie allein. Anne hat tatsächlich genau den richtigen Film gefunden, die Dialoge sind so gestelzt, die Klischees so penetrant und das Blut spritzt so akkurat und künstlich, dass Anne lachen kann.

Christian stimmt ein.

Vielleicht ist das ja alles, denkt er. Alles, worum es geht. Schöne Momente, die so einprägsam sind, dass sie bleiben könnten. Anne schüttet sich aus vor Lachen, prustet, hat Tränen in den Augen, und Christian speichert den Moment ab, um sich später, wenn der Schmerz zurückgekehrt ist, erinnern zu können.

LANDMANN

Auf der Schwelle zwischen Nacht und Morgen schläft Landmann endlich ein, mit einer Erinnerung an Barbara.

JOSY

Sie ist zeitig da. Parkt vor dem Hotel, mit guter Sicht, in sicherem Abstand. Der Beschützer schweigt. Jana schweigt ohnehin, seit einiger Zeit.

Zeitig da zu sein, vor Ort, das ist ihr wichtig. Rituale sind gut, Kontrolle ist besser. Man kann nie wissen, was der Mann vorhat. Ob er eine Neigung besitzt, sein morgendliches Ritual abzuändern, zu modifizieren. Männer sind schwer berechenbar. Nicht unberechenbar, schwer berechenbar. Sie lehnt sich zurück, ruht, wartet, mit halb geöffneten Augen.

Drei

And the light may hide the night
and the night may be a light
a brighter shining star
on a sunset boulevard

HANNO

Hanno Eigler erwacht vorfreudig und erregt. Er steht auf, sieht im Nebenzimmer nach Biene, die noch schläft. Sie dreht sich auf die andere Seite, spricht leise im Schlaf, als er näher tritt.

Er geht ins Bad, macht sich frisch, streift sich die Trainingssachen über. Er hat das Gefühl, die klare Morgenluft schon einatmen zu können, obwohl er noch gar nicht draußen ist.

Im Wohnbereich der Suite geht er zum Tisch, fährt den Laptop hoch, studiert seine Maileingänge. Einige beantwortet er direkt. Dann sitzt er für eine Weile vor dem flimmernden Bildschirm, fragt sich, warum *Kinderfreund* zuletzt nicht mehr geantwortet hat.

Vermutlich wird es banale Gründe haben. Es wird schlicht daran liegen, dass alles besprochen war. Und ja, *Kinderfreund* hat ja recht. Es empfiehlt sich nicht unbedingt, lange Dialoge zu führen, es macht Sinn, die Sache klar zu verabreden, dann passt das, dann sind der Worte genug gewechselt.

Und genau das haben sie getan. Die Verabredung ist unmissverständlich. *Today is the day,* denkt Hanno Eigler. Ein Lächeln huscht über sein Gesicht. Bilder stehen ihm vor Augen, von Laura, der kleinen Enkeltochter von *Kinderfreund.* Es ist kaum zum Aushalten. Es macht ihn wahnsinnig.

Vor allem ein Satz geht Eigler nicht mehr aus dem Kopf. Einer der Sätze, die *Kinderfreund* geschrieben hat. Für sie ist das alles ganz normal. Das hat *Kinderfreund* geschrieben. Ganz normal, vor allem, wenn sie das Ganze gut vorbereiten. Das haben sie getan. Alles ist vorbereitet. Perfekt vorbereitet. Der Zitronenlikör im Kühlschrank. Und so weiter.

Er schließt die Augen. Bilder laufen ab, Szenen, er lebt sie voraus, bald, denkt er, heute. Er spürt, dass ihm Tränen in die Augen steigen, das überrascht ihn. Aber vielleicht ist auch das normal, denn das hier, das wird etwas Besonderes sein.

Er fasst sich zwischen die Beine, lässt seine Hand dort für eine Weile ruhen. Er atmet tief ein und aus.

Dann zieht er die Schirmmütze auf, verlässt das Zimmer, durchquert den sonnengefluteten Gang mit den abstrakten Gemälden, erreicht den Lift. Er fährt hinunter, läuft durch die helle graublaue Lobby nach draußen, ist geblendet von der Morgensonne. Es ist schon warm, wohlig warm, es sind die ersten Ausläufer eines kochend heißen Tages. Sie werden einen Ventilator benötigen, denkt er, und das Gute ist, er hat daran gedacht, hat einen dabei. Steht schon bereit.

Er setzt sich in Bewegung, läuft, joggt, zwischen den Bäumen des Parks. Er fragt sich, wie *Kinderfreund* aussieht.

Und wie alt er ist. Sicher um einiges älter als er selbst, denn das Mädchen, Laura, ist seine Enkeltochter.

Er läuft schneller, fühlt sich so fit wie lange nicht, über die schmale Brücke, unter der ein Bach plätschert, grün und blau. Die junge Frau schenkt ihm ein Lächeln. Er erwidert es. Wie nett, denkt er. Ist es eine Frau? Eher ein Mädchen. Irgendwas dazwischen.

»Ja, bitte?«, fragt er, ohne sich aus dem Rhythmus bringen zu lassen, er hüpft weiter von einem Bein aufs andere.

»Was?«, fragt sie.

»Kann ich Ihnen helfen? Sie haben … im Weg gestanden.«

»Ach so. Entschuldigung, nein.«

»Ah, na dann.« Er lacht. Komisch, denkt er. Steht diese Frau mir hier im Weg rum.

»Was sehen Sie?«, fragt sie.

Er kneift die Augen zusammen. Lächelt beharrlich. Was soll das?

»Sehen Sie genau hin«, sagt sie.

»Was …«

Dann trifft ihn der Schlag. Ist es ein Schlag gewesen? Was … er taumelt. Ein Kratzen, Brennen, im Rachen. Er hustet. Was … ist … denn …

»Sehen Sie hin«, sagt sie.

Er hebt den Blick.

Die Frau betrachtet ihn. Sie ist über ihm. Warum … kommt denn keiner, um das Ganze hier zu klären? Was … ist denn …

Die Frau wendet sich ab. Tritt aus dem Bild heraus. Himmel, blau. Ein schiefer Ton. Schmerz strömt herein. Er denkt an Biene und die Enkeltochter von *Kinderfreund* und hat den Geschmack von Zitronenlikör auf der Zunge, während er stirbt.

LEDERER

Mark Lederer folgt Maren Kramer, die leichtfüßig die schmale Brücke überquert, hinter der sich schon der abgesperrte Bereich befindet. Eine weite Fläche, in deren Zentrum, von der Sonne beschienen, ein Toter liegt.

Hansen, einer der Polizisten, die zuerst vor Ort waren, kommt ihnen entgegen. »Hallo Mark«, ruft er.

»Hallo Hansen«, sagt Lederer. »Das ist meine Kollegin Maren Kramer.«

»Hallo«, sagt Hansen. »Also … warum das etwas für euch sein könnte …« Er reicht Lederer ein Smartphone. »Da sind Bilder drauf … das Ding war nicht mal gesichert.«

Lederer aktiviert das Display. Blickt in das lächelnde Gesicht eines kleinen Mädchens. Er sieht Hansen fragend an.

»Du musst die Galerie öffnen.«

Lederer öffnet die Galerie. Die Bilder, die Hansen meint, finden sich unter dem Namen *small pics and pigs.* Lederer betrachtet einige, reicht das Smartphone an Maren Kramer weiter.

»Tja«, sagt Hansen.

Was ist hier los? denkt Lederer. Was ist hier los? Er läuft auf den am Boden Liegenden zu, hört im Hintergrund Maren Kramers Stimme. »Wer ist der Mann?«, fragt sie.

»Eigler, Hanno. Sein Ausweis war in einer Geldbörse, die er bei sich trug«, sagt Hansen.

Lederer betrachtet den Toten. In seinem Hals steckt eine Schere.

»Da war auch eine Schlüsselkarte des Mariland-Hotels. Das ist wenige Hundert Meter von hier.«

Lederer nickt. Er kennt das Hotel. »Ich gehe mal rüber«, murmelt er.

Er läuft. Weg von hier, denkt er. Egal wohin, Hauptsache weg von diesem Ort. Er überquert die schmale Brücke, unter der das Wasser eines Bachs fließt. Er lauscht, konzentriert sich auf das Plätschern. Wasser, denkt er, kühles Wasser trinken, gleich. Er läuft schneller, erreicht das Ende des Parks, die violette Fassade des Hotels taucht auf. Er betritt die Lobby, fischt schon seinen Dienstausweis aus der Brusttasche seines Hemds. An der Rezeption steht ein junger Mann, mit auffällig glatt frisierten kurzen Haaren. »Ja, bitte?«, fragt er.

»Lederer, Kripo Wiesbaden. Ich muss das Zimmer eines Ihrer Gäste sichten, von Herrn Hanno Eigler.«

Der Mann starrt ihn an.

»Bitte, ich kann Ihnen jetzt nicht mehr dazu sagen.«

»Ich verstehe nicht ganz«, sagt der junge Mann.

»Lederer, Kripo Wiesbaden. Ich möchte das Zimmer des Gastes Hanno Eigler sehen.«

Endlich beginnt der Mann zu agieren. »Sicher, Moment. Ist denn … was ist denn passiert?«

Lederer schweigt, wartet. Ein Gedanke streift ihn, nimmt Form an. »Herr Eigler reiste allein, oder?«

Der junge Mann sieht ihn an. »Also … sicher weiß ich

das nicht … ich kenne den Gast nicht. Wir haben zweihundertzwanzig Zimmer.«

»Ja, verstehe«, sagt Lederer.

»Ich sehe hier aber, dass Herr Eigler eine Suite gebucht hat.«

Suite, denkt Lederer.

»Das spricht eher dafür, dass er nicht allein gereist ist.«

Lederer nickt. Suite, nicht allein, denkt er. Der Mann reicht ihm eine Zimmerkarte. »Zimmer 701, siebter Stock«, sagt er.

Lederer nickt, läuft zügig zum Lift, bevor der Angestellte auf den Gedanken kommt, einen Vorgesetzten hinzuzuziehen, denn er hat plötzlich das unbestimmte Gefühl, dass es eilt, dass er schnell sein muss. Er fährt nach oben. Hier ist alles ruhig. Schattig. Vor der Tür zur Suite 701 bleibt er stehen, lauscht, atmet durch. Er zieht seine Waffe. Die Karte rastet ein, grünes Flackern, dann steht er im Raum. Er nimmt unmittelbar eine Bedrohung wahr, obwohl der Raum leer ist.

Er geht ein paar Schritte, sein Blick streift das weiß bezogene Bett, den Laptop auf dem Tisch, den Ventilator am Rand, das Stofftier am Boden. Er hört ein Summen, öffnet die angrenzende Tür, sieht das Mädchen. Dasselbe, das auf dem Display von Eiglers Handy zu sehen ist. Es schläft, in einem Beistellbett.

Er zieht sich zurück, rückwärtslaufend. Während er läuft, stellt er sich vor, dass er im Begriff ist, alles wirklich rückgängig zu machen. Er tritt aus der Szenerie heraus, und dann wird nichts mehr davon da sein, nichts real, nie da gewesen.

Schlaf weiter, Mädchen, denkt er, schlaf immer weiter.

Während er zurück zum Lift läuft, wählt er Maren Kramers Nummer.

MAREN

Sie befragt eine der Zeuginnen, sieht Lederers Nummer auf dem Display.

»Ja?«, fragt sie.

»Wir haben ein Problem«, sagt Lederer.

»Nämlich.«

»Hier, in Eiglers Zimmer, ist ein Mädchen. Vielleicht etwa drei Jahre alt. Es schläft.«

Maren Kramer schweigt.

»Ich werde psychologischen Beistand anfordern, werde gleich die Therapeutin kontaktieren, die mit einigen der Opfer arbeitet.«

»Ja«, sagt Maren Kramer. »Gut.«

»Bis dann.«

Lederer hat die Verbindung unterbrochen. Maren Kramer lässt das Telefon sinken, hebt den Blick. Ihr gegenüber steht eine ältere Frau, die verständlicherweise sehr aufgeregt ist.

»Hören Sie?«, sagt sie.

»Ja. Sie haben also etwas gesehen.«

»Den Schwarzen.«

Maren Kramer wartet. Sie sieht hinüber zu dem Toten, der mit einem weißen Tuch abgedeckt worden ist.

»Den Schwarzafrikaner. Haben Sie den schon?«

»Wen genau meinen Sie?«

»Ich meine den Schwarzen, der hier im Park gelaufen ist. Den Schwarzafrikaner. Mit dem roten Hemd.«

»Wann und wo haben Sie den Mann gesehen?«

»Vorhin. Kurz bevor jemand gerufen hat, dass hier einer liegt.«

»Wo war dieser Mann?«

»Dahinten.«

Maren Kramer folgt ihrem Blick.

»Dann hat jemand gerufen, und ich bin hierhergelaufen, um zu sehen, was los ist. Aber das dauert bei mir, der Park ist ja Kilometer weit. Als ich hier ankam, waren schon die ersten Polizisten da und haben alles abgesperrt. Aber da lag jemand am Boden.«

»Wen haben Sie noch gesehen? Zählen Sie alle auf. Alles, woran Sie sich erinnern.«

»Warum?«

»Ich möchte, dass Sie mir sagen, wen Sie im Park gesehen haben. Hier waren sicher einige Menschen, nicht nur der Mann, von dem Sie sprechen.«

Die Frau starrt sie an.

»Bitte. Versuchen Sie, sich zu erinnern.«

»Ja ... zwei oder drei jüngere Männer. Vielleicht Teenager. Sie haben auf der Wiese gesessen.«

Maren Kramer nickt. Die drei wurden von Hansen bereits befragt.

»Ein Ehepaar. Das lief in die Richtung, so wie der ...«

»Ja?«

»So wie der Schwarze.«

Maren Kramer nickt. Sie verzichtet darauf, die Frau zu korrigieren. Der Mann, von dem sie glaubt, er sei ein Killer, hat bereits seine Personalien angegeben und eine erste Aussage gemacht. Er war es, der die Polizei verständigt hat.

»Dann war da noch eine junge Frau. Vielleicht eine Lehrerin«, sagt die Frau.

»Ja?«, sagt Maren Kramer.

»Sie sah aus wie ein Bücherwurm. Wie eine junge Lehrerin. Referendarin. Ich bin selbst Lehrerin gewesen. Früher. Deutsch und Geschichte.«

Maren Kramer nickt. »Wohin ging die junge Frau?«

Sie denkt nach. »Sie lief aus dem Park, als ich gerade reinkam. Sie hat mich angelächelt und gegrüßt.«

Maren Kramer schweigt. Sie denkt an Lederer. An Eiglers Hotelzimmer. Versucht, sich ein Bild zu machen. Zu begreifen.

»Heute sei ein schöner Tag, hat sie gesagt. Und ich habe gedacht, dass sie aussieht wie eine junge Referendarin«, sagt die Frau. Sie schweigt, einige Sekunden lang.

»Ja?«, fragt Maren Kramer.

»Sie sah aus wie die junge Referendarin, die ich mal gewesen bin.«

Maren Kramer schweigt.

»Vor vielen Jahren«, sagt die Frau.

Er bleibt auf dem Gang neben dem Aufzug stehen, bis die Psychologin, Christina Gerst, ankommt. Sie wirkt ausgeschlafen und munter und ist in Begleitung eines korpulenten Mannes, der sich als Lutz Sailer, Hotelmanager, vorstellt. »Es gibt ein Problem?«, fragt er.

»Es geht um einen Ihrer Gäste, Hanno Eigler«, entgegnet Lederer. »Er ist ermordet worden.«

Der Hotelmanager schweigt, perplex. Lederer wendet sich Christina Gerst zu. »In dem Zimmer ist ein Mädchen. Als ich kurz im Raum war, hat sie geschlafen. Vermutlich die Tochter des Toten. Etwa drei oder vier Jahre alt.«

Christina Gerst nickt.

»Was machen wir?«, fragt er.

»Sehen, ob sie inzwischen wach ist«, sagt sie.

Lederer nickt. Er läuft den schattigen Gang entlang, mit schweren Schritten, streift wieder Handschuhe über, und als er an der Tür ankommt, ist sein Körper schwer wie Blei. Er zögert, dann lässt er die Tür einrasten, betritt den Raum.

Das Mädchen sitzt am Boden, neben dem Stofftier, einem glupschäugigen Einhorn, und trinkt einen Kakao, aus einer viereckigen dunkelbraunen Packung, mit einem Strohhalm. Hat Hanno Eigler den bereitgestellt? Bevor er rausgegangen ist, zum Joggen?

»Hallo, guten Morgen«, sagt Lederer. »Keine Angst, wir sind vom Hotel … also nicht ganz vom Hotel, das ist

Christina, sie arbeitet als Psychologin, und das ist Herr Sailer vom Hotel, und ich bin Mark, von der Polizei in Wiesbaden.«

Das Mädchen betrachtet sie. Eher überrascht als verängstigt. Christina Gerst beginnt zu sprechen. Lederer kann die Worte nicht hören, sie verschwimmen, vermengen sich mit Gedanken, er nimmt nur vage wahr, dass Christina und das Mädchen ins Nebenzimmer gehen.

Er steht allein im Raum, der Hotelmanager verharrt auf der Schwelle zum Zimmer. Ein sonnengeflutetes Hotelzimmer, die dominante Farbe ist Weiß. Ist Weiß eine Farbe? Irgendwann wurde diese Frage behandelt, es ist lange her. Im Kunstunterricht. Er, Mark Lederer, ist selbst noch ein Kind gewesen, als ihm diese Frage zum ersten Mal gestellt wurde. Was hat er erlebt, im Alter von drei oder vier Jahren? Er weiß es nicht.

Er öffnet und schließt die Augen. Tastet die Umgebung ab. Er hat schon registriert, dass etwas anders ist, anders, als man erwarten würde. Aber er braucht noch ein wenig, muss die Details sammeln, um das ganze Bild erkennen zu können. Auf dem Tisch neben dem Laptop liegt ausgebreitet ein Outfit. So wie für einen Mann ein gebügeltes Jackett, ein Hemd und eine Krawatte hätten bereitgelegt werden können, liegt dort ein oranger und gelber Bikini. Kleinkindergröße.

Schwimmen gehen? denkt er. Nach dem Frühstück. Vater und Tochter. Was hat sie hierhergeführt? Begleitet eine Tochter im Kleinkindalter einen Vater auf einer Geschäftsreise? Wo ist die Mutter? Wer ist Hanno Eigler?

Zu viel auf einmal, denkt Lederer. Aber die Ermittlung

hat erst begonnen. Normalerweise wäre er jetzt damit beschäftigt, das Leben des Toten zu durchleuchten, Daten zu erfassen, aber er ist irgendwie ins Zentrum hineingeraten, an die Front. Und er kann keinen klaren Gedanken fassen, weil sein Blick auf dem Bikini haften bleibt, der auf einem dunkelbraunen Tisch liegt.

Er geht ein paar Schritte, tritt ans Fenster heran. Mit Blick auf den Park, er sieht, zwischen Bäumen, Maren Kramer in der Größe einer Playmobilfigur, er sieht die Kriminaltechniker und, mit einem Tuch abgedeckt, den Toten am Boden.

Er wendet sich ab. Betrachtet den hellen Raum. Geht zur Minibar, öffnet sie. Quer in der unteren Schublade liegt ein Getränk, das da nicht hingehört. Grellgelb. Ein italienischer Zitronenlikör, zuckrig.

Lederer spürt einen Schwindel hinter der Stirn. Er läuft, setzt sich an den Tisch, öffnet den Laptop, eine vage Hoffnung hegend, und er zuckt zusammen, als sie sich erfüllt. Der Computer reagiert auf seine Eingabe, lässt sich aus dem Stand-by-Modus heraus mit einem schlichten »Enter« aktivieren. In der Leiste am unteren Rand sind Fenster aktiv. Lederer tastet sie ab und denkt darüber nach, dass sich Hanno Eigler sehr sicher gefühlt haben muss. Kein Passwort. Vielleicht einfach, weil er glaubte, im Recht zu sein. Das Richtige zu tun.

Ein Chat öffnet sich, von dem Lederer sofort weiß, dass er ihn nicht kennt. Denn er hat in den vergangenen Wochen so viele gelesen, und die Worte haben sich eingebrannt. Aber diese Konversation ist neu. Die beiden Dialogpartner haben sich dafür offenbar von den anderen separiert, haben via Mail kommuniziert. Einer der beiden ist Hanno Eigler. Nickname *Humbert.*

Zuckriger Likör, Schokolade, Pfirsich, Zitrone. Dieses Thema spielte immer mal wieder eine Rolle in den Chatverläufen, die Lederer gesichtet hat, aber hier wird es nun konkret. *Humbert* schlägt Zitrone vor.

»Der ist süß wie Limonade«, schreibt er.

Sein Gesprächspartner, *Moderator/Kinderfreund,* stimmt zu. Hebt den Daumen. Moderator, Kinderfreund, denkt Lederer. Das bedeutet …

»Mark?«

Das ist eine Stimme aus der echten Welt. Er hebt den Blick. Sieht Christian und, einige Meter entfernt, Ben.

»Was hast du bisher gefunden?«, fragt Christian.

»Eigler, der Tote, ist vermutlich nach Wiesbaden gereist, um hier im Hotel seine Tochter zu vergewaltigen. Gemeinsam mit einem anderen. Der andere wollte auch ein Kind mitbringen, seine Enkeltochter.«

Christian schweigt. Ben schweigt. Aus dem Nebenzimmer kommt die Psychologin, Christina Gerst. Neben ihr läuft Sabine, Eiglers Tochter. Spitzname Biene oder Bienchen. Das geht aus dem Mailwechsel hervor. Das Mädchen lächelt nicht. Es weint nicht. Christina Gerst legt ganz leicht eine Hand auf ihre Schulter und reicht ihr das Stofftier, bevor sie den Raum verlassen. Wohin gehen sie? denkt Lederer.

Für eine Weile herrscht Stille.

»Es sollte hier stattfinden, heute. Treffpunkt hier um 15 Uhr. Die Mädchen, eines vier, das andere neun Jahre alt, sollten mit Zitronenlikör gefügig gemacht werden.«

»Wir müssen also dafür sorgen, dass hier um drei alles normal wirkt und den Mann abpassen«, sagt Christian.

»Nein«, sagt Lederer.

»Nein?«

»Nein, der andere wird nicht kommen. Eigler hat das nicht mitbekommen, weil wir den Chatraum aus ermittlungstaktischen Gründen nicht geschlossen haben. Er weiß nicht, dass *Moderator/Kinderfreund* aufgeflogen ist.«

»Was?«

»Der Mann, mit dem er sich hier treffen wollte, ist *Moderator/Kinderfreund,* und der sitzt in Haft. Anton Holdner.«

BEN

Zitronenlikör, denkt Ben. Das Wort und die damit verbundenen Bilder gehen ihm nicht mehr aus dem Kopf.

Beiläufig nimmt er wahr, dass Holdner alt geworden ist. Innerhalb weniger Wochen. Die Nacht und der frühe Morgen, an dem sie, Christian und er, Holdner gestellt haben, ist wie ein fernes, fremdes Bild, obwohl das Geschehen nicht lange zurückliegt.

Jetzt sitzt Holdner auf der anderen Seite des weißen Tisches im Verhörraum. Christian hat das Wort ergriffen, spricht. Monoton, konzentriert, ein wenig so, wie er selbst gesprochen hat, mit Dahms. Vielleicht wird auch Holdner gleich aufstehen, sich erbrechen, stürzen, sterben.

Aber nichts dergleichen passiert. Holdner schweigt.

»Sie verstehen, was wir Ihnen mitteilen, Herr Holdner?«, fragt Christian.

Holdner hebt den Blick. Nein, denkt Ben. Er versteht es nicht. Und er ist alt geworden.

»Es ist belegt, dass Herr Eigler und Sie für heute ein Treffen vereinbart hatten. Uns liegt der entsprechende Mailwechsel vor.«

Holdner schweigt.

»Sie wollten mit Ihrer Enkelin kommen, er reiste mit seiner vierjährigen Tochter an«, sagt Christian.

Holdner hebt den Blick.

»Ja?«, fragt Christian.

»Nicht mein Ding«, sagt Holdner.

»Was?«

»Nicht mein Ding. Vierjährige Mädchen.«

Christian wartet.

»Sowieso alles nicht mein Ding. Ich bevorzuge erwachsene Frauen. Mit einem eigenen Kopf. Ich habe immer gerne mit starken Frauen zu tun gehabt. Starker Mann, starke Frau.«

Ben schließt die Augen. Es ist schwer, Holdners Gerede zu ertragen, er wundert sich darüber, dass Christian dazu immer wieder von Neuem in der Lage ist. Es ist, als wäre Christian an diesem Fall, dem »Fallkomplex Jannis«, gewachsen. Während er, Ben, daran zu zerbrechen droht? Nein. Er wischt den Gedanken weg. Zitronenlikör, denkt er.

»Sie haben nun die Gelegenheit, einen Beitrag zu leisten«, sagt Christian. »Helfen Sie uns. Erzählen Sie uns von Herrn Eigler.«

Holdner schweigt, aber Ben sieht, dass es in ihm zu arbeiten begonnen hat.

»Erzählen Sie uns von Hanno Eigler. Kennen Sie ihn eigentlich als Hanno Eigler? Oder nur als Humbert? So nannte er sich in Ihrem Chat.«

Holdner hat Worte auf den Lippen. Inzwischen fällt es ihm schwer, zu schweigen.

»Ja, Sie wundern sich«, sagt Christian. »Richtig?«

»Nein«, sagt Holdner.

»Doch, doch. Sie wundern sich. Fragen sich, warum wir nach Humbert fragen. Fragen Sie ihn doch selbst, werden Sie denken. Denn es ist ja offensichtlich, dass wir das tun könnten. Wir kennen ja seine Identität. Hanno Eigler. Kannten Sie ihn unter diesem Namen? Seinem richtigen Namen?«

»Ich kenne keinen Eigler«, entgegnet Holdner. Halbherzig. Er ist mit den Gedanken in einem anderen Raum, bei einer anderen Frage.

»Sie fragen sich also, warum wir ihn nicht selbst befragen. All die Fragen stellen, die wir haben. Aber das geht ja nicht, denn er ist …«

Christian legt eine Pause ein.

»Sie ahnen es schon.«

»Ich kenne keinen Eigler«, sagt Holdner noch einmal.

»… tot«, sagt Christan.

Holdner schweigt. Weicht Christians Blick nicht aus. Sie sehen einander in die Augen, für eine ganze Weile. Dann verspürt Ben ein Stechen im Magen, denn es ist am Ende tatsächlich Holdner, der sich abwendet, und das schockiert Ben, das trifft ihn im Nerv. Er fragt sich, warum.

Holdner sitzt da, mit gesenktem Kopf. Christian steht auf, wendet sich ab, geht. Ben folgt ihm, auf schwachen Beinen.

CHRISTIAN

Der Konferenzraum ist von Sonne geflutet. *Summer, never ending,* denkt Christian. Er fragt sich, woher die Worte kommen, ob das ein Songtitel ist oder eine Textzeile. Oder einfach nur ein Gedanke.

Anne mag Musik, die etwas zu bedeuten hat. Tiefsinnige Texte. Sie hat ihm etwas vorgespielt, sie hatte einen Ohrenstöpsel im Ohr, er den anderen, und Anne hat ihm die lyrics erklärt. Es ging um einen Jungen auf dem Mond, der nicht mehr gefunden werden möchte, der sich hinter einer Wolke verbirgt, weil er es satthat, die Nacht zu den Menschen zu bringen. Oder so ähnlich. Christian hat ihren Blick gesucht, gelächelt, die Melodie zutiefst gemocht und sich gefragt, ob sie ihm eine Ohrfeige geben wird, sollte er versuchen, sie zu küssen.

Anne anrufen, denkt er. Gleich nach dieser Besprechung hier.

»Ben macht die Fahrt nach Dortmund, wo Eigler gewohnt hat«, sagt Malvi gerade. »Eigler lebte in Scheidung. Bereits zweimal, er war auch früher schon verheiratet, ist 54 Jahre alt, also ein ziemlich später Vater. Er hat als Koch in einem großen Hotel gearbeitet.« Malvi hält inne. »Die Tochter war alle zwei Wochen für jeweils einige Tage bei ihm, mehr Zeit hat die Mutter nicht eingeräumt. Eigler hat versucht, eine Ausweitung seiner … Ansprüche vor Gericht durchzusetzen.« Malvi legt eine Pause ein.

»Und?«, fragt Ben.

»Laufendes Verfahren«, murmelt Malvi.

Ausweitung der Ansprüche, denkt Christian. Hat die Mutter etwas geahnt? Hat sie deshalb versucht, die Tochter nach Möglichkeit zu entziehen? Er weiß es nicht, es ist inzwischen kaum noch etwas zugänglich, Einschätzungen erscheinen hinfällig. Malvi sagt gerade etwas, das in dieselbe Richtung zielt. Die Worte erreichen ihn mit einiger Verspätung.

»Wer«, hat Malvi gesagt, »wer tötet unsere Verdachtspersonen?«

Die Antwort ist Schweigen.

»Dahms wurde vergiftet, Eigler erstochen. Beide sind aktive Mitglieder auf Holdners Plattform gewesen. Will jemand verhindern, dass sie aussagen?«

»Holdner?«, fragt Maren Kramer. »Könnte es sein, dass er jemanden hat, der versucht, in seinem Auftrag … aufzuräumen?«

»Nein«, sagt Ben.

Malvi wendet sich abrupt ihm zu. »Nein?«

»Nein. Holdner ist zutiefst schockiert, sowohl über den Tod von Dahms als auch über den von Eigler.«

Schockiert, denkt Christian. Er fragt sich, wie Anne reagieren wird, was sie fühlen wird, wenn er ihr von diesen Entwicklungen erzählt. Was er eigentlich nicht tun dürfte, aber er wird es tun. Wird sie Erleichterung empfinden, bei dem Gedanken, dass Holdner der Schock ereilt hat? Die Angst?

»Es stimmt, was Ben sagt. Er hat Angst«, sagt Christian. »Es trifft ihn unvorbereitet.«

»Was genau?«, fragt Malvi.

»Das Ganze«, sagt Christian. »Den Tod von Marko Gerhardt, seinem unmittelbaren Partner, konnte er noch zuordnen. Er kam … bei einem Polizeieinsatz ums Leben. Das, was jetzt passiert, ist unzugänglich, es ist rätselhaft, nicht nur für uns, sondern auch für Holdner. Auf mich macht er den Eindruck, dass er wirklich nichts von dem begreift, was momentan passiert.«

Malvi sieht ihn an, schweigend, nachdenklich, und Christian spinnt den Gedanken noch weiter. Kann es sein, dass sich derjenige, der diese Taten begeht, darin gefällt, ein Rätsel zu sein? Er schließt die Augen, versucht, den Gedanken festzuhalten, weiter auszuformen … die anderen sprechen, die Worte gleiten vorüber. Holdner ist am Ende, das hat Ben gesagt. Und es stimmt. Holdner ist am Ende, weil er …

Ben ist an die Wand mit den Tatortfotos herangetreten. »So wie der Tote liegt, wurde er frontal angegangen«, sagt er.

Malvi und Maren Kramer wenden sich ihm zu, auch Christian macht ein paar Schritte in Bens Richtung.

»Er liegt auf dem Rücken, die Arme von sich gestreckt. Das erste Feedback aus der Gerichtsmedizin enthält keinen Hinweis auf Abwehrspuren.«

Malvi nickt.

»Demnach hat er den Angreifer gesehen. Und sich nicht gewehrt?«, sagt Maren Kramer.

Ben nickt.

»Also ein Mensch, dem er vertraut hat«, sagt sie.

»Oder einer, der keinen Verdacht in ihm angeregt hat. Einer, von dem nicht der Eindruck einer Gefahr ausging«, sagt Ben.

Christian nickt, betrachtet die Fotos des grünen Parks. Im Zentrum liegt, flach ausgestreckt, der Tote. »Und dann ging es sehr schnell«, sagt er.

»Ja«, sagt Ben. »Wer ist in der Lage, so schnell eine solche Tat zu begehen? Eine Schere in den Hals eines Opfers zu rammen, das die Tat nicht im Ansatz voraussieht? Und das am Tag? Es war zwar früher Morgen, aber dennoch musste er in einem städtischen Park damit rechnen, dass es unmittelbar Tatzeugen geben könnte. Oder? Wie konnte er sicher sein, die Tat begehen zu können? Woher wusste er, dass Eigler ihm im Park joggend entgegenkommen würde?«

Darauf gibt niemand eine Antwort.

»Und wie lassen sich die Tathergänge in Einklang bringen? Dahms wurde, auf bislang ungeklärte Weise, vergiftet, Eigler, auf … ungewöhnliche Weise … niedergestochen«, sagt Ben.

Auch das ist eine gute, wichtige Frage, denkt Christian. Während seine Blicke die Fotos abtasten, versucht er, zu dem anderen Gedanken zurückzukehren, zu dem, den er vor einigen Minuten hatte, aber er ist vorläufig verschwunden.

»Das ist immerhin eine Gemeinsamkeit«, sagt er.

Ben sieht ihn fragend an.

»Ungewöhnlich sind beide Fälle.«

»Das ist wahr«, sagt Maren Kramer.

Wenig später löst Malvi die Besprechung auf. Christian läuft den Gang entlang, entfernt sich zügig von den anderen. Unten durchschreitet er die weite Eingangshalle, tritt ins Freie, setzt sich auf eine der Bänke am Rand des großen Parkplatzes. Er streckt sein Gesicht der Sonne entgegen, während er Annes Nummer wählt.

»Hei«, sagt sie.

»Hei«, entgegnet er. »Wie geht's?«

Sie schweigt, einige Sekunden lang. »So weit gut«, sagt sie dann.

»Was machst du? Was hast du gemacht?«

»Ruhigen Tag. Und eingekauft, ich mache Spaghetti Napoli am Abend.«

»Also, mit Tomatensoße«, sagt er lachend.

»Ja, mit einer besonders guten. Das ist nicht so einfach, wie es sich Banausen wie du vorstellen.«

Er lächelt. »Hast du eine Frage aus dem Quiz parat?«

»Ja, sicher«, sagt sie.

»Ich höre.«

»Welcher Autor schrieb das Kinderbuch *Peter Pan?* Stevenson, Golding oder Barrie?«

»Oh.«

Sie lacht.

»Da muss ich raten.«

»Musste ich auch«, sagt sie.

»Stevenson?«

»Nein. Barrie.«

»Okay.«

»Ich fand es interessant. Jeder kennt Peter Pan, aber nur wenige kennen denjenigen, der ihn geschaffen hat.«

»Hm.«

»Bis später. Bring Hunger mit«, sagt sie und unterbricht die Verbindung.

BEN

Ben fährt mit dem Wagen nach Dortmund, obwohl Mark Lederer ihm ein Bahnticket ausgedruckt und auf den Schreibtisch gelegt hat. Der Ausdruck liegt neben ihm auf dem Beifahrersitz. Das Fenster hat Ben bis zum Anschlag geöffnet, der Fahrtwind betäubt seine Gedanken, er fährt einfach, folgt der Spur, in die ihn das Navigationssystem hineingesetzt hat. Den Sommer durchqueren, einmal mehr, denkt Ben.

Als er von der Autobahn abfährt, macht er einen Halt auf einer Raststätte und ruft den Dortmunder Kollegen an, Seifart, der mitteilt, in Kürze vor Ort zu sein. Früher Abend. Vor Ort sein, denkt Ben. Er fragt sich, was sie vorfinden werden und wie Eigler gelebt haben könnte. Er hat keine Ahnung. Es ist ihm auch egal, solange er nur keinen blühenden Garten vorfinden muss.

Er ruft Svea an, Svea sagt ihm, dass alles in Ordnung ist. Sie hat Marlene von der Freundin abgeholt. Beide, Marlene und Svea, hatten einen guten Tag. Alles im Lot. »Grüß Marlene und macht euch einen schönen Abend«, sagt er am Ende, dann lässt er das Handy sinken.

Er fährt los, folgt den Vorgaben, die letzten Kilometer fühlen sich an, als würde die Szenerie vor seinen Augen versanden. Dann ist er da, lässt den Wagen ausrollen, betrachtet das Haus, ein Mehrfamilienhaus, offenbar hat Eigler hier eine Wohnung besessen oder zumindest bewohnt.

Ben läuft, erkennt schon aus der Entfernung den Kollegen, einfach weil der Mann wie ein Polizist aussieht. Er nickt ihm zu. »Herr Neven?«, sagt der Mann.

»Ja, hallo.«

»Seifart.«

Ben nickt. Für Sekunden stehen sie vor dem auffällig weißen hellen Haus, das höher ist, als Ben zunächst wahrgenommen hat.

»Sechsundzwanzig Parteien«, sagt Seifart, als hätte er seine Gedanken erraten. »Eiglers Wohnung ist im sechsten Stock.«

Ben folgt ihm ins Treppenhaus, sie fahren in einem schmalen Lift nach oben. Auch dieser Lift ist weiß und wie neu. Ben schießt der Gedanke durch den Kopf, dass das alles Eiglers Werk sein könnte. Eigler hat, wohl wissend um das, was ihm bevorstand, Spuren verwischt. Alles mit Weiß übertüncht, unwiederbringlich. Die Wohnungstür steht bereits offen.

»Der Hausverwalter hat uns aufgeschlossen«, sagt Seifart.

Ben nickt. Tritt ein. Die Wohnung ist weiß. Noch weißer als die Fassade und das Treppenhaus. An den Wänden hängen vereinzelte Stillleben, Obst, sortiert, dekoriert. Auf dem Balkon steht eine Frau, die nach unten blickt. Für Momente denkt Ben, dass es Svea ist, die gleich zu ihm kommen wird, um ihm zu sagen, dass sie alles weiß, dass sie alles längst durchschaut und begriffen hat.

»Meine Kollegin, Frau Merk«, sagt Seifart.

Ben nickt. Reicht der Kollegin die Hand. Sie hat keinerlei Ähnlichkeit mit Svea.

»Die technischen Geräte haben wir bereits verpackt. Sie werden nach Wiesbaden gebracht.«

»Ja«, sagt Ben. »Danke.« Sein Blick wandert zu dem Karton, in dem in Klarsichtfolie die Bestandteile eines leistungsstarken PCs gestapelt stehen. »Ich kann das sogar mitnehmen, bin mit dem Wagen da.«

»Ah, okay. Einen Laptop und ein Smartphone hat Eigler ja mit sich geführt, das sagte mir Ihr Kollege, Herr Lederer.«

»Ja, richtig«, sagt Ben. Sein Blick tastet die Flächen ab, die Räume. Großes Wohnzimmer, mit Blick auf den breiten Balkon und einen angrenzenden Wald. Auffällig edel ist die Küchenzeile. Design. Alles fein sortiert. Eigler, der Koch. Das Hotel, in dem er gearbeitet hat, ist für seine gute Küche bekannt, das hat Lederer ihm noch gesagt, kurz bevor er losgefahren ist.

»Ja, wenn Sie mögen, können wir uns morgen gegen neun zusammensetzen und das Bisherige durchsprechen«, sagt Seifart. »Wir senden die Ergebnisse unserer Erstermittlung natürlich auch online an das Intranet Ihrer Ermittlungsgruppe.«

»Gut«, sagt Ben. Seifart und seine Kollegin, Frau Merk, sind auf dem Sprung. Der Abend hat sich angeschlichen, ist schon da, daran ändert auch das taghelle Licht nichts. Seifart reicht ihm eine Karte, mit Dienstadresse, Mailkontakt und Telefonnummern.

»Bestens, dann sehen wir uns morgen«, sagt Ben.

Er wendet sich ab, nickt Seifarts Kollegin, Frau Merk, noch einmal zu und tritt auf den Balkon. In einer Ecke stehen Kakteen. Der Blick geht auf den Wald und auf die Stadt dahinter. Die Stadt pulsiert leise, wie verlangsamt, betäubt von der Wärme des Sommers.

Ben denkt an Zitronenlikör, während er den Karton mit Eiglers PC nach unten zum Wagen bringt, und auch noch, als er den Motor startet und losfährt.

MAREN

Maren Kramer bleibt für eine Weile vor dem Raum stehen, in dem Kerstin Eigler auf sie wartet. Die Tür ist einen Spaltbreit geöffnet, Maren kann die Frau, die Mutter von Eiglers vierjähriger Tochter, sehen. Sie sitzt ruhig da, mit gesenktem Kopf, neben sich auf dem Tisch hat sie ihr Handy abgelegt.

Maren Kramer tritt ein. »Frau Eigler, mein Name ist Maren Kramer. Ich bin eine der Ermittlerinnen, die mit dem Fall betraut sind.«

Die Frau hebt den Blick. Maren reicht ihr die Hand. »Kerstin Eigler«, sagt sie. »Was ist denn los? Wo ist meine Tochter?«

»Wir gehen gleich zu ihr. Eine unserer Psychologinnen kümmert sich um sie. Es geht ihr gut.«

Frau Eigler nickt. »Was ist denn … passiert?«, fragt sie. »Es hieß, mein geschiedener Mann … sei …«

Mark Lederer hat mit ihr kommuniziert und angeboten,

dass man zu ihr kommen könne, dass man ihre Tochter zu ihr bringen könne, aber Kerstin Eigler hat darauf bestanden, nach Wiesbaden zu fahren. Da die Benachrichtigung gegen Mittag nach den ersten Ermittlungen rausging, muss sie sofort losgefahren sein.

»Ist Hanno tot?«

»Ja«, sagt Maren.

»Umgebracht?«

»Ja.«

Sie schweigt, lange. »Ich begreife es nicht«, sagt sie schließlich. »Ich möchte zu Biene. Wo ist sie denn?«

»Wie gesagt, eine Kollegin hat sich um sie gekümmert. Eine Therapeutin, die dafür ausgebildet ist.«

»Therapeutin?«

»Eine Psychotherapeutin, die dafür ausgebildet ist, Kindern in sehr belastenden Situationen beizustehen. Wie war die Bindung zwischen Ihnen und Ihrem geschiedenen Mann?«

»Was meinen Sie?«

»Standen Sie noch in Kontakt? War es ein guter Kontakt? Oder hatten Sie … sich nichts mehr zu sagen?«

Sie denkt darüber nach. »Doch, ja. Es war ein distanzierter Kontakt. Pragmatisch. Wir haben das Beste aus der Sache gemacht.«

»Ihr Mann wollte unseren Informationen zufolge mehr Zeit mit Ihrer Tochter verbringen. Sie stellten sich dagegen. Gab es dafür einen bestimmten Grund?«

»Ich denke einfach, dass die drei, vier Tage alle zwei Wochen eine gute Lösung waren. Hanno ist ohnehin immer sehr eingespannt, er ist Koch in einem Hotel.«

»Ja, das wissen wir.«

»Er hatte eben diese freien Tage, es erschien mir sinnvoll, dass wir es dabei belassen. Ich selbst bin leider auch sehr beschäftigt, aber ich habe eine Betreuung für Biene, das hat sich gut eingespielt.«

»Was machen Sie beruflich?«

»Ich arbeite im Marketing eines börsennotierten Unternehmens.«

Maren Kramer lässt die Worte nachwirken. Sie sagen viel und zugleich wenig aus.

»Sie werden jetzt für Ihre Tochter da sein müssen«, sagt sie.

Kerstin Eigler schweigt. Für einen Moment hat sie eine schnippische Erwiderung auf den Lippen gehabt, dessen ist sich Maren sicher.

»Was ist passiert?«, fragt Kerstin Eigler. »Warum ist Hanno …«

»Haben Sie im Umgang Ihres geschiedenen Mannes mit Ihrer Tochter Auffälligkeiten wahrgenommen?«

»Was?«

Maren wartet.

»Was denn für Auffälligkeiten?«

»Wie war das Verhältnis Ihres Mannes zu Ihrer Tochter?«

»Gut. Er war …«

»Ja?«

Sie hält inne. »Ich habe nie so sehr darüber nachgedacht. Er war … ein wenig wie ein lieber Onkel.«

Lieber Onkel, denkt Maren.

»Er war … vielleicht etwas unbeholfen, aber immer …

sehr lieb zu ihr. Warum fragen Sie das? Was ist denn passiert?«

Maren Kramer zögert. Sucht die Worte, die es erträglich machen könnten. Vermutlich hat Kerstin Eigler nichts gewusst, nicht mal etwas geahnt. Das ist zumindest Marens erster Eindruck. Sie findet die Worte nicht.

»Lassen Sie uns zu Ihrer Tochter gehen«, sagt sie stattdessen. »Sie wird sich freuen, Sie zu sehen.«

BEN

Ben ermahnt sich, Ruhe zu bewahren, während er durch den von der Abendsonne beschienenen Vorort fährt. Blicke streifen ihn, Fassaden grauer hoher Häuser, Spielplätze, manche verwahrlost, manche ganz neu, wie unberührt. Junge Mütter mit kleinen Kindern, in Gruppen stehende Jugendliche, auf einer Bank sitzen zwei alte, auffällig sonnengebräunte Männer, in ein Gespräch vertieft.

Kurz bevor er am Ziel ist, lässt er den Wagen auf dem Parkplatz eines Erlebnisbades ausrollen. In einem der unzähligen Chats war beiläufig, eher versteckt in einem Seitenstrang, von diesem Parkplatz die Rede, es hieß, er sei gut geeignet, um die Lage zu sondieren. Ben ruft sich die Dialoge der Chatpartner in Erinnerung. Während er das tut, wird ihm bewusst, dass er sie nahezu auswendig kennt. Sie stehen ihm vor Augen, Wort für Wort, Buchstabe für Buchstabe, ganz unmittelbar. Die Siedlung, um die es geht, liegt hinter dem Schwimmbad.

In der Ferne schreien Kinder, Ben hebt den Blick und sieht ihnen dabei zu, wie sie sich in die riesige Wasserrutsche hineinwerfen. Der Gedanke an Marlene streift ihn. Der Gedanke, wie es wäre, wenn Marlene jetzt hier wäre, wenn sie einfach schwimmen gehen würden, Marlene, Svea und er. Aber das Schwimmbad wird bald schließen, es geht auf neun Uhr abends zu. Und weder Marlene noch Svea sind hier, im Gegenteil, sie sind weit weg. Die Sonne scheint beharrlich.

Er startet den Wagen und lässt ihn ans andere Ende des Parkplatzes rollen, so wie es im Chat empfohlen wurde. *Da seht ihr, wenn ihr Glück habt, die Kleinen schon rumlungern.* Das hat der Nutzer geschrieben, der sich, aus welchen Gründen auch immer, *lucky* nennt. Vielleicht tatsächlich deshalb. Weil er das Glück gehabt hat, die Kleinen zu entdecken, hier in der Siedlung neben dem Erlebnisbad. Es hat sich herumgesprochen, unter Eingeweihten, unter Kennern.

Ben schließt die Augen. Dann öffnet er sie und betrachtet die Jungs, die am Rand eines hellgrauen Basketballfeldes sitzen. Sie reden, lachen, leise und dumpf tönt es zu ihm herüber. Er beobachtet sie, jede ihrer Bewegungen, versucht angestrengt, eine Einschätzung darüber zu gewinnen, ob sie zu den »Kleinen« zählen, die der User *lucky* gemeint hat. Oder ob sie einfach nur Kinder sind, die ihre Ferien verbringen.

Wie alt sind sie? Etwa neun. Dritte oder vierte Klasse. Darum bemüht, älter zu wirken. Vielleicht auf dem Sprung auf die weiterführende Schule. Ein wenig jünger als Marlene. Je länger Ben hinsieht, desto sicherer ist er, dass es die

Falschen sind. Es sind einfach nur Jungs. Er beginnt, die Worte zu hören, die sie sich zurufen, sie sprechen deutsch. Es sind nicht die, die *lucky* glücklich gemacht haben.

Ben wendet sich ab, schließt wieder die Augen. Zum Hotel fahren, einchecken, einschlafen, denkt er.

Als er die Augen wieder öffnet, steht etwa zwanzig Meter von ihm entfernt, auf der Schwelle zwischen dem Parkplatz und der Siedlung, ein vielleicht zehnjähriger Junge. Der Junge starrt ihn an, fokussiert seinen Blick. Ungerührt, zugleich devot wie herausfordernd. Er hat dunkle Haare, fast schwarz, und trägt ein blaues T-Shirt über einer grauen Jogginghose. Ben spürt ein heftiges Ziehen und Stechen, zwischen den Beinen, in den Leisten.

Der Junge kommt auf ihn zu. Ohne ihn aus den Augen zu lassen. Sein Blick ist fragend. Ben wird keinen Zitronenlikör brauchen, um diesen Jungen gefügig zu machen. Er hört ein Stöhnen, weiß, dass er selbst es sein muss, der es ausstößt, denn er ist allein im Wagen. Der Junge ist fast da, nähert sich der Beifahrertür. Ben lässt die Scheibe herunter.

»Ja?«, fragt er. Er wirft einen Blick in den Rückspiegel. Weit entfernt kommen Leute aus dem Schwimmbad, mit nassen Haaren, zwei Mädchen, Teenager, erschöpft vom Schwimmen, Springen, Rutschen. Können sie ihn sehen?

»Fünfzig Euro«, sagt der Junge.

Ben betrachtet ihn. Eine gefühlte Ewigkeit lang, verschmilzt mit seinen Augen.

»Eine Stunde Zeit«, sagt der Junge.

Die Mädchen nähern sich an, wollen offenbar diesen Weg nach Hause nehmen, stammen aus der Gegend. Sehen sie ihn? Nein. Sie laufen vorüber, ohne auf ihn und den Jungen zu achten. Nichts, nichts, denkt Ben.

»Ja?«, sagt der Junge.

Ben spürt ein Brennen hinter den Augen. Auf der Schnellstraße, einige Hundert Meter entfernt, ertönt eine Sirene. Ben sucht ruckartig den Rückspiegel, die Fläche in seinem Rücken. Die Schnellstraße. Ein Krankenwagen fährt vorüber, auf dem Weg zu einem Notfall.

Ben lächelt dem Jungen zu. Fährt die Scheibe nach oben. Entschuldigung, denkt er. Entschuldigung. Wofür? Er fährt an und wendet, jetzt lauter stöhnend, jetzt ist der Junge im Rückspiegel, und er wird immer kleiner, kleiner und kleiner.

Auf der Schnellstraße beschleunigt Ben, ein Möbelhaus, Fast-Food-Restaurants fliegen vorüber, das Stöhnen geht in ein Schluchzen über, und dann weint Ben, er weiß nicht, warum.

ANNE

Am Abend ist Christian verändert, verschlossen. Sie spürt unmittelbar, wie ihr das Angst macht. Sie muss ihn zuordnen können, jederzeit. In jeder Sekunde. Sonst ist sie weg, wird ihn verlassen, wird verschmelzen mit der Nacht.

»Was ist?«, fragt er, während sie am Tisch in der kleinen Küche sitzen. Das immerhin. Er bemerkt es.

»Mit dir stimmt was nicht«, sagt sie.

»Was?«

»Du bist anders heute Abend.«

Er schweigt.

»Vielleicht verstehst du nicht, dass das nicht geht.«

»Was meinst du?«, fragt er.

»Es geht nicht. Ich muss dich durchschauen können, immer«, sagt sie.

Er schweigt.

»Das ist es, was uns verbunden hat. Dass du so ehrlich warst. Du bist zu mir gekommen, um von dir zu erzählen, ohne … doppelten Boden.«

»Das stimmt«, sagt er.

»Daran darf sich nichts ändern.«

»Das stimmt. Das verstehe ich.«

»Verstehst du das wirklich?«

»Ich denke, ja.«

»Erklär es mir.«

Christian schweigt lange. »Das knüpft sogar an etwas an, was ich heute früh gedacht habe«, sagt er schließlich.

Sie sieht ihn fragend an, wartet.

»Ich begreife, dass es für dich wichtig ist, Menschen, die dir nah sind, ja … vertrauen zu können. Das ist für jeden wichtig, aber für dich ganz besonders.«

Sie sucht seinen Blick.

»Ist das in etwa richtig?«

»In etwa«, sagt sie.

»Ich bin heute vielleicht etwas komisch, weil ich nicht sicher bin, was ich dir sagen soll. Über die Ermittlung.«

»Okay.«

»Willst du überhaupt etwas davon hören?«

Sie schweigt. Sie weiß es nicht, denkt darüber nach. »Solange du mir nicht mitteilst, dass Holdner aus der Haft entlassen wird, kann ich vermutlich mit allem leben«, sagt sie schließlich.

»Nein, das wird nicht passieren«, sagt Christian. »Es ist sogar so …«

»Ja?«

»Tatsächlich geht es um Holdner. Überhaupt um Tatverdächtige.«

»Was heißt das?«

»Zwei Männer, die im Verdacht stehen, dem Netzwerk anzugehören, das wir Holdner zuordnen, sind zu Tode gekommen.«

Die Worte stehen im Raum. Sie lässt sie näher kommen, einwirken.

»In einem Fall ist noch unklar, was genau überhaupt passiert ist. Im anderen Fall ist es … zweifelsfrei ein Tötungsdelikt.«

Sie kneift die Augen zusammen. Versucht, sich ein Bild zu machen. Sie lacht. Darüber ist sie selbst überrascht. Es ist ein kurzes, prustendes Lachen.

»Vorhin, als wir eine Besprechung hatten, kam mir ein Gedanke. Holdner hat Angst«, sagt Christian.

Worte, denkt Anne. Zu viele, jedes einzelne zu intensiv.

»Und mir kam der Gedanke, dass es genau darum gehen könnte. Dass irgendjemand Holdner … und die anderen in Angst versetzen möchte. Dass jemand ihnen den Schlaf rauben möchte … so wie …«

»So wie sie mir den Schlaf geraubt haben.«

Christian lehnt sich zurück. Anne versteht jetzt, dass er gezögert hat. Dass er nicht sicher war, ob und wenn ja, wie er ihr von diesen Dingen erzählen sollte. Sie ist froh darüber, dass er es getan hat, aber sie weiß nicht, ob es ihr guttun wird. Ob es sie zerstören wird. Bilder blitzen auf, wie überbelichtet.

»Das klingt schlüssig«, sagt sie.

»Was?«

»Ich denke, dass du den richtigen Gedanken hast. Haben könntest. Sicher sagen kann ich es nicht.«

»Welchen Gedanken?«

»Du hast gesagt, dass es genau darum gehen könnte. Holdner und andere in Angst zu versetzen. Wie sind die Männer zu Tode gekommen?«

Christian zögert. Sie wartet.

»Einer muss mit einer toxischen Substanz in Berührung gekommen sein. Vergiftung. Suizid nicht auszuschließen, aber unwahrscheinlich.«

Sie nickt.

»Im zweiten Fall wurde dem Opfer eine Schere in den Hals gerammt.«

Anne schließt die Augen.

»Auf offener Szene. Morgens, im Park«, sagt Christian. »Deshalb können wir die Fälle auch eigentlich nicht derselben Person zuordnen. Es passt nicht zusammen. Zumindest nicht bezüglich der Vorgehensweise.«

»Verrückt«, murmelt Anne. Ihre Gedanken haben zu kreisen begonnen. Es fällt ihr schwer, sie einzufangen. »Du solltest ihn nicht Opfer nennen«, sagt sie leise. Fast flüstert sie.

»Was?«

»Du solltest den Mann, den mit der Schere im Hals,

nicht Opfer nennen. So wie ich dich verstanden habe, war er Täter.«

Christian weicht ihrem Blick nicht aus. Opfer, Täter, denkt sie. »Darum geht es wohl«, sagt sie. »Deshalb ist dein Gedanke richtig. Wahrscheinlich. Täter werden zu Opfern. Sie sollen das Wichtigste verlieren.«

Christian starrt sie an. Konzentriert. Christian, der Polizist, denkt sie. Sie stellt sich Holdner vor. Versucht, sich an ihn zu erinnern. Damals, als sie neben dem Campingplatz im Hochhaus gelebt hat, vor vielen Jahren, heranwachsend. Holdner, netter Nachbar, Verwalter, Monteur, Mann für alle Fälle, lädt Mädchen in den Abenteuerpark ein. Es wühlt sie auf, daran zu denken, und dann macht sie der Gedanke, die Vorstellung glücklich, auf zerstörerische Weise, Kindheitserinnerung, Kindheitsfantasie, zu viel Glück. »Das habe ich mir immer gewünscht«, sagt sie.

»Was?«, fragt Christian.

»Dass Holdner den Frieden verlieren würde, die Kontrolle. Dass sie ihm geraubt werden würde, von einem schwarzen Ritter … oder nein …«

»Nein?«

»… von einer schwarzen Ritterin.«

BEN

Nicht ins Hotel fahren, nicht einchecken, nicht im leeren Raum auf einem Bett sitzen, nein, nur weg. Weg von hier, weg von diesem Ort.

Er entfernt sich, fährt auf einer dunklen, breiten Straße im Mondlicht, stundenlang, er fährt nicht schnell, achtzig Stundenkilometer, wie in Trance, die Nacht kommt spät, aber sie kommt. Bald Geisterstunde, er macht Rast an einer Tankstelle, holt sich einen Schokoriegel, spürt den Zucker auf der Zunge.

Dann steigt er wieder ein, startet den Wagen, fährt geradeaus, bis die Scheinwerfer endlich die vertraute Ausfahrt erfassen, ein wenig vor der Stadt. Er denkt kurz darüber nach, verlangsamt, folgt dem Weg, den er so oft schon gefahren ist. Sein Blick streift die Ziffern am Armaturenbrett, inzwischen geht es auf halb zwei zu. Sind die Geister schon weg? Vertrieben?

Nein, denn er sieht sie, hat sie tatsächlich vor Augen, immer dann, wenn er die Augen schließt. Es sind keine netten Gespenster. Nicht die, von denen er als Kind immer gedacht hat, sie könnten die besten Verbündeten sein. Es gibt keine besseren Verbündeten als gute Geister, aber diese hier, die er vor Augen hat, sind böse. Fratzen. Dämonen.

Er lässt den Wagen ausrollen. Betrachtet das Haus im Dunkel. Er spürt einen Stich in der Brust, als er flackerndes Licht sieht. Im Wohnzimmer. Das ist Landmanns Leselampe, und sie brennt nur, wenn Landmann da ist. Wenn er wach ist.

Er steigt aus, läuft über den Kies zur Haustür, klopft. Das erscheint ihm irgendwie schlüssig um diese Zeit. Lieber klopfen, abgedämpft, nicht klingeln. Landmann öffnet nach einer Weile. Er sieht hellwach aus. Hellwach und tieftraurig. Ben fragt sich, ob Landmann vielleicht für Momente gedacht hat, dass es Barbara sein könnte, die mitten in der Nacht an seine Tür klopft.

»Ben«, sagt er lächelnd.

»Entschuldige«, sagt Ben. »Ich dachte mir … ich könnte mal nachsehen, wie es dir geht.«

»Das ist nett«, sagt Landmann. »Komm rein.«

Ben folgt Landmann ins Haus. Alles ist wie immer. Sehr sortiert, alles steht an seinem Platz, die Fensterwand lenkt den Blick auf den schönen Garten, den See. Ein anderer Garten, denkt Ben. Anders als der der Familie Dahms. Er kann den Unterschied nicht greifen, aber etwas ist anders. Landmanns Garten ist nicht verwildert, nicht vernachlässigt, aber doch irgendwie rau. Naturbelassen. Ben denkt zum ersten Mal darüber nach. Erinnert sich, sieht Bilder vor Augen. Marlene, eine damals noch kleine Marlene, ist über die Wiese gerannt, zum See, lachend.

»Was denkst du?«, fragt Landmann, der seinem Blick gefolgt ist.

»An Marlene«, sagt Ben. »Vor einigen Jahren, sie war noch klein. Ist über die Wiese gerannt. Barbara … war auch da, hat dahinten gesessen, auf der Terrasse. Sie hat sich mit Svea unterhalten.«

Landmann schweigt. Betrachtet den freien Platz am Terrassentisch. »Ich weiß«, sagt er nach einer Weile.

Ben nickt. Er möchte weitersprechen, aber da sind keine Worte mehr.

»Woher kamst du?«, fragt Landmann.

Ben wendet sich ihm zu. Landmann sieht ihn an, unverwechselbar lächelnd. Der alte Landmann, trotz allem. Etwas davon ist noch da, etwas hat Barbaras Tod überdauert.

»Ich vermute nicht, dass du von zu Hause losgefahren bist, mitten in der Nacht …«

»Das stimmt«, sagt Ben. »Ich war in Dortmund. Wir haben einen Toten, der in Dortmund gemeldet war.«

»Ist das der Fall, über den heute berichtet wurde? Der Mann im Park?«

»Ja, genau. Der Mann stammt aus Dortmund. Ich habe mir die Wohnung angesehen und die Kollegen getroffen.«

Landmann nickt. »Ich mache uns einen Tee«, sagt er.

Ben folgt ihm, bleibt einige Meter entfernt stehen, während Landmann Wasser aufsetzt und Tassen aus dem Schrank nimmt. Das Wasser beginnt zu kochen, Landmanns Stimme ist ein wenig abgedämpft, als er fortfährt. »Und du bist dann spät am Abend noch zurückgefahren?«, fragt er.

Fast muss Ben lächeln. Landmann, der Ermittler.

»Ja«, sagt er. »Tatsächlich. Ich … habe es irgendwie nicht mehr ausgehalten.« Das ist ehrlicher, als er eigentlich hatte sein wollen.

Landmann schweigt.

»Das Ganze geht mir nah. Uns allen natürlich.«

»Ist der Tote im Park Teil der Ermittlung im Fall Jannis?«, fragt Landmann.

»Ja«, sagt Ben. »Das alles weitet sich aus. Wie ein … Krake.«

»Kannst du die Zusammenhänge erläutern? Nur im Groben, wenn du magst.«

Ben betrachtet Landmann, der jetzt das heiße Wasser in die Tassen gießt. Fast hat er den Eindruck, dass Landmann wirklich wieder Ermittler ist, nicht nur interessierter

Ratgeber im Ruhestand. In jedem Fall hat Ben mit seinem Besuch Landmanns Lebensgeister geweckt. Zumindest für eine Weile, für den Moment.

Landmann stellt die Tassen auf ein Tablett, trägt sie raus, auf die Terrasse, Ben folgt ihm, Kühle umfängt ihn, als er ins Freie tritt. Angenehme Kühle, die schon von einem heißen Tag erzählt. Landmann setzt sich an den Platz, an dem Barbara gesessen hat, damals.

»Wer ist der Tote?«

»Ein Mann, der sich hier mit einem Chatpartner treffen wollte.«

Landmann wartet.

»Sie haben offenbar vorgehabt, sich an zwei Kindern zu vergehen. Den eigenen … Tochter und Enkeltochter.«

Landmann schweigt.

»Es ist …«

»Unbegreiflich«, sagt Landmann.

Ben spürt ein Brennen hinter den Augen. Bilder zucken auf. Der Junge, auf dem weiten Parkplatz, nahe bei Dortmund, der fordernde, forschende Blick. Abendsonne, Lärm vom Schwimmbad, das Lachen von Kindern. Fünfzig Euro, eine Stunde.

»Ja«, sagt Ben.

»Ich habe nicht geglaubt, dass es so etwas gibt, in dieser Weise. Ich bin einer Ermittlung dieses Ausmaßes nie begegnet, in meiner aktiven Zeit«, sagt Landmann.

»Ja«, sagt Ben.

Ben hat die Bilder klar vor Augen. Kristallklar. Die Bilder eines Missbrauchs, der nicht stattgefunden hat. Der verhindert wurde. Weil Eigler dem Tod begegnet ist, im Park. So muss es sein. So hat er es konkret noch gar nicht betrachtet. Der Tod Eiglers hat Kinder vor dem Grauen bewahrt.

Er sucht Landmanns Blick. Hat Landmann denselben Gedanken?

Ben hat die Bilder klar vor Augen, das, was hätte passieren können, Likör, zuckrig, zwei Männer, die Mädchen, der Ventilator, Schwitzen, Lachen, und Holdner hätte die Kamera geführt, Anweisungen erteilt. Er denkt an den Jungen, sieht ihn, stellt sich vor, dass er die Beifahrertür öffnet, Ben lächelt, während der Junge sich neben ihn setzt. Er kneift die Augen zusammen, versucht, das Bild schärfer zu stellen.

»Ben?«

Er hebt den Blick. Sieht Landmann. Den Garten, den See, frühester Morgen. Licht bahnt sich an. Die anderen Bilder sind verpufft, im Bruchteil einer Sekunde.

»Was ist mit dir?«, fragt Landmann.

Ben sieht ihn an, erwidert Landmanns Blick. Würde er es nicht besser wissen, würde er denken, dass Landmann ihn erkannt hat. Dass er alles begriffen hat. Aber das ist unmöglich. Undenkbar, unbegreiflich, so hat Landmann es genannt, zu Recht, gerade eben erst.

»Es ist … eine anstrengende Ermittlung«, sagt Ben.

»Ja«, sagt Landmann.

»Aber ich bin ja eigentlich hier, um nach dir zu sehen. Um zu fragen, wie es dir geht.«

Landmann lächelt. »Komisch«, sagt er.

»Komisch«, sagt Ben.

»Ja. Es fühlt sich komisch an. So als würde ich die letzte Antwort nicht finden. Nachdem ich so viele gefunden habe.«

Ben nickt.

»Habe ich dir gesagt, dass Barbara keine Nachricht hinterlassen hat? Keinen Abschiedsbrief.«

»Nein«, sagt Ben. »Nein, das wusste ich nicht.«

»Es ist so«, sagt Landmann. »Auch das.«

Ben sucht seine Augen. »Auch das?«, fragt er.

»Auch das ist unbegreiflich«, sagt Landmann.

Vier

And the boy on the moon
got finally in trouble with his clients
well … maybe
bringing the night to the people when they sleep

BEN

Der Gedanke hallt noch nach, als er am Morgen zum Präsidium fährt. Auch, während er über den Parkplatz und durch die große Halle läuft, einen Seitenblick in die leere Cafeteria werfend. Im Besprechungsraum hebt Lederer den Blick von Unterlagen, während Ben näher tritt, fast, als würde er schon assoziieren, dass er etwas Wichtiges sagen möchte.

Die anderen stehen in ein Gespräch vertieft, Christian, Maren Kramer, Malvi. Für Momente ist Ben sicher, dass sie über ihn sprechen. Über das, was gestern Abend war. Über den Jungen auf dem Parkplatz des Erlebnisbads.

»Du bist schon zurück?«, fragt Christian.

Ben kneift die Augen zusammen, begreift, dass er etwas versäumt hat, dass er etwas nachholen muss.

»Ich dachte, dass du erst gegen Mittag aus Dortmund zurückkommst«, sagt Christian.

Ben nickt. Er muss den Kollegen in Dortmund Bescheid geben, sagen, dass er doch schon am Vorabend hat wieder abreisen müssen. Ermittlungstechnische Gründe anführen. »Ich bin nach der Sichtung der Wohnung wieder zurückgefahren.« Jetzt erinnert er sich daran, dass der Karton mit dem sichergestellten PC des Toten, Hanno Eigler, noch in seinem Kofferraum liegt. »Ich habe ein paar Sachen für die Kriminaltechnik gleich mitgenommen, die Kollegen aus Dortmund stellen heute einen Erstbericht ins Intranet.«

»Gut«, sagt Malvi.

»Mir ging etwas durch den Kopf. Ich denke, es ging tatsächlich darum, das Schlimme zu verhindern«, sagt Ben.

Die anderen schweigen, versuchen, die Worte zuzuordnen.

»Was hat der Tod Eiglers konkret bewirkt?«, sagt Ben. Die anderen warten. »Ganz einfach, der Missbrauch, der am selben Tag, nämlich gestern, stattgefunden hätte, ist unvollendet geblieben.«

Ben lauscht den eigenen Worten nach, jetzt haben sich wieder Bilder des Jungen auf dem Parkplatz bei Dortmund vor seine Gedanken geschoben. Graue Bilder, grau die Rutsche des Erlebnisbads im Hintergrund. Ein Missbrauch, der unvollendet geblieben ist …

»Okay«, sagt Lederer.

»Ich denke, dass es damit zusammenhängen muss. Ganz konkret. Demnach wäre es dem Täter darum gegangen, den Missbrauch zu verhindern. Und auch der Tod von Dahms hat unmittelbar zur Folge, dass von diesem Mann nie wieder eine Gefahr für Kinder ausgehen wird.«

»Das würde bedeuten, dass der Täter von Eiglers Plänen gewusst hat. Von Eiglers und Holdners Plänen.«

»Ja«, sagt Ben. »So muss es sein.«

»Dann suchen wir nach einem Mitglied der Plattform.

Oder nach einer Person, die in den Chaträumen mitgelesen hat.«

»So muss es sein«, sagt Ben.

»Das ist schlüssig«, sagt Maren Kramer. »Aber dennoch, wie passt Dahms darein? Der Zeitpunkt seines Todes, kurz nach seiner Festnahme?«

»Niemand konnte wissen, dass wir Dahms festnehmen«, sagt Christian. »Oder?«

Die Frage steht im Raum. Senkrecht. Ben denkt an Dahms. Den großen Mann, der auf einem weißen Stuhl gesessen hat, mit Blick auf den Garten. »Eigentlich nicht. Es sei denn, derjenige ist irgendwie an Dahms dran gewesen. Und hat die Festnahme mitverfolgt.«

»Überwachungskameras? In der Umgebung des Hauses von Dahms?«, fragt Malvi. Er richtet die Frage direkt an Lederer.

»Das prüfe ich. Tatsächlich ist eines der benachbarten Häuser ziemlich aufwendig mit Kameras ausgestattet. Ich denke, ich werde das gleich überprüfen.«

»Mach das«, sagt Malvi.

Lederer steht auf, sortiert seine Unterlagen, nimmt sie an sich, geht. Zielstrebig. Ben sieht ihm nach. Überwachungskameras, denkt er. Wenn es etwas gibt, wird Lederer es finden. Plötzlich ist eine Beschleunigung eingetreten, Ahnungen nehmen Formen an. Der Sommer hinter den Fensterscheiben ist verwaschen, vergilbt. Ben stellt sich vor, eine Rutsche herunterzurutschen, anzukommen, lachend, in kühlem Wasser. Das Wasser ist blau, tiefblau, aber nicht wirklich, es scheint nur so. Wasser nimmt nur Farben an, ohne sie zu besitzen.

»Ben?«

Christians Stimme. Vertraut und fremd. Er hebt ruckartig den Blick, sucht Christians Augen ab.

»Alles okay?«, fragt Christian.

Ben nickt. Svea anrufen, denkt er. Marlene fragen, wie ihr Tag gewesen ist. Aber das wird erst am Abend möglich sein, sobald der Tag vergangen ist. Vorher kann noch alles Mögliche passieren.

LEDERER

Es dauert eine Weile, aber schließlich kann Lederer den Mann, der sein schneeweißes Haus wie eine Festung schützt, Manfred Wegener, davon überzeugen, die Aufnahmen seiner Überwachungskameras zugänglich zu machen.

Die Ehefrau bleibt im Hintergrund, wie ein Schatten. Der stämmige Mann, langjähriger Inhaber einer Lederfabrik, später dann geschäftsführend und inzwischen offenbar bestens situiert im Ruhestand, füllt die Szene ganz aus. Er sitzt vor einem Computerbildschirm, klickt sich durch verpixelte graue Aufnahmen.

»Vorgestern, sagen Sie? Und die Aufnahmen können also bei Ihrer Ermittlung behilflich sein?«

»Ja, das können Sie«, sagt Lederer.

»Dann möchte ich natürlich wissen, worum es geht. Wurde eingebrochen? In der Nachbarschaft?«

Lederer zögert.

»Wir möchten natürlich wissen, was Sie zu uns führt. Mit diesem … ungewöhnlichen Anliegen.«

»Sie kennen die Familie Dahms?«

Der Mann schweigt, scheint sich tatsächlich nicht sicher zu sein.

»Natürlich«, sagt die Ehefrau. Ihre Stimme ist leise. Als hätte sie ihre Rolle im Schatten ihres Mannes lange einstudiert.

»Ja?«, fragt der Mann.

»Die Nachbarn, drei Häuser weiter, die Familie mit den Zwillingstöchtern.«

»Ah«, sagt Wegener. »Stimmt. Bezaubernde Mädchen.«

Das klingt schief in Lederers Ohren, aus verschiedenen Gründen. Erstens scheinen die Worte nicht zum schroffen, selbstgefälligen Herrn Wegener zu passen, zweitens fügen sie sich nicht in die Bilder ein, die Lederer beim Gedanken an diese Ermittlung und an Geschehnisse im Hause Dahms begleiten. Drittens lassen sie vermuten, dass das Ehepaar Wegener tatsächlich nicht die geringste Ahnung davon hat, was sich drei Häuser weiter abgespielt hat.

»Was ist denn mit denen?«, fragt Wegener.

»Herr Dahms, der … Familienvater … ist tot.«

Die beiden schweigen.

»Standen Sie in Kontakt zu ihm?«

»Also … nein, das kann man nicht behaupten«, sagt Wegener. »Dahms. Das war der große Mann, richtig? Man konnte ihn nicht übersehen, aber eigentlich war er, abgesehen von der Körpergröße, ganz unscheinbar. Oder, Luise?«

Lederer wendet sich der Frau zu. Interessant, dass Wegener sie angesprochen hat, wie um Rat und Hilfe bittend.

Vielleicht sind die Verhältnisse zwischen den beiden doch nicht so eindeutig, wie es zunächst den Anschein hat.

»Ja. Ich weiß, dass er irgendwas mit Computertechnik gemacht hat«, sagt Luise Wegener. »Wir haben manchmal ein paar Worte gewechselt. Als die Familie einen Spaziergang gemacht hat und ich im Garten gearbeitet habe. Das ist aber Monate her. Ja … alle paar Monate hat man sich mal gesehen. Man ist sich … eben über den Weg gelaufen. Und seine Frau … Verena … kenne ich flüchtig. Wir haben mal zusammen in einer Gruppe ein Fest organisiert. Vom Tennisclub. Aber das ist ein paar Jahre her.«

Wegener nickt. »Das sind völlig unauffällige Leute. Sie sagen, der Mann ist tot? Und Sie ermitteln? Mit anderen Worten, der Mann, Herr Dahms, ist ermordet worden?«

»Das ist möglich. Wir stehen noch am Anfang«, sagt Lederer.

Wegener kneift die Augen zusammen. »Das ist möglich?«

»Ich kann Ihnen Näheres nicht sagen. Lassen Sie uns Ihre Aufnahmen sichten. Wie gesagt, Sie könnten uns damit möglicherweise helfen.«

Wegener zögert.

»Das ist ja schrecklich«, sagt Frau Wegener leise.

Wegener nickt.

»Müssen wir uns Sorgen machen?«, fragt Luise Wegener.

»Nein«, sagt Lederer.

»Wo ist denn das passiert?«, fragt Manfred Wegener. »Dort, ein paar Häuser weiter? Warum haben wir denn davon nichts mitbekommen?«

Weil niemand darüber spricht, denkt Lederer. Und weil offenbar die Festnahme von Dahms in der flirrenden Sommerhitze eines Ferientages nicht die Aufmerksamkeit der Nachbarschaft gefunden hat.

»Es ist nicht im Haus der Familie passiert«, sagt Mark Lederer.

Wegener nickt. Hat noch eine Frage auf den Lippen, aber dann wendet er sich doch wieder dem Bildschirm zu. Lässt die Bilder schnell ablaufen, spult zurück. »Vorgestern, sagen Sie?«

»Ja. Gerne den ganzen Tag.«

»Alle vier Kameras?«

»Ja, bitte. Kann man die auf den gleichen Startpunkt festlegen und dann beschleunigt laufen lassen?«

»Klar«, sagt Wegener. Herr seiner Technik. Lederer geht die Frage durch den Kopf, was genau Herr Wegener mit seinen Kameras abschirmen, absichern möchte. Er beugt sich vor, betrachtet die Bilder, die begonnen haben, in vier kleinen Fenstern den Tag nachzuzeichnen, an dem Torsten Dahms in einem der schneeweißen Nachbarhäuser in dieser schneeweißen Bungalowsiedlung festgenommen wurde.

»So? Passt die Geschwindigkeit?«

»Bestens«, sagt Lederer. Er spürt die Anwesenheit von Luise Wegener, die hinter ihm im Schatten verharrt, vermutlich in Gedanken bei Torsten Dahms. Bei der Ehefrau, die sie flüchtig kennt, bei den Kindern. Den bezaubernden Mädchen. Lederer konzentriert sich auf die Bilder und darauf, keinen Moment zu verpassen, vor allem nicht den einen, den er sucht. Das Haus der Familie Dahms ist rechts am Bildrand eher zu erahnen als zu sehen. Lederer tastet die Ziffern ab, die Zeitangaben am unteren linken Bildrand.

Dann kommen die ersten Ermittler, die vor Ort waren. Neben anderen auch Malvi und Kollegen von der Technik.

»Was ist das denn?«, fragt Wegener. Er hat sich vorgebeugt. »Was sind das für Leute?«

»Lassen Sie bitte etwas langsamer weiterlaufen«, sagt Lederer.

Die Ermittler werden eingelassen, die Fläche vor dem Haus ist wieder leer. Minuten vergehen. Dann läuft, träge, in gebückter Haltung, ein Jugendlicher ins Bild.

»Stopp«, sagt Lederer.

»Okay«, sagt Wegener.

Lederer betrachtet den Jugendlichen. Unwillkürlich geht ihm der Begriff »Halbstarker« durch den Kopf. So sieht er aus, mit der Kapuze über dem Kopf, in dieser gebückten störrischen Haltung, eine Art Abwehrhaltung. Er läuft, betont lässig, zum Haus der Familie Dahms. Bleibt stehen, geht am Zaun entlang, versucht, sich einen Eindruck zu verschaffen. Wovon? Hat er die Ermittler ankommen sehen? Hat ihn das aufgeschreckt? Wo war er vorher? Obwohl Lederer sein Gesicht nicht sehen kann, macht er nicht unbedingt den Eindruck, schon einen Führerschein zu besitzen. Wobei, das ist Unsinn. Unmöglich zu sagen, ob das ein Sechzehnjähriger oder ein Mittzwanziger mit jugendlichem Habitus ist. Er muss mit dem Wagen da sein. Vorausgesetzt, das ist wirklich der, den Lederer sucht. Vielleicht ist es einfach ein neugieriger Jugendlicher aus der Gegend.

»Kennen Sie den?«, fragt er.

»Nein«, sagt Wegener.

»Sie, Frau Wegener?«, fragt Lederer. »Kennen Sie vielleicht den Kapuzenpulli, den er trägt? Kommt er Ihnen bekannt vor?«

Luise Wegener tritt näher, schüttelt den Kopf. »Nein. Aber natürlich wohnen hier Jugendliche in der Gegend. Also … nicht bei uns … wir haben keine Kinder. Komisch ist, dass er die Kapuze über dem Kopf hat. In einem Sommer wie diesem.«

Lederer betrachtet Frau Wegener. Stellt sich für Sekunden vor, dass sie vielleicht Polizistin, Ermittlerin hätte werden und ein ganz anderes Leben hätte führen sollen. »Das stimmt«, sagt er. Es stimmt in der Tat, und es wirft Fragen auf. Auf dem Bildschirm wendet sich der Junge vom Garten der Familie Dahms ab und läuft über die Straße.

»Stopp«, sagt Lederer wieder.

»Ja?«, fragt Wegener.

»Ich will sehen, wohin er geht.«

»Ja. Also … das müsste hier die Kamera rechts oben zeigen …«

Lederer sucht die graue Fläche ab. Der Junge ist unten links aus dem Bild herausgetreten. Taucht nicht wieder auf. Doch, oben rechts läuft er, zügig, durchquert den Raum, den die Kamera abdeckt. Ganz am Rand verlangsamt er, zieht einen Schlüssel aus der Tasche. Er ist mit dem Wagen da, aber der Wagen ist nicht zu sehen. Er steht exakt außerhalb des Blickfelds der Kamera. Der Junge tritt aus dem Bild heraus, zurück bleibt die freie Fläche, grauer Sommer.

»Ich glaube, er steigt in einen Wagen. Haben Sie den irgendwo auf einer der Kameras?«

»Nein«, sagt Wegener, händeringend. »Bedaure. Das ist alles.« Lederer hat den Eindruck, ein gewisses Entsetzen mitschwingen zu hören. So viele Kameras hat Manfred Wegener installiert, und dann ist es doch eine zu wenig.

Auch das wirft Fragen auf. Kapuzenpulli. Und ein Wagen, der außer Sicht ist.

»Ich brauche diese Aufnahmen. Am besten alle, die Sie haben, auch die archivierten.«

Wegener zögert. Scheint zu glauben, er könne das ablehnen.

»Ich danke Ihnen dafür, dass Sie uns Ihre Aufnahmen zur Verfügung stellen. Sie haben uns damit sehr geholfen«, sagt Mark Lederer.

Wegeners Miene hellt sich auf. »Ja, sicher … ich helfe, wo ich kann«, sagt er.

MAREN

Ein Kind, denkt sie. Ein Junge, der an einem Gartenzaun entlangläuft. Neugierig, ja. Aber dieser ein wenig linkisch, ein wenig trotzig laufende Junge soll der Mörder sein, den sie suchen? Derjenige, der Menschen vergiftet, Menschen mit Scheren attackiert? In blinder Wut? Ist es blinde Wut? Oder etwas ganz anderes?

In jedem Fall hat sie den Eindruck, dass etwas an dem Bild nicht stimmen kann. Der Mann, den sie suchen, kann kein Junge mit Kapuzen-Hoodie sein.

»Was mich wirklich beschäftigt, ist, dass er genau zu wissen scheint, wo die Kameras sind. Und bis wohin sie reichen«, sagt Lederer.

»Aha?«, sagt Christian Sandner.

»Ja. Sein Wagen steht exakt außerhalb des Sichtfeldes. Und dass er den Kapuzenpulli trägt, lässt darauf schließen, dass er die Kameras wahrgenommen hat. Allein das ist recht erstaunlich, denn das ist eine idyllisch anmutende Wohngegend. Natürlich registriert jemand, der ein geschultes Auge hat, dass am Haus des Ehepaars Wegener Überwachungstechnologie angebracht ist. Aber glaubt mir, das würde höchstens einem von zwanzig auffallen. Ich denke, dass dieser Junge einen sehr wachen Blick für all das hat.«

»Vielleicht sogar wirklich für alles«, sagt Ben. Er scheint den Gedanken hin und her zu wälzen.

»Was meinst du?«, fragt Lederer.

»Wenn du damit richtigliegst, wenn er also wirklich seinen Wagen mit Bedacht so geparkt hat, dann hat er vermutlich nicht nur einen Blick für die Kameras, sondern auch für alles andere. Für die Umgebung als solche, für alles, was sich um ihn herum abspielt.«

Maren Kramer betrachtet den gebückt stehenden Jungen mit der übergroßen Kapuze. Er läuft in Zeitlupe. Ein wenig wie ein Revolverheld. Als sei er zum Duell aufgefordert worden und mehr als bereit. »Ich weiß nicht …«, sagt sie.

»Was denkst du?«, fragt Christian.

»Ich bin nicht sicher. Ob wir hier wirklich jemanden sehen, der mit unserem Fall in Verbindung steht. Vielleicht ist es nur ein Junge, der … die Straße entlanggeht«, sagt Maren.

Die anderen schweigen. Lassen ihre Blicke auf der grauen Gestalt ruhen, die einen grauen Garten begutachtet. Den Garten der Familie Dahms.

»Irgendwas stimmt nicht«, sagt sie. »Als wäre in dem Bild ein Fehler. Wie auf diesen Suchbildern, die einen dazu auffordern, den Fehler zu finden, der die Kopie vom Original unterscheidet.«

»Okay«, sagt Christian.

Sie lässt ihren Blick auf dem grauen Jungen ruhen. Dem grauen Revolverhelden. Es stimmt schon, er erweckt den Eindruck, mit Bedacht vor dem Haus der Familie Dahms zu stehen. Sie sieht ihm dabei zu, wie er die Szenerie abscannt, sich abwendet, zu einem Wagen läuft, der außerhalb des Sichtfeldes ist. Dass er in den Wagen steigt und losfährt, ist wie eine Ahnung zu greifen, kurz bevor er das Bild verlässt, scheint er einen Autoschlüssel aus seiner Jackentasche zu nehmen.

»Übrigens keine Zentralverrieglung«, sagt Lederer.

»Was?«, fragt Christian.

»Am Ende der Sequenz fischt er einen Schlüssel aus der Tasche, vermutlich einen Autoschlüssel. Es wirkt einfach so, weil er zielstrebig auf etwas zuläuft und dann diesen Schlüssel zieht. Aber er betätigt keinen Knopf, löst keine Elektronik aus.«

»Aha«, sagt Christian.

»Das spricht dafür, dass er den Wagen ganz normal aufschließen muss, wie früher. In dem Fall wäre es ein ziemlich altes Auto.«

»Also fragen wir in der Nachbarschaft nach diesem Wagen«, sagt Ben.

»Ja«, sagt Lederer. »Bei Frau Dahms und dem Ehepaar Wegener, das mir die Aufnahmen zur Verfügung gestellt hat, habe ich schon diesbezüglich nachgefragt, aber sie konnten sich gar nicht an irgendeinen fremden Wagen erinnern. Die Kameras reichen allerdings ohnehin weiter als der Blick aus dem Garten der Wegeners. Also, von ihrem Grundstück aus hätten die beiden den Wagen nicht sehen können.«

»Was genau ist denn unsere Hypothese?«, fragt Maren. »Dass dieser Junge Dahms getötet hat? Dass er ihm eine giftige Substanz verabreicht hat, genau an dem Tag, an dem wir ihn festgenommen haben?«

Die anderen schweigen.

»Wenn ja, wie?«, fragt Maren.

»Wann kam Dahms an? Wie lange, nachdem der Junge da weggefahren ist?«, fragt Ben.

»Dahms kommt dreiundfünfzig Minuten später«, sagt Lederer.

»Dreiundfünfzig Minuten nach dieser Szene hier?«, fragt Christian.

»Genau. Wartet.« Lederer beugt sich vor, bedient die Tastatur, lässt die Bilder schneller laufen. Dann hält er sie an. Friert den Moment, den sie sehen wollen, ein. Den Moment, in dem Dahms nach Hause zurückkehrt.

»Da ist er«, sagt Lederer. Er lässt die Szene in Zeitlupe ablaufen, aber selbst in dieser Verlangsamung ist zu erkennen, dass Torsten Dahms beschwingt läuft, mit seiner Sporttasche in der einen und den Squashschlägern in der anderen Hand. Er steuert auf das Haus zu, betritt das Grundstück, sein Grundstück, sein Zuhause. Er ahnt nicht, dass im Haus schon Kriminaltechniker und Malvi, der Leiter der Abteilung für Delikte am Menschen, auf ihn warten.

Wo sind die Kinder? denkt Maren.

»Ja, und kurz darauf sind dann wir angekommen«, sagt Lederer. Wieder spult er vor, wieder lässt er die Aufnahme in Zeitlupe weiterlaufen. Auf dem Bildschirm ist die Ankunft von Christian, Ben und Mark Lederer zu sehen. Maren kneift die Augen zusammen, empfindet die Doppelung als surreal. Die drei Kollegen, mit denen sie hier im Raum steht, laufen durch das graue Sommerbild.

Auch das ist merkwürdig, denkt sie. Dass sie den Sommer sehen kann, dass es eine Sommerkulisse ist, obwohl die Aufnahmen grau und verschwommen sind.

»Tja«, sagt Lederer.

Vielleicht könnte das ausreichen, denkt Maren. Vielleicht kann Lederer die Zeit anhalten und wieder in Bewegung setzen, nach Belieben, in jede beliebige Richtung. Dann könnten wir alles verändern, zurückdrehen, denkt sie, Dahms würde noch leben, würde jünger und jünger werden, bis zu dem Moment, in dem seine Töchter ungeboren blieben.

»Dreiundfünfzig Minuten«, sagt Ben. »In diesen dreiundfünfzig Minuten war Dahms im Squash-Inn und hat einen nach Lage der Dinge ungefährdeten Sieg gegen seinen Freund oder Arbeitskollegen Patrick Leipold errungen.«

BEN

Ben nimmt die Umgebung unnatürlich geschärft wahr, und als Christian auf das Haus mit Garten zusteuert, möchte er stehen bleiben. Verharren, warten. Worauf auch immer. Christian ist schon hier gewesen, gemeinsam mit Maren

Kramer, um Patrick Leipold zu befragen. Er bewegt sich dementsprechend sicher, wie es jemand tut, der auf vertrautem Grund agiert. Für Momente beneidet Ben Christian um diese Gewissheit, die er zu haben scheint.

Christian hat schon geklingelt, jetzt kommt ihnen ein Mann entgegen.

»Sie noch mal?«, fragt der Mann. Patrick Leipold.

»Ja«, entgegnet Christian. »Wir haben noch ein paar Rückfragen.«

Leipold zögert.

»Das ist mein Kollege Ben Neven«, sagt Christian, Ben nickt Leipold zu. Dann folgen sie ihm über den Hof, auf dem ein grauer Sportwagen steht, zum Haus.

»Wir sind … noch ziemlich erschüttert«, sagt Leipold im Gehen. Als sie in den Schatten des Hauses eintreten, hat Ben das Gefühl, einzutauchen. Er hält den Atem an, ist wie unter Wasser, in dieser fremden Welt. Fremd, weil alles so normal ist. Normale, gut situierte Leute. Die Leipolds. Und Marlene genießt ihre Ferien, Svea hat heute einen ruhigen, freien Tag. Leipold geht durchs Wohnzimmer, betritt die Terrasse, bietet ihnen Plätze an einem weißen Tisch an, der dem im Hause Dahms zum Verwechseln gleicht. Ben setzt sich neben Christian und Leipold gegenüber.

»Wir können gar nicht begreifen, was passiert ist«, sagt Leipold. »Wir … also, meine Frau hat versucht, Verena zu erreichen. Torstens Frau. Aber sie ging nicht ran.«

Die Worte bleiben für eine Weile im Raum. Wann wird Verena Dahms wieder einen Anruf entgegennehmen? Spielen die Kinder im Garten? Und wenn ja, warum? Weil sie denken, dass ihr Vater nur kurzzeitig unterwegs ist oder weil sie wissen, dass er tot ist? Der Gedanke streift Ben wie ein Windhauch … wäre es denkbar, und wenn ja, unter welchen Umständen, dass Marlene irgendwann erleichtert darüber sein könnte, dass er fort ist? Christian hat begonnen, Patrick Leipold zu befragen.

»Ich verstehe nicht ganz … wie meinen Sie das?«

»Irgendetwas«, sagt Christian. »Wurde Herr Dahms angesprochen? Hat er mit irgendjemandem Kontakt gehabt? Außer mit Ihnen, in der Squashhalle.«

»Nein. Also, nicht dass ich wüsste. Er kam kurz nach mir an, wir haben uns in der Umkleide getroffen. Haben uns umgezogen und dann direkt mit unserem Spiel begonnen.«

»Danach?«

»Danach haben wir geduscht. Torsten … war guter Dinge … wie ich schon gesagt habe.«

»Wie ging es dann weiter?«

»Nichts. Wir sind … ach so, wir haben noch was getrunken. Im Squash-Inn. Im Café.«

»Was haben Sie getrunken?«, fragt Christian.

»Also … ich nur mein Wasser. Und Torsten hatte sich einen Kaffee bestellt. Er … ist ziemlich süchtig nach Kaffee. Sommer, Winter, egal.«

»Sie tranken Wasser, Herr Dahms einen Kaffee?«

»Ja.«

»Den er im Café des Squash-Inn bestellt hatte.«

»Ja.

»Gut. Worüber sprachen Sie?«

»Nichts Besonderes. Unser Spiel. Und ein wenig über ein berufliches Projekt von mir. Und über die Familien.«

Die Familien, denkt Ben. Marlene in den Arm nehmen, bald, heute Abend.

»Haben Sie auf dem Parkplatz des Squash-Inn möglicherweise einen auffälligen Wagen wahrgenommen?«, fragt Christian.

»Inwiefern auffällig?«

»Älteres Baujahr.«

»Ein Oldtimer?«

»Nein, vermutlich nicht. Einen Wagen, der einfach nicht … modern war.«

»Nein. Also, ich habe auch nicht darauf geachtet. Ich kann mich nicht erinnern, welche Autos da waren. Torstens Wagen stand neben meinem, das weiß ich noch. Wir sind zusammen raus und haben uns beim Einsteigen … voneinander verabschiedet.«

Für immer. Ben glaubt, die Worte hören zu können, obwohl sie unausgesprochen bleiben. Leipold wirkt so unendlich verwirrt.

»Ach so«, sagt Leipold.

Ben hebt den Blick.

»Ja?«, fragt Christian.

»Mir ist was eingefallen. Aber nichts Wichtiges.«

»Ja?«

»Da war ein Mädchen. Oder eher eine junge Frau.«

»Was ist mit ihr?«, fragt Christian.

»Also … ich denke … sie sah vielleicht jünger aus, als sie war. Vielleicht Anfang oder Mitte zwanzig. Sie hatte Torsten seine Cola light gebracht.«

Ben hat unwillkürlich den Geschmack auf der Zunge. Süß und klebrig.

»Was?«, fragt Christian.

»Ja, er hatte die am Court vergessen. Also … das hat die Frau gesagt. Die Frau hat sie ihm gebracht und gelacht.«

Gelacht. Eine Frau. Oder ein Mädchen? Ein Junge im Kapuzenshirt. Ben schmeckt die Cola überdeutlich, er sucht mit den Augen die weiße Tischplatte nach einem Glas ab, aus dem er gerade eben getrunken haben könnte. Da ist nichts, nur der Garten, der dem der Familie Dahms zu gleichen scheint, nur die Ball spielenden Kinder fehlen.

»Haben Sie gesehen, dass Herr Dahms eine solche Flasche dabeihatte? Trinkt er, wenn Sie spielen, immer Cola?«

»Ja. Immer Cola light.«

»Können Sie sich erinnern, ob er die Flasche am Court vergessen hat? Oder vergessen haben könnte? Haben Sie sie da liegen sehen?«

»Nein. Also, er hat immer zwei dabei. Eine trinkt er während des Spiels, dann später manchmal noch was zum Kaffee nach dem Match.«

»Kam es häufiger vor, dass er eine Flasche am Court vergessen hat? Oder war das das erste Mal?«

»Na ja, das erste Mal, denke ich. Normalerweise hat er immer die erste Flasche während des Spiels komplett ausgetrunken, und die zweite war ja noch in der Sporttasche.«

»Und die Flasche, die die junge Frau brachte, war voll? Ungeöffnet?«

»Ja. Doch, ziemlich sicher.«

»Und hat Herr Dahms getrunken?«

»Ja.«

»Er hat seinen Kaffee getrunken und die Flasche Cola?«

»Ja. Beides. Die leere Flasche hat er am Ende in seine

Tasche geworfen, das weiß ich noch. Ich hatte sogar noch gesagt, dass er immerhin Durst hat.«

»Was?«

»Na ja, er hat ja unser Match gewonnen, aber ich konnte immerhin darauf hinweisen, dass ich ihn ins Schwitzen gebracht habe. Und dass er Durst hatte. Nach unserem Match.«

»Okay, verstehe.« Christian schweigt. Sucht Bens Blick.

»Ist das denn überhaupt wichtig?«, fragt Leipold.

»Das wissen wir nicht. Aber es ist gut, dass Sie uns alles sagen, woran Sie sich erinnern. Bitte melden Sie sich jederzeit, sobald Ihnen irgendetwas einfällt, das anders war als sonst.« Christian reicht ihm seine Karte.

»Okay. Mache ich.«

»Diese Frau«, sagt Christian.

»Ja?«

»Kannten Sie sie? Ist Sie häufiger da gewesen? Im Squash-Inn?«

»Hm. Schwierig«, sagt Leipold.

»Wie sah sie aus? So genau wie möglich?«

»Wie gesagt, irgendwie jung. Jugendlich. Sie hatte so eine schlabbrige Jogginghose an. Und ein rotes Top. Sie wirkte irgendwie aufgedreht, als hätte sie auch gerade eine Trainingseinheit beendet. Sie war … ja … dynamisch.«

»Weiter«, sagt Christian.

»Eher dunkle Haare. Sportlich. Ja, wenn ich das jetzt so zuordne …«

»Ja?«

»Ich denke, sie war auch früher da. Sie ist geklettert. An der Wand.«

Wie Maren Kramer, denkt Ben. Interne Ermittlerin.

»Sie erinnern sich?«, fragt Christian.

»Ja, doch, ich denke, dass ich sie an der Kletterwand gesehen habe. Ein paarmal.«

»Und sie beide, Herr Dahms und Sie, haben wöchentlich gespielt.«

»Ja. Das war ein fester Termin. Den wir nur haben ausfallen lassen, wenn es wirklich gar nicht zu vermeiden war.«

»Okay«, sagt Christian.

Fester Termin, denkt Ben. Rituale. Wiederkehrende Ereignisse. Kaffee, Cola light, beides schwarz, annähernd zumindest, süß und klebrig, Woche für Woche.

»Gut. Wir danken Ihnen«, sagt Christian.

Leipold nickt.

Eine Frau durchquert den Garten. Für Momente glaubt Ben, Svea zu sehen. Entrückt, schattengleich, illusorisch. Er sieht an sich hinab, fühlt sich körperlos.

»Alles in Ordnung«, ruft Leipold seiner Frau zu. Die Frau nähert sich an, dann steht sie vor ihnen.

»Guten Tag«, sagt Christian. »Wir hatten ein paar Rückfragen. Das ist mein Kollege, Ben Neven.«

Ben nickt der Frau zu. Susanne Leipold.

»Ja«, sagt sie. »Ich habe … leider Verena noch nicht erreichen können.«

Verena Dahms steht in der Tür, während sie über die Einfahrt zum Haus gehen. Ben ist in seinem Rücken, schweigsam. Sie haben kaum gesprochen, seitdem sie bei den Leipolds losgefahren sind.

»Guten Tag, Frau Dahms«, sagt Christian.

Verena Dahms nickt.

»Wir möchten die Sporttasche Ihres Mannes mitnehmen. Auch die Kleidung, die er getragen hat, als er Squash gespielt hat.«

»Ja … sicher«, sagt sie.

»Danke.«

Verena Dahms wendet sich ab, betritt das Haus. Ben ist plötzlich erwacht, schiebt sich an ihm vorbei, folgt Frau Dahms ins Innere des Hauses. Sie geht voran, in einen Flügel, den sie noch nicht kennen, das Haus ist weitläufiger, als Christian geahnt hat.

Verena Dahms öffnet die Tür zu einem großen Raum mit großem Fenster, in dem ein überdimensioniertes Doppelbett steht. Frisch bezogen, weiß, zwei Decken, zwei breite Kissen. Entweder hat Verena Dahms das Bett heute schon frisch bezogen oder nicht darin geschlafen.

»Ja …«, sagt sie. Sie scheint nachzudenken, geht dann zum Kleiderschrank, öffnet ihn. Ein begehbarer Kleiderschrank. Ein kleines Zimmer im Zimmer. »Hier hat Torsten … seine Sportsachen …« Sie findet die Tasche, hebt sie an. »Er kam gar nicht mehr dazu, alles auszupacken …«

»Danke«, sagt Ben und nimmt Frau Dahms die Tasche aus der Hand. Er hat schon Handschuhe übergestreift, geht zielstrebig zum Bett, legt die Tasche auf dem schneeweißen Laken ab. Christian fragt sich beiläufig, warum er plötzlich so wach ist. Als wollte er auf alle offenen Fragen im Handstreich eine Antwort finden. Er öffnet die Tasche.

»Danke, Frau Dahms«, sagt Christian.

Frau Dahms nickt, entfernt sich. Ben betrachtet den Inhalt der Tasche, ohne etwas anzutasten.

»Zwei saubere T-Shirts, eine verschlossene Packung mit kleinen weißen Bällen, Griffbänder, zwei weiße Schweißbänder, drei Flaschen. Cola light. Eine voll und ungeöffnet, zwei leer«, sagt Ben.

Er sucht Christians Blick, findet ihn. Sie sehen einander an, schweigend.

»Kriminaltechnik«, murmelt Ben.

Christian nickt.

»Ich lasse alles so liegen.«

»Ja«, sagt Christian. Wirre Gedanken brechen sich Bahn. Drei Flaschen. An welcher haftet das Gift? Vermutlich an keiner, es war einfach in der Flüssigkeit, die Dahms getrunken hat. Da ist nichts mehr. Dennoch, er spürt eine diffuse Angst. Er denkt an Anne. Heute hat sie ihm noch keine Quizfrage geschickt. Was, wenn die letzte unbeantwortet bleiben würde? Das ist natürlich Unsinn. Da ist kein Gift. Kein unsichtbarer Tod. Dieser unsichtbare Tod ist schon da gewesen, er hat Torsten Dahms ereilt.

Drei Flaschen. Zwei sind leer. Die dritte ungeöffnet. Wenn stimmt, was Leipold gesagt hat, wenn also Dahms immer zwei Flaschen Cola dabeihatte, dann ist es eine Flasche zu viel. Dann hat er seine eigene zweite nicht mehr getrunken, weil ihm eine andere angereicht wurde. Von einer Frau, die wie ein Mädchen aussah.

»Ist der Parkplatz des Squash-Inn mit Überwachungskameras ausgestattet?«, fragt Ben.

»Ich denke, ja.«

»Und das Hotel? Der Park? Der Park, in dem Eigler erstochen wurde?«

Christian nickt. »Da hat Mark Lederer die Aufnahmen schon angefordert.«

Sie schweigen. Betrachten die drei Flaschen, die nebeneinander auf dem Bett liegen, im Sonnenlicht. 0,3 Liter. Nicht viel. Das trinkt man in einem Zug, nach einem anstrengenden Match.

Er fragt sich, ob es überhaupt möglich ist, dass eines dieser Getränke den hünenhaften Mann, Torsten Dahms, niedergestreckt hat. Er erinnert sich an den Moment, hat ihn vor Augen. Dahms, der mitten im Verhör aufsteht, zwei Schritte zurückmacht, sich erbricht und stirbt.

Christian fragt sich, wo die Töchter sind, und denkt, dass er Frau Dahms Bescheid geben sollte. Er sollte ihr sagen, dass Susanne Leipold versucht hat, sie zu erreichen, und dass es gut wäre, würden sie bald miteinander sprechen, von Freundin zu Freundin, worüber auch immer.

Mark Lederer denkt, und das sieht ihm eigentlich nicht ähnlich, dass er Gott ist. Ein Gott ohne Reich allerdings. Ohne Glück. Ohne den Hauch einer Ahnung.

Er sitzt vor zwei Bildschirmen und wertet alle Aufnahmen aus, die er bekommen konnte. Es sind viele. Er ist bereits seit mehr als vier Stunden damit beschäftigt, der Nachmittag ist dem frühen Abend gewichen, das Licht der Sonne ist eine Spur dunkler geworden, ein Hauch von Blutorange.

Lederer ist wie der Gott, der alles sieht, wie derjenige, der in der schönen neuen Welt an den Schalthebeln der Macht sitzt, nur um dann festzustellen, dass der, den er sucht, ihn zum Narren hält.

Dann kommt ein Gedanke, der ihn verwundert. Dass es eigentlich seine Richtigkeit haben könnte. Mark Lederer hält wenig vom Konzept des Überwachungsstaates. Warum sollte er jetzt demjenigen, der die Kameras erfolgreich meidet, einen Vorwurf machen?

Die Frage bleibt haften. Will er diese Menschen, wer oder was immer sie sein mögen – ein Junge oder ein junger Mann, ein Mädchen, eine Frau –, eigentlich überführen? Will er sie ausfindig machen auf den Aufnahmen oder regt sich fast eine gewisse Genugtuung darüber, dass er die beiden einfach nicht findet?

Tatsache ist, dass die gesuchten Personen nicht auffindbar sind. Auf keinem der Videos, weder im Park zur Zeit der Tat noch vor dem Hotel noch auf dem Parkplatz des Squash-Inn. Diese Aufnahmen sind gerade angeliefert worden, er sitzt erst seit einer Viertelstunde dran. Aber da ist nichts, das spürt er. Kein verdächtiger Pkw älteren Baujahrs. Kein Junge im Hoodie, keine lachende junge Frau.

Das bedeutet, dass sie auf einem anderen Weg ins Gebäude gelangt sein muss, denn sie war dort. Das ist eine Tatsache, vorausgesetzt, dass Patrick Leipold die Wahrheit sagt. Und es erscheint nicht schlüssig, daran zu zweifeln. Er wählt die Nummer des Squash-Inn, wartet, niemand geht ran. Vermutlich wird er es ohnehin vor Ort klären müssen. Er spult die Aufnahme zurück, sieht zum wiederholten Male Leipold und Dahms dabei zu, wie sie das Squash-Inn verlassen. Dahms energisch. Energetisch. Voller Tatendrang. Leipold entspannt. Sie lachen, das ist sogar durch das Pixelgrau zu erkennen. Sie plaudern noch kurz, bevor sie in ihre Autos steigen und losfahren.

Und dann … lange nichts. Eine helle graue Fläche, der Lederer den Sommer ansehen kann. Es sind die Abstufungen von Grau, die es kenntlich machen, die Schatten sind dunkler als die von der Sonne beschienenen Flächen. Aber niemand kommt. Keine junge Frau hat das Squash-Inn betreten, keine kommt raus. Niemand steigt in einen Wagen älteren Baujahrs. Das ist ohnehin der, den mutmaßlich der Junge mit der Kapuzenjacke gefahren hat. Auch von ihm fehlt auf diesen Aufnahmen vor dem Squash-Inn jede Spur.

Lederer lehnt sich zurück. Er wendet sich dem zweiten Bildschirm zu, auf dem die Bilder von der Überwachungskamera des Hotels flimmern. Hanno Eigler hat vor vier Tagen eingecheckt. Lederer hat sich bislang auf den frühen

Morgen konzentriert, an dem Eigler ermordet wurde. Jetzt spult er zurück zum Tag seiner Ankunft in Wiesbaden.

Eigler war, gemeinsam mit seiner kleinen Tochter, mit dem Pkw angereist. Ein neuer SUV, gehobene Familienklasse. Obwohl er in Trennung lebte und erste Ermittlungen der Dortmunder Kollegen ergeben haben, dass er sein Girokonto allmonatlich überzogen hat.

Lederer sieht ihn ankommen. Den SUV, der in der Kriminaltechnik steht, mit Dortmunder Kennzeichen. Auf dem Rücksitz ist sogar kurz das Kind zu sehen, die kleine Tochter, sie sitzt in einem Kindersitz und trägt, wenn er sich nicht sehr täuscht, große Kopfhörer. Für Momente wird Lederer schwarz vor Augen. Er schließt und öffnet sie, sieht den Wagen nach rechts in die Tiefgarage des Hotels abbiegen.

Er fragt sich, was Eiglers Tochter gehört hat. Was hören Kinder in dem Alter? Vielleicht ein Hörspiel. Die Töchter seiner Schwester hören immer irgendwas mit Hexen. Hexen, die die Welt in Ordnung zaubern.

Er lässt die Bilder schneller laufen. Menschen kommen und gehen, meistens in Gruppen oder zu zweit. Eigler und seine Tochter sind nicht mehr zu sehen, vermutlich sind sie durch die Tiefgarage ins Hotel gelangt.

Der Abend bricht an, die Nacht. Der Platz vor dem Hotel ist jetzt leer, aber Lederer lässt ihn nicht aus den Augen, während er die Bilder noch eine Spur schneller ablaufen lässt. Die Nacht weicht, der Morgen graut, gegen sechs Uhr dreißig beginnen erste Menschen, die Szenerie zu beleben. Nicht viele. Ferien. Die meisten sind irgendwo anders in der Welt.

Gegen acht steht plötzlich Eigler mitten im Bild. Direkt vor dem Hoteleingang. Er dehnt sich, streckt sich, trägt Sportklamotten. Beginnt zu laufen, biegt in den Park ab, in dem er wenige Tage später getötet worden ist.

Dann ist die Fläche wieder leer, und Lederer nimmt die Gegenbewegung wahr … während auf den Aufnahmen die Nacht dem Tag gewichen ist, bricht hier, in seiner Gegenwart, der Abend an. Blutorange hat inzwischen Pink und Blau Platz gemacht, aber wirklich untergehen wird die Sonne erst in einigen Stunden.

Eigler kehrt zurück. Vor dem Eingang des Hotels hält er wieder an, atmet durch. Dann verschwindet er in der Lobby.

Lederer lehnt sich zurück. Er ist erschöpft. Für Momente hält er den Kapuzenjungen für einen Trugschluss, für eine Illusion.

»Was?«, sagt er, obwohl niemand im Raum ist.

Er beugt sich vor, holt die Bilder zurück. Ein Junge mit Kapuzen-Hoodie kommt wie aus dem Nichts ins Bild gelaufen, bleibt für Sekunden an der Stelle stehen, an der Eigler gerade noch gestanden hat. Sein Gesicht ist von der Kapuze vollständig verdeckt.

Lederer lässt das Folgende langsam laufen, betrachtet in Zeitlupe, wie der Junge mit der rechten Hand das Victory-Zeichen macht und dann in die Richtung davonschlendert, aus der er so unvermittelt gekommen ist.

Sie sitzt auf dem Stuhl in ihrem Hotelzimmer und sieht Bienchen dabei zu, wie sie, gemeinsam mit der Psychologin, einer Frau Gerst, einen Strand mit einem Streifen Meer und einigen Sonnenschirmen baut.

Der Teppich des Zimmers ist violett und sehr sauber, der Strand lädt dazu ein, schwimmen zu gehen, was die drei Legofiguren, ein Mann, eine Frau und ein Kind, dann auch machen. Weil Bienchen es so will.

»Sie gehen ins Wasser«, sagt sie.

»Gut«, entgegnet die Psychologin, Frau Gerst.

Morgen werden sie abreisen. Zurück nach Dortmund. Das ist der Plan. Aber Pläne fühlen sich müßig an, in diesen Stunden eines Tages, der zäh vergeht, der stillzustehen scheint. Obwohl sie wahrnimmt, dass der Abend schon da ist.

»Schauen Sie«, sagt die Psychologin, Frau Gerst. Sie lächelt. Sie befinden sich schon ein wenig außerhalb der Stadt, nahe der Auffahrt zur Autobahn, ein gutes Stück entfernt von dem anderen Hotel, in dem Hanno vor einigen Tagen eingecheckt hat. Ohne es sie wissen zu lassen, ohne dass sie davon die geringste Ahnung gehabt hat.

Frau Gerst hat sie hier eingebucht, sie hat auch das Geschenk mitgebracht, das Päckchen mit der kleinen Welt aus Bausteinen. Die Kosten für den Aufenthalt im Hotel werden merkwürdigerweise übernommen. Kerstin Eigler weiß gar nicht, von wem. Von der Polizei? Vom Staat? Oder von den beiden Frauen? Frau Gerst, die Psychologin, und Frau Kramer, eine der leitenden Ermittlerinnen, die sich beide um sie kümmern. Sie weiß es nicht.

Es geht ihr beiläufig durch den Kopf, während sie Biene dabei zusieht, wie sie eine kleine Welt erschafft. Kerstin Eigler ringt mit Tränen, das weiß sie, aber es ist etwas, das unterschwellig bleibt, an der Oberfläche ist alles ruhig, so ruhig wie das Meer an Bienes Strand.

»Und?«, fragt Biene.

Kerstin Eigler hebt den Blick.

»Hier steigt eine Sommerparty«, sagt Bienchen, und Kerstin fragt sich, woher sie diese Worte kennt. Diesen Ausdruck. Eine Party steigen lassen.

»Das ist schön, Bienchen«, sagt sie. »Sehr schön sogar.« Ihr gelingt ein Lächeln.

Auch Frau Gerst lächelt.

Es klopft an der Tür, leise, aber bestimmt. Frau Gerst geht, um zu öffnen, es ist die andere Frau, Maren Kramer, die Ermittlerin. Für Momente, während Frau Kramer näher tritt, denkt Kerstin, dass sie weggehen soll, dass sie aufhören soll, in ihrem Leben herumzuwühlen und Dinge ans Licht zu bringen, die nicht wahr sein dürfen.

Kerstin Eigler hat manches verstanden, aber bei Weitem nicht alles. Vermutlich ist ihr auch nur manches gesagt worden, nicht alles.

»Das ist ja schön«, sagt Maren Kramer. Das Lächeln, das sie Biene zuwirft, scheint ihr leichtzufallen.

»Ja, gell«, sagt Biene. Sie wirkt nicht unglücklich. Kerstin Eigler hält diesen Gedanken fest. Speichert ihn ab. Biene weiß noch nicht, dass … ihr Vater tot ist. Was weiß sie?

Was erinnert sie? Was wird sie erinnern, irgendwann? Die Psychologin hat ihr darauf keine klaren Antworten geben können, obwohl sie sicher erkannt hat, dass Kerstin nichts mehr hasst als unklare Verhältnisse.

Vermutlich ist das etwas, das sie jetzt wird lernen müssen, dass Verhältnisse unscharf werden. Dass sie Hanno nie gekannt hat. Maren Kramer hat sich hingekniet, befestigt einen der bunten Sonnenschirme auf dem festen Sand.

Kerstin Eigler spürt unvermittelt einen Hauch von Kraft. Sie richtet sich auf, läuft, geht neben Biene in die Hocke. »Hier, Mama«, sagt Biene und reicht ihr eine fingergroße Sonnenliege und einen kleinen runden Rettungsring. Sie lächelt sie an. Kerstin spürt, dass Biene sich darüber freut, dass sie da ist. Sie stellt die kleine Sonnenliege auf dem Sand ab und betrachtet den Rettungsring.

Den kann ich … den können wir beide brauchen, denkt sie, dann legt sie den Ring um die kleinste Figur des Sets, das kleine Mädchen. Und Biene ist es, die ihr die Figur aus der Hand nimmt und ohne Zögern mitten ins wellige blaue Meer hineinstellt.

LEDERER

Am Abend fährt Mark Lederer noch zum Squash-Inn, um das Rätsel zu lösen. Wie gelangt man in diese Halle, ohne am Haupteingang von den Kameras eingefangen zu werden?

Er stellt seinen Wagen auf dem Parkplatz ab und läuft

einmal um das Gebäude herum. Die Sache erweist sich als recht einfach. Lederer spürt einen Hauch von Erleichterung. Denkt, dass sie es vielleicht doch mit einem Menschen aus Fleisch und Blut zu tun haben, mit einem, der Dinge richtig, aber auch falsch machen könnte. Und wieder ertappt er sich unmittelbar bei der Frage, ob er diesen Fehler, am Ende des Tages, überhaupt finden möchte.

Er wischt den Gedanken weg und betritt die großflächige Einkaufshalle, die an der Rückfront dieses Gebäudes zum Shoppen einlädt. Wie er vermutet hat, stößt er nach etwa einhundert Metern auf einen zweiten Eingang zur Squashhalle. Es ist eher ein Seiteneingang, Insidern vorbehalten und den wenigen, die gleich vor oder nach dem Sport noch einkaufen gehen wollen.

Lederer sucht die Fläche ab, findet in diesem Korridor keine Kameras. Er öffnet die schwere Tür, an der das Logo des Squash-Inn klebt, und läuft einen Flur entlang, von dem die Umkleidekabinen abzweigen. Wenig später eröffnet sich schon der Blick auf die Badmintonfelder, die Kletterwände und im Hintergrund auf die etwas tiefer liegenden Squashcourts.

Lederer durchquert die Halle, beiläufig die Menschen betrachtend, die sich an diesem heißen Sommerabend schweißtreibenden Aktivitäten aussetzen. Hinter der Theke im Café steht ein junger, auffällig muskulöser Mann.

»Guten Abend«, sagt Lederer.

»Hallo«, entgegnet der Mann.

Lederer hat seinen Dienstausweis gezückt. »Ich komme von der Polizei Wiesbaden. Haben Sie kurz Zeit?«

Der Mann stutzt. »Sicher«, sagt er.

»Es geht um den Mittag und frühen Nachmittag vor zwei Tagen. Waren Sie da im Dienst?«

Der Mann kneift die Augen zusammen. »Vorgestern … ja, war ich.«

»Können Sie sich an zwei Herren mittleren Alters erinnern, die Squash gespielt und anschließend hier im Café noch was getrunken haben?«

»Kann ich tatsächlich. Die beiden waren die einzigen Squashspieler an dem Tag. Den meisten ist es inzwischen zu heiß dafür, die spielen eher draußen Tennis oder so.«

»Sie erinnern sich also an die beiden? Kennen Sie sie sogar?«

»Kennen wäre zu viel gesagt. Sie spielen jede Woche und trinken dann immer noch was. Der eine immer einen Kaffee. Egal ob im Winter oder im Sommer.«

Lederer nickt.

»Der andere trinkt Wasser, das er aber immer mitbringt. Manchmal bestellt er einen Frucht-Energizer. Aber eher selten. Ach so, und der mit dem Kaffee trinkt meistens auch Cola. Die er ebenfalls mitbringt.«

»Was können Sie über die beiden sagen? Was fällt Ihnen spontan ein?«

Der junge Mann hält kurz inne. »Wenig. Auf jeden Fall fiel mir immer auf, dass sie eisern kommen, dass sie die Sache durchziehen.«

»Verstehe.«

»Geschäftsleute, denke ich. So kommen sie rüber. Als hätten sie irgendein Unternehmen. Also … gut situiert. Manchmal sehe ich ihnen ein paar Minuten beim Spielen zu und würde mal sagen, dass der Große, also der mit der

Cola, immer gewinnt. Sie haben nicht die gleiche Spielstärke.«

Nicht die gleiche Spielstärke. Der Gedanke bleibt haften. Nicht die gleiche Stärke, nicht die gleichen Voraussetzungen, nicht das gleiche Kräfteverhältnis. Dahms, der Hüne, der Situationen herbeigeführt hat, in denen er unzweifelhaft die Macht hatte, die Kontrolle. Niemals hätte Patrick Leipold ihn auf dem Squashcourt schlagen können … niemals hätten die Mädchen, die Kinder, sich gegen das stemmen können, was …

»Warum ist das eigentlich wichtig für Sie?«, fragt der junge Mann.

Lederer schweigt. Streift den Gedanken ab. »Können Sie sich an eine junge Frau erinnern?«, fragt er stattdessen. »Die mit den beiden ins Gespräch kam? Vor zwei Tagen?«

Der junge Mann denkt einige Sekunden lang nach, schüttelt dann den Kopf. »Nein. Sie waren immer nur zu zweit.«

Lederer nickt. Eigentlich überrascht ihn das nicht. Es passt ins Bild. Die Personen, die sie suchen, die Frau mit den Jogginghosen und dem roten Top und der Junge mit dem Hoodie, bleiben rätselhaft, schemenhaft, nahezu unsichtbar.

»Gut«, sagt Lederer. »Erst mal danke.«

»Gerne«, sagt der Mann.

Lederer verlässt die Halle auf dem Weg, den auch Dahms und Leipold vor zwei Tagen gegangen sind. Er läuft über den Parkplatz zu seinem Wagen, und während er einsteigt, denkt er, dass er auf so einen Frucht-Energizer, den der junge Mann an der Theke erwähnt hat, Durst hat. Auch wenn er nicht genau weiß, was das ist und wie es schmeckt.

Klarabella, die Katze, die ihr vor einigen Wochen zugelaufen ist, steht schon in der Tür, als Maren Kramer am Abend nach Hause kommt. Sie krallt sich an ihren Hosenbeinen fest, und könnte sie sprechen, würde sie ihr sagen, dass sie Hunger hat. Vermutlich würde sie sogar ein wenig ausfällig werden, wenn nicht gar beleidigend, dessen ist sich Maren recht sicher.

Die Katze rast voran in die Küche, Maren folgt ihr. Sie stellt einen Teller mit Lachspastete am Boden ab, zurzeit Klarabellas Lieblingsessen. Klarabella frisst gierig, und Maren geht ins Wohnzimmer, schaltet die Musik ein, ihre aktuelle Playlist, ruhig, ohne Gesang, nur Piano und Streicher.

Sie schließt die Augen, beginnt, sich in den Melodien zu verlieren. Ihre Gedanken kreisen um Fragen, die sie nicht hat klären können in letzter Zeit. Zum Beispiel die Herkunft von Klarabella, die einfach Anfang des Monats, spät in der Nacht, vor ihrem Schlafzimmerfenster stand. Das Schlafzimmer ist im Erdgeschoss des kleinen Reihenhauses, das sie vor einigen Jahren angemietet hat. Klarabella hat also nicht allzu hoch springen müssen, um Marens Aufmerksamkeit zu erregen.

Trotzdem ist vollkommen unklar, woher sie gekommen ist, warum sie ausgerechnet an ihrem Fenster gestanden hat, und auch, warum Maren gegen vier Uhr nachts die Augen aufgeschlagen hat, aus tiefem Schlaf kommend, um unmittelbar dem Blick der im Licht einer Straßenlaterne hockenden Katze zu begegnen.

Sie hat ein paar Ermittlungen angestellt, aber in der Nachbarschaft hat niemand Klarabella vermisst, und sie ist auch nicht gechipt. Niemand scheint sie zu vermissen, obwohl sie eine so großartige Katze ist. Sie fragt sich, wie wohl früher ihr Name lautete. Und wer ihr den gegeben hat. Und warum dieser Jemand nicht auftaucht, um nach ihr zu sehen.

Zu viele offene Fragen. Auch in Bezug auf die interne Ermittlung, die aufklären sollte, warum und unter welchen Umständen Ben Neven den Entführer eines kleinen Jungen erschossen hat. Ben Neven, mit dem sie inzwischen eng zusammenarbeitet, ebenso wie mit Christian Sandner und Mark Lederer. In einer Ermittlung, die bislang ausschließlich Fragen aufwirft, ohne eine einzige Gewissheit zu liefern.

Keine Gewissheit. Geht es demjenigen, der Dahms und Eigler getötet hat, möglicherweise genau darum? Denjenigen, die anderen ihre Gewissheit geraubt haben, den Frieden zu nehmen?

Sie denkt an Sabine. Bienchen oder Biene, wie ihre Mutter sie nennt. Geduldig, akribisch hat sie die Szenerie aus Lego-Steinen aufgebaut. Das war die schönste Zeit an diesem Tag. Neben Biene, dem Mädchen, das so viel ertragen hat und das so viel wird ertragen müssen, hat Maren kurz durchatmen können.

Das Telefon klingelt, sie sieht, dass es ihre Mutter aus Norddeutschland ist. Sie versucht, sich aufzurichten, findet den Impuls nicht. Später. Sobald die Musik schweigt. Die Katze nähert sich an.

Sie gähnt schamlos, streckt sich, macht ein paar schwungvolle Schritte. Dann springt sie auf das Sofa, sucht und findet einen Platz bei Marens hochgelegten Füßen und liefert ihr einen weiteren guten Grund, sitzen zu bleiben.

Maren Kramer spürt ein Lächeln auf ihren Lippen.

BEN

Spät am Abend, bevor er nach Hause fährt, macht Ben einen Halt an einer Tankstelle und holt sich eine Cola light.

Er setzt sich in den Wagen, betrachtet die Umstehenden, einen älteren Mann und eine junge Frau, die ihre Wagen mit Benzin befüllen.

Er öffnet die Flasche, schließt die Augen und trinkt gierig. Die Kohlensäure beginnt zu brennen, aber er trinkt weiter, leert die Flasche in einem Zug.

Dann wartet er. Sein Blick begegnet dem älteren Herrn, der ihn misstrauisch mustert. Oder vielleicht bildet sich Ben das nur ein. Warum sollte ihm dieser Mann mit Misstrauen begegnen?

Für Momente denkt er darüber nach, auszusteigen und dem Mann seinen Ermittlerausweis vorzulegen. Einfach so, ohne ein weiteres Wort zu sagen.

Er wartet. Der ältere Herr fährt los, die junge Frau fährt los. Menschen kommen und gehen. Nichts passiert. Die Cola hat auch nicht anders geschmeckt als andere, die er getrunken hat. Er fragt sich, ob Dahms einen Unterschied bemerkt hat. Ob ihm durch den Kopf ging, vielleicht nur für Sekundenbruchteile, dass dieses Getränk anders war. Sollte er etwas in dieser Richtung bemerkt haben, hat er es Leipold gegenüber verschwiegen. Hat sich eingeredet, alles sei in Ordnung. Alles bestens.

Bens Blick begegnet zwei Jungen mit freien Oberkörpern und Badehosen, sie rasen lachend auf Fahrrädern vorüber. Er legt die leere Flasche auf den Beifahrersitz, startet den Wagen, steuert ihn auf die Straße, und dann fährt er ganz bewusst auf direktem Weg nach Hause.

CHRISTINA

Nette spielt mit den Puppen. Das ist nicht schlimm, aber ein wenig beunruhigend ist, dass sie gar nicht mehr damit aufhört.

»Hei, Nette«, sagt Christina.

Nette hebt den Blick. Sie kichert.

»Abendessen?«

Nette schüttelt den Kopf.

»Keinen Hunger?«

»Ne«, sagt Nette.

»Ist Jana da?«

Nette hebt den Blick.

Vielleicht hat Christina einen Fehler gemacht. Sie ist sich nicht sicher. Nette hat sich abgewendet. Betrachtet, in Gedanken versunken, die Puppen, die verstreut auf dem Bett liegen.

Christina wendet sich ab, lässt die Tür von Nettes Zimmer einen Spalt weit offen und geht ins Wohnzimmer. Sie setzt sich an den gedeckten Tisch, betrachtet die beiden Teller, fragt sich, ob und wann Jana zurückkehren wird.

LANDMANN

In der Nacht nimmt Landmann ein Bad. Nachdem sich der Gedanke eingestellt hat, folgt er ihm, ohne ihn noch einmal infrage zu stellen.

Barbara hat es geliebt, nachts zu baden. Sie hat ihm manchmal davon erzählt, dass die Mitbewohnerinnen in der WG das mal amüsant, mal störend fanden, und gelacht. Tatsächlich hat Barbara schon in ihrer Jugend gerne gebadet.

Sie hat, nach dem Sport, eine gefühlte Ewigkeit im Badezimmer verbracht, vor allem, wenn es draußen kalt war, im Winter. Landmann hat währenddessen Nachrichten geschaut oder einen Krimi, der mit der Realität nichts zu tun hatte.

Als Barbara rauskam, war sie immer guter Dinge. Überhaupt war sie eigentlich nie wirklich traurig, nie hat sie den Eindruck vermittelt, es könnte in ihrem Leben ein Problem aufgetreten sein, das sich als unlösbar erweist. Weder als Kind noch als Jugendliche noch als junge Erwachsene.

Landmann hat keinen Badeschaum, deshalb schäumt er das Wasser, das dampfend in die Wanne einläuft, mit Duschgel auf. Er spart nicht daran, wartet, bis die Wanne befüllt ist und der Schaum fast vollständig das Wasser bedeckt.

Er legt die Kleider ab und steigt in die Wanne. Heiß. Er lehnt sich zurück, schließt die Augen. Es muss Jahre her sein, seitdem er zuletzt gebadet hat. Er schwimmt gerne im See, aber ein heißes Bad ist ihm lange nicht in den Sinn gekommen.

Die Letzte, die vor ihm in dieser Wanne gebadet hat, war Barbara, irgendwann im Winter. Es war schön, ruhig. Sie haben wenig gesprochen, Barbara hat an einem späten Vormittag versucht, aus feinem Schnee einen Schneemann zu bauen. Aber der Schnee war dann schon gegen Mittag vollständig geschmolzen.

Er hebt den Blick, sucht den dunklen Sommerhimmel hinter dem Fenster ab. Obwohl die Nacht sehr präsent ist, spürt Landmann ein Sommerflirren.

Zu Weihnachten, daran erinnert er sich jetzt, hat Barbara ihm ein Buch geschenkt, das er noch nicht gelesen hat.

Fünf

And the girl on the sun
was well engaged with a story
of life and death and waves
handing the day to the people all night long

CHRISTIAN

Um kurz vor vier Uhr, zwischen Nacht und Morgen, erwacht Christian aus einem Traum, der von Anne erzählt hat, und als er nach ihr tastet, greift seine Hand ins Leere.

Er ist unmittelbar hellwach. Alarmiert. Er steht auf, mit dem Gedanken, dass sie weg ist. Dass er sie nicht wiederfinden wird. Sogar die Bilder des Traums sind schon verblasst.

»Anne?«, ruft er.

Sie sitzt in der Küche am Tisch und hebt den Blick, während er näher tritt.

»Schon wach?«, fragt sie.

»Was?«

»Schon wach?«

»Nein, du bist wach«, sagt er. »Was ist denn?«

»Ich konnte nicht schlafen. Hab mir einen Tee gemacht. Willst du? Pfefferminz.«

»Hm. Okay«, sagt er.

Er setzt sich ihr gegenüber. Betrachtet sie, während sie Tee in eine Tasse gießt, auf ihn zukommt und die Tasse vor ihm auf dem Tisch abstellt. Behutsam.

»Warum konntest du nicht schlafen?«

Sie runzelt die Stirn. Setzt sich wieder ihm gegenüber. »Komische Frage«, sagt sie.

»Ja?«

»Ja.«

»Warum?«

»Weil es nicht für alles einen Grund geben muss. Einfach so«, sagt sie.

»Aha.«

»Bist du so jemand, der daran glaubt, dass immer alles einen Grund hat? Dass alles irgendwie zu erklären ist?«

»Hm. Nein.«

»Das hätte mich auch gewundert. Nach allem, was ich bisher über dich weiß«, sagt sie.

Er schweigt.

»Die wenigsten Dinge haben gute Gründe«, sagt sie.

»Hm.«

»Willst du 10.000 spielen?«

»Wie bitte?«

»Das Würfelspiel.«

»Was?«

»Man muss 10.000 Punkte sammeln. Das habe ich lange nicht gespielt.«

»Ich kenne das gar nicht.«

»Kein Problem, ich erkläre es dir. Wo sind die Würfel?«, fragt sie.

Er versucht, darüber nachzudenken. Wo sind die Würfel? Hat er überhaupt welche? Anne scheint selbstverständlich vorauszusetzen, dass er welche besitzt.

»Du wirst doch irgendein Spiel haben, für das du Würfel brauchst. Und im besten Fall auch einen Würfelbecher.«

»Hm. Ja … klar.« Doch, er hat Würfel. Natürlich. Er steht auf, läuft ins Wohnzimmer, öffnet die breite Schublade unter dem Fernseher, in der er vor Jahren, als er in diese Wohnung eingezogen ist, alte Brettspiele verstaut hat. Für Sekunden hält er inne, weil ihm bewusst wird, dass das verblasste, eingerissene Monopoly aus einer Zeit stammt, in der Natalie, seine Jugendfreundin, noch gelebt hat …

»Sind da Würfel?«, fragt Anne in seinem Rücken.

»Ja … ich denke.« Er wundert sich darüber, dass er sich plötzlich daran erinnert. Er weiß, dass das Monopoly einen braunen Würfelbecher enthält, und in dem Würfelbecher befinden sich sechs Würfel. Während er das Spiel öffnet und den Becher an sich nimmt, hat er das Gefühl, etwas zu tun, das lange darauf gewartet hat, getan zu werden.

»Super, sogar ein Becher, perfekt«, sagt Anne.

Sie lächelt, und Christian spürt eine Freude, die sich fremd anfühlt. Fremd und unendlich schön. Der Moment rastet ein. Hinter den Fenstern weicht die Nacht, es dämmert schon ein Sommertag.

Anne nimmt ihm den Becher aus der Hand, greift sich im Gehen einen Notizblock und einen Kugelschreiber, und dann sitzen sie in der Küche, und Anne malt eine schiefe Tabelle auf das weiße Papier und würfelt.

»Ha!«, ruft sie aus.

Christian betrachtet die Würfel.

»Tausendfünfzig!«, sagt Anne.

»Aha?«

»Pass auf. Eins zählt hundert, fünf zählt fünfzig. Und

wenn du drei Gleiche wirfst, ist es immer die Augenzahl mal hundert. Also drei Vierer sind vierhundert, drei Sechser sind sechshundert. Kapiert?«

»So etwa«, sagt Christian. Eigentlich versteht er gar nichts. Und es fühlt sich gut an.

»Ich habe drei Einser. Das ist sehr gut, denn das sind tausend. Und dann noch eine Fünf, die zählt fünfzig. Also insgesamt tausendfünfzig.«

»Klar«, sagt Christian.

»Das ist verdammt gut«, sagt sie.

»Glaube ich«, sagt er.

»Du bist dran.« Sie sammelt die Würfel ein, reicht ihm den Becher.

»Okay.« Er konzentriert sich. Was natürlich Unsinn ist. Es ist ein Glücksspiel, Konzentration wird ihm nicht weiterhelfen, ebenso wenig wie intensives Nachdenken. Er wirft.

Anne schweigt, kneift die Augen zusammen. Dann lacht sie. »Das ist ja … das gibt es ja nicht! Du hast eine Straße.«

»Aha?«

»Ja.«

»Ist das nicht eher was aus Monopoly?«, fragt er.

»Nein, du hast eine Straße, eins bis sechs. Das sind tausend Punkte. Und du darfst noch mal würfeln. Weil alle Würfel zählen.«

»Ah. Okay.«

»Also, dann …«

»Ja.« Er legt die Würfel in den Becher, holt zum nächsten Wurf aus.

»Aber Achtung, wenn jetzt nur Nieten kommen, ist alles weg«, sagt sie.

Er hält in der Bewegung inne. »Hm?«

»Du hast jetzt tausend. Wegen der Straße. Aber wenn jetzt zum Beispiel zwei Dreier, eine Vier, zwei Zweier und eine Sechs kommen, hast du gar nichts.«

»Aha«, sagt er.

»Weil nur Fünfer und Einser was zählen, und bei allen anderen zählt es nur, wenn du mit einem Wurf drei davon hast.«

»Ah.« Er nickt. Langsam beginnt er sogar, das Spiel zu begreifen. Anne ist eine hervorragende Spiele-Erklärerin. Er wirft. Drei Fünfer.

»Fünfhundert«, sagt Anne. »Also insgesamt, mit der Straße, tausendfünfhundert.«

»Gut.«

»Das ist in der Tat gut. Sehr gut. Du führst«, sagt sie lächelnd, und dann spielen sie, und Christian beginnt, sich vollkommen in dem Spiel zu verlieren, lauscht dem Klackern der Würfel, dem Gewirr der Zahlen, die Anne summiert. Vage denkt er, dass Landmann, dem Ermittler im Ruhestand, den alle immer den Mathematiker nannten, das Spiel gefallen könnte. Und dass Anne und Landmann sich gut verstehen könnten, denn Anne ist völlig vertieft in ihre Buchführung, in ihre tabellarische Protokollierung des Spielstands.

Sie ist sogar so vertieft, dass er zwischenzeitlich Gelegenheit findet, eine Eins gegen eine Drei auszutauschen.

Anne hebt den Blick. Ruckartig. »Du schummelst«, sagt sie.

»Nein!«

»Doch.«

»Quatsch«, sagt Christian.

»Du schummelst … zu meinen Gunsten«, sagt sie.

Er schweigt. Sie lächelt. »Du hattest drei Einser, also tausend. Aber du hast eine Eins umgekippt.«

»Unfall«, sagt er.

Natürlich hat Anne die Sache durchschaut. Er war auf der Siegerstraße. Und er will, dass Anne gewinnt.

»Witzbold«, sagt sie.

Zehn Minuten später hat Anne tatsächlich gewonnen. Er musste nicht mal mehr schummeln. Sie macht die zehntausend Punkte mit drei Vieren und einer Eins voll. Dann geht sie ins Bad, kehrt Minuten später im Pyjama zurück. »Müde«, sagt sie.

»Ich auch«, sagt er. »Aber ich muss bald schon los.«

Hinter den Scheiben zeichnet sich inzwischen überdeutlich ein Sonnentag ab. Der Morgen ist da.

Anne macht ein paar Schritte auf ihn zu, umarmt ihn.

»Ich glaube, ich lebe«, sagt sie.

BEN

An der Wand im Besprechungsraum prangt ein vielteiliges Bild der Ermittlung. Fotos, Texte, Dokumente. Alle im Raum betrachten diese Collage, während Mark Lederer den aktuellen Stand zusammenfasst.

Während er seine Befragung im Squash-Inn vom Vorabend schildert, verdichtet sich für Ben wieder das Gefühl, dass sie weniger einen Menschen suchen, weniger einen

Täter, eher ein schattengleiches Wesen, das Mensch oder auch etwas anderes sein könnte.

»Das ist, was sich für mich herauskristallisiert. Und es gilt für beide«, sagt Mark Lederer am Ende.

»Was meinst du?«, fragt Maren Kramer.

»Es gilt für beide. Sowohl der Junge, den die Kamera vor dem Haus der Familie Dahms eingefangen hat, als auch die junge Frau, die im Squash-Inn offenbar Dahms vergiftet hat, sind sich ihrer Umgebung sehr bewusst. Fast schon …«

»Ja?«, fragt Christian.

»Fast schon unheimlich«, sagt Lederer. »Das erscheint doch nicht normal. Dass sie in jedem Winkel jede Kamera sehen. Der Junge muss das Auto exakt außerhalb der Reichweite abgestellt haben.«

»Aber einmal war er dennoch unvorsichtig«, sagt Ben.

Unvorsichtig … die Worte hallen nach, vermengen sich mit anderen Bedeutungsebenen. Der Parkplatz zuckt auf, das Erlebnisbad, der Junge. Fünfzig Euro. Schlank, eher schmal, vielleicht zehn Jahre alt, eher neun. Dunkle Augenringe.

»Das stimmt«, sagt Lederer.

»Hm?«, fragt Ben.

»Das stimmt, er war unvorsichtig, als er vor dem Haus von Dahms ins Sichtfeld der Kamera vorgelaufen ist. Aber wir wissen, warum. Er geriet in Unruhe, weil wir aufmarschiert waren, die Polizei, um Dahms mitzunehmen.«

»Ja«, sagt Christian. »Ich denke, dass es so sein muss. Er muss gewusst haben, dass Dahms kurz vor der Festnahme steht. Und unvorsichtig ist er nur bedingt. Er hat sich die

Kapuze übergezogen. Er verweigert uns einen Blick auf sein Gesicht. In vollem Bewusstsein um die Kameras, selbst in diesem Moment, in dem er sicher in Unruhe geraten ist.«

»Ich will euch etwas zeigen«, sagt Lederer.

Er deutet auf ein eingefrorenes Bild, das auf seinem Notebook flimmert. Ben beugt sich vor.

»Der Junge«, sagt Maren Kramer.

»Ist das etwa …«, sagt Christian.

»Ja. Das ist direkt vor dem Haupteingang zum Hotel, in dem Eigler abgestiegen war«, sagt Lederer. »Das ist der Beleg, dass dieser Junge im Hoodie mit beiden Fällen in Verbindung steht. Er war vor dem Haus von Dahms, er war vor dem Hotel von Eigler. Kein Zweifel.«

Lederer lässt die Bilder laufen, in Zeitlupe.

»Was macht er da?«, fragt Ben.

»Es ist früher Morgen. Am Tag nach Eiglers Ankunft in Wiesbaden. Eigler ist joggen gegangen und gerade zurückgekehrt und im Hotel verschwunden. Dann kommt der Junge. Und hier zeigt er sich bewusst. Er … spielt.«

»Victory-Zeichen«, murmelt Christian.

»Und wieder wendet er das Gesicht so von der Kamera ab, dass wir ihn nicht erkennen können.«

»Das ist ein Zeichen an uns«, sagt Maren Kramer. »Dieses Victory-Zeichen. Das gilt uns Ermittlern, von denen er weiß, dass sie einige Zeit später Videos im Umfeld des Hotels sichten werden. Weil er bereits weiß, dass Eigler zu diesem Zeitpunkt tot sein wird.«

Für einige Sekunden herrscht Schweigen.

»Gut, Mark«, sagt Christian. »Gute Arbeit.«

Ben nickt.

»Das belegt, dass er derjenige ist, den wir suchen. Ob Täter … oder …«

»Mitwisser«, vervollständigt Ben.

Wieder ein Wort, das nachklingt. Gibt es überhaupt noch Worte ohne doppelten Boden? Marlene und Svea gehen heute mit einer Freundin von Marlene und deren Mutter ins Kino. Ein Fantasy-Abenteuer, hat Marlene gesagt. Breit grinsend, vorfreudig. Sie genießt ihre Ferien. Ben schwitzt. Feiner Schüttelfrost.

»Du sagst, es sei fast unheimlich«, murmelt Christian. Ben hebt den Blick, begreift, dass sich Christian an Lederer gewandt hat.

»Unheimlich, dieser umfassende Blick, diese Vorsicht.«

»Ja«, sagt Lederer.

»Woran denkst du?«, fragt Ben.

»Ich denke, dass einen solchen Blick Menschen entwickeln, die gelernt haben, dass sie jederzeit in einen Hinterhalt geraten könnten«, sagt Christian. »Menschen, die erfahren haben, wie es ist, in Abhängigkeit zu geraten, anderen ausgeliefert zu sein.«

Niemand entgegnet etwas. Die Stille zieht sich in die Länge.

»Im Squash-Inn ist kein Junge im Hoodie in Erscheinung getreten, sondern eine junge Frau«, sagt Christian. »Eine Frau mit einer grauen Jogginghose und einem roten Top. Eine Frau, die dort häufiger trainiert hat, wenn Dahms und Leipold Squash gespielt haben.«

»Hat der Junge sie informiert?«, fragt Maren Kramer. »Hat er ihr gesagt, dass vor dem Haus von Dahms Polizisten stehen? Dass sie handeln muss, dass es schnell gehen muss?«

Ben nickt.

»Aber das würde bedeuten, dass das vergiftete Getränk bereits verfügbar gewesen ist«, sagt Lederer. »Sie kann das nicht ad hoc vorbereitet haben. Ich bin kein Toxikologe, aber sicher ist es aufwendig, eine solche Flasche zu präparieren. Gibt es eigentlich schon ein Feedback zu dieser Flasche?«

»Nein«, sagt Christian. »Das toxikologische Gutachten wird voraussichtlich zwei bis drei Wochen in Anspruch nehmen.«

Ben versucht, sich diese Frau vorzustellen, die Leipold zufolge gut gelaunt war, als sie Dahms die Flasche Cola anreichte. Er habe sie am Court vergessen. Das sind ihre Worte gewesen. So klar, so einfach hat sie es erklärt. So einfach hat sie Dahms getäuscht. Wie im Tunnel.

»Wie im Tunnel«, murmelt er.

»Was?«, fragt Christian.

»Wenn ich mir diese Situation im Squash-Inn vor Augen führe. So wie Leipold sie geschildert hat. Dann war diese Frau wie auf Schienen unterwegs. Wie im Tunnel. Sie hat genau die richtigen beiläufigen Worte gefunden, sie hat weder auf Leipold noch auf Dahms einen Hauch bedrohlich gewirkt, im Gegenteil.«

»In gewisser Weise hat sie mit Dahms gespielt, so wie der Junge vor dem Hotel mit Eigler gespielt hat, als er diese Gewinner-Geste macht«, sagt Christian.

Spielen, denkt Ben. Das trifft es. Spielen, spielen. Kinder sind es, die spielen. Kinder, die keine Angst haben, nichts zu verlieren, viel zu gewinnen, Kinder wie Marlene.

Er denkt an den Jungen, auf dem von der Abendsonne

beschienenen Parkplatz. Er denkt daran, loszufahren. Er verspürt Lust, loszufahren, immer geradeaus. Gleich, nach der Besprechung, knapp zwei Stunden wird er brauchen.

»Rache«, sagt Christian, und Ben ist sich unmittelbar sicher, dass er recht hat. Er ist sich vollkommen sicher, es liegt auf der Hand.

»Es ist, als würden hier große Kinder späte Rache üben«, sagt Christian.

MAREN

Im Großraumbüro sitzen einige der zur Ermittlung hinzugezogenen IT-Spezialisten vor ihren Bildschirmen.

Maren hat am Vormittag die Liste der bislang sichergestellten Asservate studiert. 103 CDs und 14 USB-Sticks allein aus dem Besitz von Holdner, 24 USB-Sticks, 30 weitere Speichermedien aus der Gartenlaube von Dahms, dazu aus diversen inzwischen bundesweit erfolgten Haussuchungen 27 Festplatten, sieben DVDs, 34 Mobiltelefone, 19 Tablets, 27 Notebooks, drei Digitalkameras, 43 SD-Karten. Insgesamt hat die Ermittlung, Stand jetzt, Filmaufnahmen von etwa 500 Stunden Länge sowie mehr als 400.000 Abbildungen sexuellen Missbrauchs hervorgebracht. Hinzu kommen unzählige weitere virtuelle Spuren im digitalen Raum.

Der Tag ist hell und bunt, feine Staubteilchen schweben im Licht, und Maren ringt mit sich, während sie den Computer hochfährt und das Dokument öffnet, das einer der

IT-Spezialisten für sie bereitgestellt hat. Chatverläufe von der von Dahms administrierten und von Anton Holdner moderierten Plattform.

Maren Kramer beginnt zu lesen. Die Worte sind nicht neu, die Verläufe und auch die angehängten Fotos und Videos wurden bereits gesichtet und auf Hinweise abgeklopft, vorausgesetzt, die entsprechenden Links waren für die Experten noch zugänglich oder rekonstruierbar.

Heute liest Maren mit neuen Augen. Die Ermittlung hat sich aufgespalten. Während sie einerseits gegen die Täter im »Fallkomplex Jannis« ermitteln, müssen sie ab sofort ein Augenmerk auch auf die Frage richten, wie sie dieselben Täter schützen können. Vielleicht tatsächlich vor der Rache großer Kinder, wie Christian Sandner es am Vormittag formuliert hat?

Die Hypothese ist, dass derjenige, der Dahms und Eigler getötet hat, in diesem Forum mitgelesen haben muss. Insbesondere gilt das im Fall von Eigler, denn das Treffen, das er und Holdner geplant hatten, ist hier zur Sprache gekommen.

Maren Kramer arbeitet sich durch das von den IT-Spezialisten bereitgestellte Protokoll. Die erste Kommunikation zwischen Eigler und Holdner – im Chat firmieren sie unter »Humbert« und »Moderator/Kinderfreund« – hat im Februar stattgefunden. Humbert wendet sich an die Gemeinde mit der Frage, ob es Interesse an einem gemeinsamen Treffen mit seiner Tochter gebe. Vier Jahre alt. Und ob die anderen auch jemand mitbringen könnten.

Maren überfliegt die Antworten, die zum Teil verstörend direkt sind. *Meiner Kleinen macht es auch immer mehr Spaß, wenn noch eine andere dabei ist,* schreibt einer. Inklusive Smiley. Die meisten Antworten bleiben allgemein, niemand geht explizit auf Eiglers Vorschlag ein. Einige wünschen gutes Gelingen. Einige Tage, nachdem Eigler die Frage platziert hat, antwortet schließlich Anton Holdner. *Klingt fein. Ich komme darauf zurück,* schreibt er.

Maren Kramer hat unmittelbar Holdner vor Augen, diesen alten Mann. Es passt nicht, denkt sie. Wie kommt Holdner dazu, das Wort *fein* zu verwenden?

Ich komme darauf zurück, melde dich doch gerne bei Gelegenheit unter folgender Mailadresse … die Auswertung von Eiglers Notebook hat ergeben, dass Holdner damit eine Verlagerung des Dialogs in einen privateren Raum eingeleitet hat. Die beiden, Holdner und Eigler, haben die konkreten Planungen über E-Mail-Accounts getätigt. Und auch hier muss derjenige, der Eigler im Park abgefangen hat, mitgelesen haben. Maren wählt die Nummer des IT-Experten, der ihr den Chat vorbereitet hat.

»Ja?«

»Maren Kramer hier. Ich habe noch eine Frage zu dem Chat, den Sie mir gesendet hatten.«

»Okay.«

»Ich bin jetzt durch und denke, dass hier noch kein Aufschluss gegeben wird über Zeit und Ort. Ist es denkbar, dass unser Täter auch die Mails mitgelesen hat, die im weiteren Verlauf zwischen den beiden Chatpartnern ausgetauscht wurden?«

»Ja … im Prinzip schon.«

»Unter welchen Umständen wäre das möglich?«

»Na ja. Wenn wir davon ausgehen, dass jemand diese Chaträume sozusagen unterwandert hat, ist derjenige in jedem Fall versiert. Und um dann auf Mails und Weiteres zugreifen zu können …«

»Ja, genau, das wäre die Frage.«

»Dafür müsste er einen mit Malware versehenen Anhang in einen der Chats einstellen. Und derjenige, dessen System er im Blick hat, müsste den Anhang öffnen.«

Maren schweigt.

»Je subtiler die Malware angelegt ist, desto besser. Das ist klar. Aber da gibt es diverse Möglichkeiten, das ist nicht mal wirklich schwer, vorausgesetzt natürlich, man kennt sich damit gut aus.«

»Gut … also, Moment, das würde bedeuten, dass einer der Anhänge auf der Plattform … von unserem Täter stammt?«

»Das wäre meine Vermutung, ja.«

»Können wir noch rekonstruieren, welcher der Anhänge …«

»… ein Trojaner gewesen sein könnte?«, vervollständigt der IT-Kollege.

»Ja, genau.«

»Das könnten wir versuchen.«

»Dann versuchen Sie das. Es könnte wichtig sein.«

»Gerne. Ich lege gleich los.«

»Danke«, sagt Maren. Sie wendet sich wieder dem Chat zu. Neue Kraft durchströmt sie, sie beugt sich vor, liest alles noch einmal, Wort für Wort. Jedes der Feedbacks, die Eigler und Holdner im Lauf des Jahres erhalten haben. Es ist eine Fleißarbeit, denn insbesondere Holdner hat regelmäßig neue Inhalte eingestellt, neue Nachrichten verfasst. Für Maren kristallisiert sich ein Muster heraus. Holdner hat immer montags und donnerstags etwas gepostet, immer am späten Abend. Vor allem Bilder. *Aus meinem Archiv*, wie er es nannte.

Auch Eigler zählte zu den aktiveren Teilnehmern, er hat unregelmäßig partizipiert, eher in Schüben. Einige Wochen nach seiner Anfrage hat er eine Bilderserie eingestellt, versehen mit der Ankündigung: *Hier ein paar Fotos von meiner Kleinen.* Maren Kramer kann die Bilder nicht aufrufen, da sie nur den Chatverlauf vorliegen hat.

Sie wählt noch einmal die Nummer des IT-Kollegen.

»Ja?«

»Eine Bitte. Können Sie mir die Bilder raussuchen, die Hanno Eigler, sein nickname ist Humbert, am 30. März eingestellt hat?«

»Ja, klar.«

»Am besten wäre ein Link, mit dem der ganze Chat zu dieser Bilderstrecke verfügbar wird.«

»Lässt sich machen.«

»Gut, danke.«

Maren Kramer wendet den Blick ab, wartet. Sie weiß, dass der Kollege nicht lange brauchen wird, um ihr zu schicken, was sie nicht sehen will. Ein klingeltonähnliches Geräusch signalisiert die Ankunft einer Nachricht, Sekunden später öffnet sie die Fotostrecke, die ein kleines Mädchen in Reizwäsche zeigt. Sie kennt das Mädchen, sie hat Biene erst gestern dabei zugesehen, wie sie auf dem Teppich des Hotelzimmers mit Lego gespielt hat.

Biene sieht fragend in die Kamera, die sicher ihr Vater,

Hanno, geführt hat. Auf einigen der Bilder lächelt sie, mit gerunzelter Stirn.

Maren klickt die Bilder weg, schließt die Augen.

Dann wendet sie sich wieder dem Chatverlauf zu. Eine Reihe von Usern hat auf die Bilderstrecke reagiert. Holdner natürlich auch, er hat im Gegenzug etwas aus seinem »Archiv« gesendet. Maren tastet die Worte ab. An einem der Kommentare eines Nutzers bleibt sie hängen.

Ja geil. Aber positionier sie doch nächstes Mal auch so wie die hier, mein Freund.

Maren liest einmal, zweimal. Betrachtet die kleine Vorschau des angehängten Bildes. Ein blasses Foto, wie vergilbt. Ein Mädchen mit weit gespreizten Beinen, der Kopf ist vom Kameraführenden abgewendet, sodass man das Gesicht nicht erkennen kann. Die Umgebung ist neutral weiß, als wäre der Hintergrund im Nachhinein retuschiert worden.

Maren betrachtet das Bild.

Ein Bild, das einen Betrachter dieses Chatraums unmittelbar, schon in der Vorschau, dazu anregt, es anzusteuern. Aber dann, in voller Größe, erweist es sich als Schemen. Ein Mädchen ohne Gesicht, reduziert auf den Körper, und selbst dieser Körper ist, bei Lichte besehen, wie gefiltert, als würde Maren ihn durch eine Milchglasscheibe sehen.

Da geht mehr. Bisschen unscharf. Aber danke für den Tipp mit der Pose.

Das hat Humbert, alias Eigler, als Kommentar zu dem Bild hinterlassen. Nachdem er das Bild angeklickt hatte. Maren Kramer wählt wieder die Nummer des IT-Kollegen.

»Ich glaube, ich habe den Trojaner gefunden«, sagt sie.

»Es ist die Bilddatei jpg-0307, eingestellt als Kommentar zu der Fotostrecke des Nutzers Humbert.«

»Okay. Wie heißt der User, der das Bild gesendet hat?«, fragt der Kollege.

Maren senkt den Blick auf die Kommentarzeile. Für Sekunden hält sie inne. Eine gute Wahl, denkt sie. Schlüssig. Der Rächer der Armen, der Entrechteten.

»Zorro«, sagt sie. Der User nennt sich Zorro.«

LANDMANN

»Zorro?«

»Ja«, sagt Ben, seine Stimme klingt ein wenig brüchig, am anderen Ende der Leitung. »Ich wollte … dich auf dem Laufenden halten und dachte, dass du vielleicht was damit anfangen kannst.«

Landmann schweigt. Er weiß, dass Ben nach wie vor auf seinen klaren Blick vertraut. Einen Blick, der sich aus Logik speist. Aber Landmann ist das Vertrauen darauf abhandengekommen. Auch das müsste Ben wissen.

»Wir stützen uns bislang vor allem auf Aufnahmen von Überwachungskameras«, sagt Ben. »Wir haben einen Jungen, einen Jugendlichen, zumindest hat es den Anschein, der eine Kapuzenjacke trägt und deshalb unerkannt bleibt. Das ist ohnehin signifikant und gilt für beide. Sie scheinen sich dem Zugriff der Kameras zu entziehen. Den Jungen haben wir dennoch zweimal zu sehen bekommen, vor dem Haus der Familie Dahms und vor dem Hotel, in dem Eigler, das zweite Opfer, abgestiegen war. Und dann ist da eine junge Frau, die kennen wir zurzeit lediglich aus einer Zeugenbeschreibung. Eine Frau, die in dem Squashcenter ab und zu an der Wand geklettert ist und die, nach Lage der Dinge, Dahms mit einer präparierten Limonadenflasche zu Tode gebracht hat.«

»In der Flasche war das Gift?«

»Das ist nahezu sicher.«

Landmann schweigt, versucht, die Informationen zu sortieren.

»Die Frau hat Dahms die Flasche selbst überreicht, beiläufig, mit der Bemerkung, Dahms habe sie am Court vergessen. Der Junge vor dem Hotel macht das Victory-Zeichen, also diese Geste mit der Hand. Als wolle er uns, den Ermittlern, etwas sagen, Tage bevor Eigler ermordet wurde. Verstehst du, was ich meine? Das ist …«

»Gewagt«, sagt Landmann.

»Ja«, sagt Ben.

»Kontrolle«, sagt Landmann unvermittelt. Er spürt ein Stechen im Magen, Tränen steigen auf, unmöglich, etwas dagegen zu tun. Kontrolle, Kontrollverlust.

»Ja«, sagt Ben.

»Das ist dementsprechend ein wichtiger Teil des Ganzen.«

»Kontrolle zu besitzen?«

»Ja. Und Kontrolle auch nach außen zu … postulieren. Angenommen, dieser Junge mit Kapuze ist wirklich der Gesuchte … dann geht es im Kern um Kontrolle. Darum, sie zu haben, oder vielleicht darum, sie zurückgewonnen zu haben.«

Ben schweigt lange. »Das stützt Christians These«, sagt er dann.

»Nämlich?«

»Dass es Opfer sein könnten, Opfer des Missbrauchs, die jetzt, vermutlich Jahre später, zu Tätern werden.«

Landmann schweigt. Opfer, die zu Tätern werden. Möglich. Er spürt, dass seine Kraft schwindet. Seine Gedanken verlieren sich, steuern ein Ziel an, werden zu blassen Bildern von Barbara.

»Vielleicht … könntest du mal bei uns vorbeikommen«, sagt Ben. »Am Wochenende?«

Hat Ben sein Schweigen so unmittelbar wahrgenommen und richtig gedeutet? In jedem Fall freut sich Landmann über die Einladung. Und er begreift, dass sich die Vorzeichen verändert haben, komplett und rigoros. Er ist noch nie bei Ben gewesen. Noch nie. Immer hat Ben ihn besucht, seitdem er im Ruhestand ist. Manchmal kam die ganze kleine Familie, Ben, Svea, Marlene. Das Haus von Ben, von Svea, von Marlene kennt Landmann nur von außen. Ab und zu, selten, hat er Ben dort abgeholt oder nach Hause gebracht, in den Jahren, in denen sie zusammengearbeitet haben. Er als leitender und Ben als angehender Polizeiermittler.

»Das klingt gut. Danke«, sagt Landmann. Schwingt in der Antwort schon die Absage mit? Kann Ben sie heraushören?

»Das wäre schön«, sagt Ben.

»Ja«, sagt Landmann. Er wendet den Blick dem Garten zu und sieht einen Schemen von Barbara, so als würden sich die Gedanken zu einem Bild verdichten. Das passiert nicht zum ersten Mal. Im Vergleich zu den vorangegangenen Malen scheint das Bild ein wenig zu verblassen. Vielleicht wird dieses Phänomen bald vergangen sein, dann wird er Fotos brauchen, um sich Barbara vor Augen führen zu können. Er fragt sich, ob das eher gut oder schlecht wäre.

»Wie geht es Marlene?«, fragt er.

»Gut«, sagt Ben. »Ferien.«

Landmann hört die Zuneigung, die Liebe des Vaters heraus. »Das freut mich«, sagt er.

»Wenn du uns besuchen kommst, dann wäre das ja auch eine schöne Gelegenheit, dass du sie mal wiedersiehst. Du wirst überrascht sein, wie groß sie geworden ist. Wie schnell das alles …«

Ben hält inne.

»Ja«, sagt Landmann. Draußen, im Garten, ist kein Schemen mehr, keine Silhouette, keine Erinnerung, die Gestalt gewinnt.

»Bis bald, Ben«, sagt Landmann.

»Bis bald, Ludwig«, sagt Ben.

Wie schnell das alles geht, denkt Landmann.

BEN

Ben lässt das Handy sinken und kehrt zurück ins Gebäude. Er biegt nach rechts ab, betritt die Kantine, setzt sich an einen der Tische am Fenster.

Die Gedanken an Landmann, an den veränderten Klang

seiner Stimme, schwinden, weil ein anderer Gedanke Raum greift. Zorro. Rache.

Inzwischen betrachtet er den oder die Täter als Gegner. In einem Spiel, einem Wettkampf, dessen Regeln er nicht kennt. Wer sind diese Personen? Eine junge Frau, ein Jugendlicher, ein Hacker, der in Holdners Forum mitliest, ein Giftmörder, der Flaschen präpariert, ein Aggressor, der den joggenden Eigler frühmorgens im Park mit einem Hieb und einer Schere niederstreckt? Er steht abrupt auf, holt sich aus dem Automaten eine Flasche stilles Wasser. Er setzt sich wieder an den Tisch, trinkt. Er nimmt sich vor, langsam zu trinken, zur Ruhe zu kommen.

Es gibt kein Duell. Wen immer sie suchen, diejenigen haben keine Ahnung von ihm, Ben. Sie sind auf der Jagd nach anderen. Dahms, Eigler. Holdner? Vielleicht einfach alle Nutzer der Plattform? Zufällig ausgewählt? Nein. Dahms war Administrator, Holdner Moderator und Initiator. Protagonisten. Und Eigler war einer derjenigen, die aktiv waren, im Wortsinn. Nicht nur Betrachter, sondern einer derjenigen, die den Betrachtern das Futter geliefert haben. Betrachtern wie … ihm, Ben.

Ben ist immer vorsichtig gewesen. Er ist nie einer Plattform beigetreten, er hätte nicht mal genau gewusst, wie das geht. Nein, er hat einfach die Gelegenheiten wahrgenommen, die sich boten, hat auf Asservate zugegriffen, auf die er ohnehin Zugriff hat. Angefangen hat es vor einigen Jahren mit einem Speicherstick, der einfach da lag, auf seinem Schreibtisch, obwohl Ben mit der Ermittlung nur anfänglich zu tun gehabt hat. Der Stick hat da gelegen, in einer Klarsichtfolie, wie ein Zeichen, dazu auffordernd, ihn an sich zu nehmen, und im Nachhinein hat niemand ihn vermisst, keiner der Kollegen hat danach gefragt. Und jetzt ist Ben im Schlaraffenland. Die Anzahl der Asservate kaum überschaubar. Ben hat Zugriff auf jedes einzelne von ihnen. Impulse überall. Chatverläufe, die ihm Hinweise liefern. Auf Plätze, geheime Orte, an denen … gelebt wird, was bisher nur Ahnung ist.

Wie zum Teufel soll er unter diesen Umständen arbeiten? Wer kann unter diesen Umständen daran zweifeln, dass ihm bei nächster Gelegenheit der Kopf aufplatzt? Sein Handy klingelt, es ist Svea. Er geht direkt ran.

»Hi«, sagt er.

»Hi«, sagt Svea. »Wie kommt ihr voran?«

Ben zögert. Fragt sich, warum sie anruft.

»Kannst du kurz reden?«, fragt sie.

»Ja, klar. Mache sowieso gerade Pause.«

»Ich habe einen Stand-by-Call bekommen, muss gleich um fünf zum Flughafen. Langstrecke São Paulo, übermorgen bin ich zurück.«

»Alles klar«, sagt Ben.

»Marlene spielt hier mit Annabel. Sie werden aber gleich abgeholt, sind dann bei Annabel. Und am Abend, wenn dir das passt, würde Annabels Mama die beiden gegen neun wieder zu uns bringen, Annabel übernachtet. Passt das?«

»Klar«, sagt Ben.

»Super«, sagt Svea. Ben sieht sie vor Augen, sieht, dass sie lächelt. »Dann bis übermorgen«, sagt sie.

»Bis dann«, sagt Ben.

»Hab dich lieb«, sagt sie.

»Und ich dich«, entgegnet er.

Dann sitzt er in der Stille, einige Minuten lang. Sein Blick streift Kolleginnen und Kollegen, die vorübergehen. Zwei der zur Ermittlung hinzugezogenen IT-Spezialisten setzen sich mit Getränken an einen Tisch am anderen Ende des weiten Raums.

Ben betrachtet das Display seines Smartphones. Bald fünf Uhr. Etwas rastet ein. Unwiderruflich. Zumindest vorläufig. Er läuft ins Freie, überquert den Parkplatz, steigt in den Dienstwagen, der unter der Wucht der Sonne zu schmelzen scheint. Es ist brennend heiß. Er lässt die Fenster herunter, fährt los, beschleunigt, sobald er die Schnellstraße erreicht hat.

Die Straße ist breit und frei und die Strecke eine gerade Linie. Seine Gedanken stehen still, die Strecke, die eigentlich zweieinhalb Stunden Fahrt erfordert, bewältigt sein Wagen in ziemlich genau einhundert Minuten. Mehrfach geht ihm durch den Kopf, dass er den Kollegen von der Verkehrspolizei mitteilen würde, dass er im Einsatz und deshalb mit weit überhöhter Geschwindigkeit unterwegs sei, sollten sie ihn anhalten. Aber niemand hält ihn an.

Als sich kurz vor Dortmund die Ausfahrt in sein Blickfeld schiebt, verlangsamt er. Die Gedanken kehren zurück. Keine komplizierten Gedanken. Abbiegen, lautet der erste.

Er fährt die Landstraße entlang, passiert das Gewerbegebiet, sieht schon die Rutsche des Erlebnisbades, die in der Ferne vor ihm aufragt. Fünf Minuten später ist er da.

Er parkt vorne auf dem Parkplatz, da, wo auch die Besucher des Schwimmbads parken. Das andere Ende, die Stelle, an der der Parkplatz endet und die Hochhaussiedlung beginnt, ist weit entfernt. Er stellt den Wagen so ab, dass er einen guten Blick hat auf diesen fernen, nahen Ort. Er ist perfekt positioniert, angekommen, aber doch in sicherer Entfernung.

Er lehnt sich zurück. Zum ersten Mal an diesem Tag hat er das Gefühl, sich ein wenig zu entspannen und durchatmen zu können. Menschen laufen vorüber, leicht bekleidet, gut gelaunt. Manche kommen vom Schwimmbad, manche gehen erst hin. Auf seinem Handy geht eine Nachricht von Christian ein. *Wo bist du? Die Besprechung fängt gleich an. Bis gleich, herzlich, Christian.*

Das ist irgendwie typisch für Christian. Selbst bei kurzen Nachrichten bleibt er verbindlich, sendet noch einen herzlichen Gruß. Wieder geht Ben durch den Kopf, dass sich Christian zuletzt verändert hat, er wirkt beruhigt, als hätte er etwas gefunden, das lange verloren war. Sie arbeiten seit einer Reihe von Jahren sehr gut zusammen, aber Ben weiß nicht viel über ihn. Er weiß weder, was Christian verloren hatte, noch kann er einschätzen, wie er es wiedergefunden hat. Er schreibt eine kurze Antwort. *Fangt bitte ohne mich an, bin kurz unterwegs.* Das muss reichen. Es ist ohnehin alles Schall und Rauch. Dass er hier auf dem Parkplatz des Erlebnisbads vor Dortmund steht, erscheint ihm plötzlich unrealistisch. Er ist nicht wirklich hier. Irgendwo ist er sicher, aber nicht hier.

Unruhe schleicht sich an. Der nächste Schritt wird einer sein, der über die weiteren Schritte entscheidet. Er muss noch einmal anfahren, knapp hundertfünfzig Meter trennen ihn von der Stelle, an der er die Hochhaussiedlung wird überblicken können. Dann wird er sehen, ob der Junge heute wieder da ist. Oder ein anderer. Vielleicht mehrere. In dem Chat, in dem dieser Ort als Geheimtipp gehandelt wurde, hieß es, dass meistens drei bis vier Jungen den Tag über da sind. Die meisten stammen demnach aus Rumänien oder Bulgarien.

Er möchte nach Hause fahren, aber natürlich ist das unmöglich. Er startet den Wagen, lässt ihn anrollen, nähert sich dem anderen Ende des Parkplatzes. Seine Blicke suchen die Fläche ab, nach allen Seiten. Er hält sowohl nach Jungen Ausschau als auch nach Personen, denen das, was er hier macht, merkwürdig erscheinen könnte.

Er bremst sanft ab, stoppt den Motor. Jetzt hört er wieder die Geräuschkulisse des Freibads. Das Lachen und Schreien, das Poltern, in regelmäßigen Abständen, immer dann, wenn sich jemand in die Röhre der Riesenrutsche hineinwuchtet.

Etwa zweihundert Meter entfernt sitzen zwei Jungen auf einer morschen Bank vor den hellgrauen Hochhäusern. Einer der beiden hebt den Blick. Betrachtet Bens Wagen, eine dunkle Limousine. Für Momente stellt Ben sich vor, dass ihn einfach nur das Auto beeindruckt. Der Junge ist ein Autofan. Er spricht mit dem anderen, der jetzt auch in Bens Richtung sieht. Aber sie können ihn hinter der Windschutzscheibe, auf die Entfernung, nicht erkennen. Ist derselbe Junge dabei? Der, der auch vor zwei Tagen hier war? Ben ist sich nicht sicher. Sie sehen sich so ähnlich, auf den ersten Blick. Sie sind aufgestanden, laufen, kommen ihm entgegen. Langsam, fragend, devot, aber auch irgendwie entschlossen, wie Tiere, die nicht wissen, ob sie fliehen oder sich ihrem Jäger ergeben sollen. Oder denken sie darüber nach, wie, mit welcher Volte, sie den Jäger erlegen könnten?

Ben starrt die beiden an, wie gebannt, regungslos, den Atem anhaltend. Sie sind noch etwa fünfzig Meter weit entfernt. Jetzt erkennt Ben in einem der beiden den Jungen von vorgestern. Er spürt ein Brennen hinter den Augen.

Er startet den Wagen, fährt an, biegt nach rechts ab, passiert das Schwimmbadgelände zur Linken. Er fragt sich, ob die Jungen manchmal da schwimmen … und die Rutsche herunterrutschen. Ob sie sich das leisten können. Fünfzig Euro … er hört die Stimme des Jungen. Leise, aber klar. So als würde er wirklich im Wagen sitzen und die Worte aussprechen.

Aber da ist niemand. Ben ist allein im Wagen, sein Blick findet noch einmal die beiden Jungen, die stehen geblieben sind, auf der Rasenfläche vor den Hochhäusern, auf Höhe einer klobigen Tischtennisplatte. Er biegt auf den Autobahnzubringer ab, beschleunigt, wenige Minuten später fährt er wieder auf gerader, freier Strecke, der Abendsonne entgegen. Aber das scheint nur so, sie bleibt doch immer gleich weit entfernt.

Sein Blick streift die Uhr neben dem Tachometer. 210 km/h, 18.54 Uhr. Er wird rechtzeitig um neun da sein, kann sogar noch was zum Knabbern holen für Marlene und ihre Freundin Annabel, die heute bei ihnen übernachten wird.

Am Abend, nach dem Essen, fragt Christian, ob ihr das etwas sagt, ob sie vielleicht etwas damit anfangen kann. Zorro.

Für Momente hört sie eine Melodie, keine bestimmte, einfach eine Ahnung von Musik. Sie schließt die Augen.

»Anne?«

»Ja?«

»Hast du meine Frage gehört?«

»Ja, klar.«

»Ich sollte eigentlich nicht über die Ermittlung sprechen, aber letztlich wird es ohnehin darauf hinauslaufen, dass in der kommenden Zeit alle … die mit dieser Ermittlung in Verbindung stehen, befragt werden.«

»Verstehe«, sagt sie.

»Wir gehen davon aus, dass der oder die Täter tatsächlich in irgendeiner Weise Opfer von Missbrauch wurden. In der Kindheit. Das ist wenigstens aktuell unsere Hypothese.«

Sie hebt den Blick.

»Ich dachte an das, was du kürzlich gesagt hast«, sagt Christian. »Dass du dir immer jemanden gewünscht hast, der Holdner … Menschen wie Holdner … den Frieden nehmen würde. Wie ein schwarzer Ritter.«

»Ritterin.«

»Ja. Irgendwie ist der nickname Zorro da gar nicht so weit weg. Vielleicht ist tatsächlich jemand auf dem Weg, das zu tun, was du dir damals gewünscht hast.«

Sie lauscht den Worten nach. Zorro, denkt sie.

»Kennst du jemanden, der vielleicht … ja … Zorro mochte? Jemand, der …«

»Du meinst, jemanden, dem Holdner oder sonst irgendeiner damals seinen Schwanz in den Mund geschoben hat? So wie mir?«

Er schweigt. Es war kaum zu sehen, aber sie hat es gesehen, hat gesehen, wie Christian kaum merklich zusammengezuckt ist. Sie findet Angst in seinen Augen.

»Entschuldige«, sagt er.

»Quatsch«, sagt sie.

»Lass uns das …«

»Dir muss doch eines klar sein, oder?«

»Was?«, fragt er.

Christian hat Angst davor, sie zu verlieren. Sie hat Macht über ihn, so wie damals Holdner Macht über sie hatte. Uneingeschränkte Macht. »Dir muss doch klar sein, dass du da nicht auf mich zählen kannst. Oder?«

»Was meinst du?«, fragt er.

Christian, der Polizist. Wo war er eigentlich, damals, vor vielen Jahren, als Holdner nach dem Besuch im Zirkus die Kamera genommen und ihr gesagt hat, welche Position sie einnehmen soll, auf der schmalen Eck-Couch in seinem Wohnwagen? Vermutlich hat er da gerade erst seine Ausbildung begonnen oder seinen Schulabschluss gemacht oder studiert oder etwas in der Art. Sie weiß gar nicht, wie alt er ist, aber zehn oder fünfzehn Jahre älter als sie wird er schon sein.

»Dir muss doch klar sein, dass ich dir, selbst wenn ich könnte, niemals helfen würde, diese Morde aufzuklären«, sagt sie.

In der Nacht erwacht sie durstig und geht, um sich etwas zu trinken zu holen. Annabel schläft tief und fest. Marlene tastet sich voran, orientiert sich am Licht des Mondes, der durch die Fenster hereinscheint und den Gegenständen Konturen verleiht. Alles ist zum Greifen nah und zugleich plötzlich einige Zentimeter weit entfernt. Für Momente denkt sie, dass sich die Dinge vor ihren Augen auflösen werden, sobald sie die Hände nach ihnen ausstreckt.

Sie erreicht die Küche, öffnet den Kühlschrank, nimmt die Limonade, gießt sich ein Glas ein und trinkt gierig.

Dann geht sie zurück, auf leisen Sohlen, und zuckt zusammen, als sie Papa auf dem Sofa im Wohnzimmer sitzen sieht. Er sitzt da, mit geöffneten Augen.

»Papa?«, fragt sie.

Er wendet sich ihr zu. Lächelt.

»Kannst du nicht schlafen?«, fragt sie.

»Doch, gleich. Ich sitze hier nur und denke ein wenig nach.«

»Okay.«

»Schlaf gut«, sagt er. »Morgen hole ich euch Brötchen und diese neue Nougatcreme.«

Sie nickt. Tastet sich wieder voran, durch den Flur in ihr Zimmer, in dem Annabel so tief ruht, als wollte sie nicht mehr aufwachen.

Marlene legt sich neben sie und schläft ein mit dem Gedanken, dass sie nicht wird einschlafen können.

Nach dem Erwachen hört sie wieder die Melodie. Jetzt vermengt sie sich mit verschatteten Bildern, die Melodie ist das Lied, das Jana gesummt hat, in den Sommerferien, in denen sie sich kennengelernt haben.

Anne hat Jana vor Augen, lachend, das Lied summend. Lange hat sie nicht an sie gedacht. Hätte sie es getan, hätte sie vermutet, dass sie längst tot ist. Oder irgendwie verschwunden, so als wäre sie nie da gewesen.

Jana war mit ihrer Mutter in die Wohnung gezogen, die frei geworden war, nachdem sich deren hagerer Bewohner vom Dach gestürzt hatte. Plötzlich kommen die Erinnerungen zurück.

Anne muss acht oder neun gewesen sein. Der hagere Mann war immer schweigsam. Eher jung, angeblich ein Student. Als sie an einem Abend vom Spielen mit Freundinnen nach Hause kam, lag er mitten auf dem Parkplatz vor dem Haus. Die Fläche war abgesperrt, Polizisten bedeckten den Leichnam mit einem Tuch, aber nur zur Hälfte.

Anne musste ein paar Schritte laufen, auf den Hügel, der die Hochhäuser vom Campingplatz trennt. Von dem Hügel aus konnte sie den Toten sehen. Sie erkannte sofort, dass es der hagere junge Mann war, der auf ihrem Flur wohnte.

Im Nachhinein betrachtet, ist es so: Wäre der Student nicht, aus welchen Gründen auch immer, vom Dach gesprungen, wäre alles anders gekommen. Jana wäre nicht wenige Wochen später mit ihrer Mutter in die frei gewordene Wohnung eingezogen. Und Holdner hätte nicht die Gelegenheit gehabt, Anne an dem Tag, an dem der Student verstarb, zum ersten Mal anzusprechen. Sie hört wieder Holdners Stimme, diese Erinnerung ist jetzt ganz klar, ganz unmittelbar.

Holdner, von dem sie nur wusste, dass er in dem Wohnwagen lebt und Reparaturen im Hochhaus macht, stand in ihrem Rücken, nah bei ihr und sagte, mit Blick auf den Toten am Boden: »Ja, so ist das Leben, Mädchen. So ist das Leben.«

Anne steht auf, schleicht auf Zehenspitzen in die Küche, sie will Christian nicht wecken. Auch wenn es vielleicht schön sein könnte, wieder zu würfeln, zu spielen. Sie setzt sich an den Tisch. Der Würfelbecher und der Zettel, auf dem sie ihr Spielergebnis notiert hat, liegt noch da, neben dem Teelicht, das Anne jetzt anzündet.

Sie denkt an Jana.

Jana. Der Umzug. Irgendwann Fasching. Kostüme. Holdner. Bunte Bonbons, süß, schlecht für die Zähne. Lachen, die Sonne auf der Stirn, dann der Wohnwagen, Schatten, Holdner hält die Kamera wie ein Modefotograf oder so was.

Und es ist Anne selbst, die Jana das Zorro-Kostüm abstreift und ihre Haut freilegt, weil Holdner sie darum bittet, das zu tun.

Sechs

It was one of those days you know
you will hold up to the light
one of those friends you count on
when the summer dies

JANA

Jana schläft lange. Sie erwacht gegen Mittag, geblendet vom Licht der Sonne.

Sie läuft durch die stille Wohnung. Daran, dass sie Urlaub hat, wird sie sich gewöhnen. Hoffentlich. Christina hat einen Zettel dagelassen. *Wollte dich ausschlafen lassen. Im Kühlschrank sind Pfannkuchen. Bis heute Abend.*

Jana liest die Nachricht. Einmal, zweimal. Dann noch mal. Sie versucht, während sie liest, ihre Sinne scharf zu stellen. So allein wie heute hat sie sich lange nicht gefühlt, und es fühlt sich gut an. Sie nimmt die Pfannkuchen aus dem Kühlschrank, bestreicht sie mit Honig, setzt sich an den Tisch und beginnt zu essen. Dann trinkt sie ein Glas Wasser, stellt den Teller und das Glas in die Spülmaschine und zuckt zusammen, weil jemand an der Tür geklingelt hat. Ihr erster Gedanke ist, dass es nicht Christina sein kann. Christina klingelt nie, denn sie hat einen Schlüssel. Es ist Christinas Wohnung. Christinas und ihre. Aber eigentlich Christinas.

Es könnte ein Paketbote sein. Aber irgendwie klingt es nicht danach. Es ist kein Paketboten-Klingeln.

Sie hält inne. Wartet. Wer immer da ist, wird bald wieder gehen.

Wieder die Türglocke. Zum ersten Mal hört sie sie wirklich, lauscht der kurzen, wie abgeschnittenen Melodie. Drei Töne. Nein, vier. Vier Töne, absteigend, wie eine umgekehrte Tonleiter. Musik fand sie immer interessant. Sie konnte die anderen in der Klasse nicht verstehen, die das so langweilig fanden. Sie fand es spannend, dass aus Tönen Melodien werden können. Merkwürdig, dass sie jetzt zum ersten Mal die Melodie hört, die diese Türglocke erwirkt. Wenn jemand sie betätigt.

Einmal, zweimal.

Und jetzt zum dritten Mal. Ein Besucher, der nicht vorhat, sich abwimmeln zu lassen.

Sicher wird es jemand für Christina sein. Es ist Christinas Wohnung. Eigentlich weiß niemand, dass Jana hier seit einigen Monaten lebt. Abgesehen von Christinas Freundinnen und Bekannten.

Wenn es jemand ist, der Christina sprechen möchte, kann Jana eigentlich öffnen. Sie wird sagen, dass Christina am Abend zurückkehrt, und die Tür wieder schließen.

Oder, falls es doch ein Paketbote sein sollte, einer, der anders klingelt als andere, wird sie eben das Paket in Empfang nehmen. Vielleicht ist es sogar ein Paket für sie. Sie hat in letzter Zeit einiges bestellt.

Sie geht, um zu öffnen, sogar mit Schwung, durchströmt von der plötzlichen Gewissheit, dass es nur etwas Gutes sein kann, das sie erwartet.

Dann kippt das Bild. Sie betrachtet die Frau, die ihr gegenübersteht. Blickt an ihr vorbei auf den sonnenbeschienenen

Flur, auf die weißen Türen der Nachbarwohnungen. Sie möchte durch eine dieser anderen Türen gehen, an einen anderen Ort. Ein neues Zuhause finden.

Das Licht der Sonne bricht durch die hohen Glaswände des Treppenhauses, die Frau erscheint im Licht unnatürlich hell, fast so, als wäre sie nicht echt.

»Hallo«, sagt die Frau. »Hallo Jana.«

»Anne?«, fragt Jana.

ANNE

Anne folgt Jana in die Wohnung. Sie kämpft gegen Erinnerungen an, die sich aufdrängen. Dieses Haus ist deutlich kleiner als das, in dem sie als Kinder gelebt haben, aber die Flure mit den weißen Türen lösen dennoch die Bilder aus.

Jana, das Mädchen vom selben Flur, die Neue in ihrer Klasse. Die Unglaubliche, wie einige der Mitschüler sie genannt haben, schon nach wenigen Wochen, nachdem sich herauskristallisiert hatte, dass irgendwas mit ihr nicht stimmt, dass sie so eine Art Genie sein muss oder Ähnliches. Die Unglaubliche. Die Mitschüler haben Jana ausgelacht, aber in Wirklichkeit war es eine Hänselei, die der Ehrfurcht entsprang. Und der Verwirrung darüber, dass da plötzlich dieses Mädchen in der Klasse war, das der Klassenlehrerin, Frau Dorst, die Bemerkung abrang, dass sie eigentlich zu weit sei, deutlich zu weit für die vierte Klasse.

»Setz dich«, sagt Jana und reicht ihr ein Glas mit Limonade.

»Wunderst du dich nicht, wo ich plötzlich herkomme?«, fragt Anne.

Jana lächelt. »Doch, sehr«, sagt sie. »Woher wusstest du denn, dass ich hier wohne?«

»Du stehst im Telefonbuch«, sagt Anne.

Jana kneift die Augen zusammen. Dann lacht sie laut auf.

»Ist das komisch?«, fragt Anne.

»Ja, ist es. Das muss meine … Mitbewohnerin gemacht haben. Ihr gehört eigentlich die Wohnung.«

Anne zögert. »Wie geht es dir?«, fragt sie.

»Gut«, sagt Jana. »Und du? Wie geht es dir?«

»Besser«, sagt Anne. »Seit einiger Zeit. Ein paar Jahre war ich … ganz woanders.«

Jana weicht ihrem Blick nicht aus, wartet.

»Ich bin abgestürzt, nach der Schule. Nach der zehnten«, sagt Anne.

»Okay«, sagt Jana.

»Im Detail eigentlich nicht interessant.«

Jana lacht.

Anne erinnert sich jetzt an ihre letzte Begegnung. Das war, nachdem Holdner zuerst Jana und dann auch Anne hat gehen lassen. Im kalten Herbst, es hat andauernd geregnet, auf dem Sportplatz neben den Hochhäusern haben unter Flutlicht Männer Fußball gespielt. Anne war dreizehn oder vierzehn, Jana auch. Denn ihre Geburtstage liegen nur etwa einen Monat auseinander.

»Weißt du noch, als wir uns zuletzt gesehen haben?«, fragt Anne.

Jana hebt den Blick. »Sollte ich?«

»Ich denke, das war an Halloween, da seid ihr ausgezogen«, sagt Anne.

Jana nickt.

»Ganz schnell, so plötzlich, wie ihr gekommen wart. Du hattest gar nichts gesagt. Der Umzugswagen kam, die Leute haben eure Wohnung leer geräumt, und du und deine Mutter, ihr seid am nächsten Morgen abgefahren.«

Jana nickt.

»Aber am Abend waren wir noch Süßes und Saures holen. Ich erinnere mich wieder genau daran. Du hast gesagt, dass ihr, du und deine Mutter, in der leeren Wohnung schlafen werdet, auf Matratzen. Wir haben uns vollgestopft mit Kaubonbons.«

»Stimmt«, sagt Jana.

»Du hast so ein komisches Spiel gespielt. Mit verschiedenen Stimmen gesprochen, um die Süßigkeiten zu bekommen.«

»Das war kein Spiel«, sagt Jana.

»Ja, das hast du gesagt, aber …«

»Bei Gelegenheit erkläre ich es dir noch mal, wenn du magst.«

»Okay. Wie geht es deiner Mutter?«

»Sie ist im Heim. Und sie hat Lungenkrebs.«

Anne sieht Janas Mutter vor sich. Obligatorisch die Zigarette zwischen Zeige- und Mittelfinger.

»Ich ahne, was du denkst«, sagt Jana. »Was ist mit deiner …«

»Gestorben«, sagt Anne schnell. Sie will nicht daran denken, nicht darüber sprechen. »Sie wurde auch krank, ähnlich wie deine Mutter. Nur eine andere Art von Krebs«, sagt sie.

»Das tut mir leid«, sagt Jana.

»Du wirkst verändert«, sagt Anne. Tatsächlich ist ihr genau dieser Gedanke gerade durch den Kopf geschossen. »Du bist ganz anders als früher.«

»Ja?«, fragt Jana.

»Ja.«

»Inwiefern?«

»Ich weiß nicht«, sagt Anne. »Auf jeden Fall wirkst du … selbstsicher. Als wäre das eine andere Jana, eine neue.«

Jana schweigt, und Anne hat diesen letzten Abend wieder so deutlich vor Augen. Sie erhascht einen Blick auf die fast leere Wohnung, die Leute von der Umzugsfirma tragen stoisch die Möbel und Kartons nach unten und durch den Regen zum Lkw, und Jana sagt, dass sie noch losziehen könnten, Süßigkeiten holen. Anne denkt unwillkürlich, dass sie dafür vielleicht schon zu alt sind. Dann willigt sie ein. Minuten später steht Jana bei ihr vor der Tür, und Anne spürt einen Stich im Magen, weil …

»Weißt du noch, was du getragen hast, als wir …«

»Na klar«, sagt Jana. »Das Kinderkostüm war viel zu klein geworden, aber ich hatte immerhin einen Hut und eine Maske.«

»Ja«, sagt Anne. Sie spürt ein Brennen hinter den Augen.

»Ich als Zorro, und du bist nur als Anne gegangen«, sagt Jana lächelnd.

»Ja, das stimmt.«

Sie erinnert sich. Holdners Wohnwagen war dunkel an diesem Abend, als wäre er nicht da. Als würde da niemand leben. An diesem Abend hat sie begriffen, dass er sie wirklich hat gehen lassen, dass er sie abgelegt hat wie ein altes, abgetragenes Kleidungsstück, und diese Gewissheit verschmolz mit dem Gedanken, dass am nächsten Morgen auch Jana nicht mehr da sein würde.

Anne hat den Geschmack der Kaubonbons auf der Zunge, Orange, Erdbeere. Sie weiß noch, wie wohl sie sich gefühlt hat, an diesem Abend im Regen, an der Seite ihrer fremden, irgendwie rätselhaften Freundin.

»Ich weiß jetzt, was anders ist«, sagt sie.

»Ja?«, fragt Jana.

»Ja, es ist so, als wärest du jetzt wirklich diese Heldin«, sagt Anne. »Als hättest du das verinnerlicht, diesen Wunsch … eine Heldin zu sein.«

Jana schweigt. Dann lacht sie. Nein … sie kichert. Wie ein Kind.

»Jana?«, fragt Anne.

»Es ist schön, dass du gekommen bist«, sagt Jana, jetzt wieder ruhig. »Es ist schlüssig. Kreise schließen sich.«

Diesen Eindruck hat Anne auch, ohne genau zu verstehen, was Jana meint.

JOSY

Später, als Anne längst gegangen ist, liegt Josy auf ihrem Bett und denkt über diesen merkwürdigen Besuch nach. Diesen merkwürdigen, zutiefst schlüssigen Besuch.

Sie mag Anne sehr. Sie beide teilen eine Erinnerung,

die stärker ist als alles, was Josy sich vorzustellen vermag. Deshalb hat Anne auch so klargesehen, deshalb wusste sie, dass Jana sich verändert hat, dass sie eine neue Stärke besitzt, und sie fragt sich, ob Anne begreift, wie schlüssig es ist, dass sie sich an diesen letzten gemeinsamen Abend erinnert hat.

Halloween. Stoische Männer, die die Wohnung leer räumen, in der sie mit ihrer Mutter so lange, zu lange gelebt hat. Der bevorstehende Umzug. Weg von dort, weg von den Hochhäusern, von dem Campingplatz, von dem Wohnwagen.

Und dann noch einmal mit Anne durch die Straßen ziehen, Süßes oder Saures, und weil sie dafür inzwischen zu alt sind, ist es so schön, macht es so viel Freude. Der Wohnwagen ist dunkel, der Mann, der darin lebt, hat sie gehen lassen, hat sie losgelassen. Es regnet in Strömen, unaufhörlich, etwas wird ausgewaschen, abgewaschen, reingewaschen.

Was Anne nicht weiß, nicht wissen kann, ist, dass Josy, die beste Freundin von Zorro, an diesem Abend geboren wurde.

HOLDNER

Ein Gedanke der Nacht ist am Morgen noch gegenwärtig, und gegen Mittag hat Anton Holdner den Eindruck gewonnen, keine Wahl zu besitzen. Er lässt seinen Pflichtverteidiger kommen. So fühlt es sich an. Ein wenig wie früher.

Als würde der junge Mann tatsächlich aufs Wort gehorchen, als hätte er, Holdner, nur mit dem Finger schnippen müssen, um diesen Anwalt an seine Seite zu holen. Wobei, an seiner Seite sitzt er nicht, sondern ihm gegenüber.

Und natürlich ist er sofort gekommen, das ist nicht überraschend. Er hat alles stehen und liegen lassen, um zu hören, was Holdner zu sagen hat. Alle hoffen darauf, auch dieser junge Anwalt, dass er endlich zu reden beginnt.

»Also, Herr Holdner?«, fragt der junge Mann.

Holdner kann sich nicht mal an seinen Namen erinnern. Er versucht erfolglos, diesen Namen wachzurufen, während die Worte des Anwalts nachklingen. Holdner schweigt. Seine Gedanken schweifen ab zu der Idee, die er in der Nacht gehabt hat, unmittelbar nach dem Erwachen. Vielleicht war sie schon Teil seines Traums. Dass er zurückmuss, zu seinem Wohnwagen, an diesen vertrauten Ort, und sei es nur für einen Tag, eine Stunde, eine Minute, einen Moment.

»Ich möchte einen Ortstermin«, sagt Holdner. »So nennt man das doch, oder? Ich will … den Leuten etwas zeigen.«

»Den Leuten? Den Ermittlern?«, fragt der Anwalt.

»Ja, ganz genau. Ich will …«

… zurück, denkt Holdner. Zurück ins Leben, mein Leben. Sehen, dass es diesen Ort noch gibt, den Ort, an dem ich lebe.

»Ja?«, fragt der Anwalt.

»Ich denke, dass ich dort die Vorwürfe werde entkräften können. Die gegen mich erhobenen Vorwürfe.«

»Und wie stellen Sie sich das vor?«

»Ich werde den Leuten zeigen, wie ich gelebt habe. Was

ich getan habe. Ich bin ein respektierter Mann, habe die Dinge dort zusammengehalten. Ich war Verwalter des Hochhauses.«

»Das ist mir bekannt«, sagt der junge Anwalt. »Ich verstehe dennoch nicht ganz, was Sie …«

»Sagen Sie den Zuständigen einfach, dass ich diesen Ortstermin … beantrage … oder wie immer Sie das nennen. Es sollte in deren Interesse sein, dass ich mich bereit erkläre, mit ihnen … in eine Kommunikation einzutreten.« Ja, denkt Holdner. Das klingt doch gut. Oder? Ihm ist schwindlig.

»In Ordnung.«

Holdner schließt die Augen. In Ordnung.

»Dennoch wäre mir geholfen, wenn ich etwas konkreter vermitteln könnte, worum es Ihnen geht.«

Holdner öffnet die Augen. Betrachtet diesen jungen Mann, den er kategorisch abgelehnt hat, als er vor längerer Zeit kam, um sich als sein Verteidiger vorzustellen.

Er, Holdner, brauche keinen Anwalt. Das waren seine, Holdners, Worte, die jetzt weit weg sind, so weit, als wäre es undenkbar, dass er sie wirklich einmal ausgesprochen hat.

Der junge Mann sieht ihn nur an. Ungerührt. Weder freundlich noch unfreundlich. Weder interessiert noch desinteressiert. Weder anteilnehmend noch distanziert. Holdner geht durch den Kopf, dass er vielleicht gut daran tun könnte, diesen Mann in Zukunft als das zu akzeptieren, was er ist. Sein Anwalt. Er hat da so eine Ahnung, ganz plötzlich, dass der Mann sein Handwerk verstehen könnte.

Und so jemanden braucht er. Einen Menschen, der sein

Handwerk versteht, der in der Lage ist, ihn hier rauszuholen. Von den Toten zurück ins Licht. Er muss raus hier. Und wenn es nur für diesen langen Moment ist, für einen sonnigen Vormittag.

Er sucht den Blick des Anwalts, findet ihn, und für Momente hat er die Worte auf den Lippen, möchte der Sehnsucht nachgeben, sie auszusprechen, aber dann sagt er sie nur im Stillen auf, wie einen Text, den er einstudiert hat, fast wie ein Gebet.

Ich muss hier raus, ans Licht, ins Leben, an den Ort, an dem ich sein darf. Sein darf, wer ich bin.

Nach Hause.

BEN

Ben räumt den Frühstückstisch ab, nachdem Annabels Mutter die beiden abgeholt hat. Sie wollen wieder schwimmen gehen. Warum nicht? Sommer, schwimmen, das ist stimmig, das ergibt Sinn. Das Glas mit Nougatcreme in seiner Hand wiegt schwer, obwohl Marlene und Annabel es fast zur Hälfte geleert haben, und das Smartphone summt vor sich hin. Es dauert eine Weile, bis Ben es lokalisieren kann, es liegt auf dem Sofa, wo er den größten Teil der Nacht verbracht hat, in Gedanken versunken, von denen kein einziger mehr da ist.

Er stellt das Glas ab, läuft, nimmt das Gespräch entgegen. Christian.

»Guten Morgen«, sagt er.

»Hallo Ben«, sagt Christian. »Wir haben erstmals eine Art Feedback. Von Holdner.«

»Aha?«

»Ja, er hat um einen Ortstermin gebeten. Am roten Strand, also auf dem Campingplatz, auf dem er gelebt hat.«

»Okay.«

»Etwas nebulös ist, was genau er uns da eigentlich mitteilen will. Aber ich werte es als gutes Zeichen in dem Sinn, dass er beginnt, sich zu bewegen.«

»Ja«, sagt Ben. Das trifft es. Etwas ist in Bewegung geraten. Jetzt sogar Holdner.

»Ich habe den Termin für morgen um elf Uhr angesetzt. Bevor er es sich anders überlegt und sich wieder ins Schneckenhaus zurückzieht.«

»Ja. Okay«, sagt Ben. Sein Blick streift das Glas, das auf dem Tisch steht, Nougatcreme. Eine ähnliche hat er als Kind gegessen. Mit acht, neun Jahren. Am liebsten hat er einfach aus dem Glas gelöffelt, wenn gerade niemand in der Nähe war, um es ihm zu verbieten. Wie lange ist das her? Die Erinnerung ist ganz unmittelbar.

»Gut«, sagt Christian. »Dann bis bald.«

»Ja, ich bin gleich auf dem Weg. Marlene hatte einen Übernachtungsgast.«

»Wie schön«, sagt Christian. »Geht es ihr gut? Und Svea?«

»Ja«, sagt Ben. »Sind beide wohlauf.« Christian kennt die beiden eher flüchtig. Er arbeitet seit einigen Jahren gut mit Christian zusammen, aber privat haben sie sich nur sporadisch getroffen. Vielleicht liegt es auch daran, dass Christian alleinstehend ist. Das vermutet Ben wenigstens. Ein

Gedanke zuckt auf, an etwas, das Christian für ihn getan hat. Christian hat verschwiegen, wie das ablief … die Festnahme des Entführers Gerhardt, die keine war. Manchmal liest Ben in Christians Augen die unausgesprochene Frage. Im Moment ist zu viel los, aber irgendwann wird er Christian vermutlich Antworten liefern müssen.

»Also … bis gleich«, sagt Christian.

»Ja, bis dann«, sagt er.

Er legt das Handy beiseite, geht zum Frühstückstisch, auf dem nur noch das Glas mit Nougatcreme steht. Er nimmt es, geht in die Küche, zielstrebig, nimmt einen Löffel aus der Schublade und isst, so wie damals, als er Kind war und geglaubt hat, alles sei mit ihm und der Welt in Ordnung.

MAREN

»Das ist sehr gute Arbeit, Maren«, sagt Malvi, und Maren Kramer wundert sich ein wenig darüber, dass ihr erstens das Lob guttut und dass ihr zweitens Malvis gönnerhafte Attitüde in diesem Moment gar nichts ausmacht. Vermutlich ist Malvi ein eher einfältiger Kerl, aber kein übler. Das ist wenigstens ihr Eindruck.

»Das stimmt«, sagt Christian. »Du bist unglaublich.«

»Jetzt mal langsam«, sagt Maren lachend.

»Nein, ehrlich. Wie ist es dir eigentlich gelungen, das Bild herauszufiltern? Wieso warst du so sicher, dass es von demjenigen kommen könnte, der das Forum unterwandert?«

»Na ja, es bedient nicht … die Erwartungen der Zielgruppe. Aber erst auf den zweiten Blick, also erst, nachdem die Zielgruppe den Anhang bereits angeklickt hat.«

»Okay«, sagt Christian. Er tritt an die Wand heran, an der neben all den anderen Elementen dieser Ermittlung nun auch ein Ausdruck des Fotos hängt, das der User Zorro an die Mitglieder des von Anton Holdner begründeten Forums gesendet hat. Die Wand prangt im Sonnenlicht, das durch die Fenster des Besprechungsraums hereinflutet.

»Das kleine Vorschaubild verspricht etwas, das dann die Vollansicht des Bildes nicht einlöst. Es ist nur ein Schemen zu sehen«, sagt Maren Kramer.

»Ja, stimmt«, sagt Christian.

»Vermutlich wurde das Bild sogar bearbeitet«, sagt Mark Lederer. »Also, der Hintergrund ist vermutlich nicht wirklich so diffus beige, sondern das, was da wirklich zu sehen war, wurde wegretuschiert, ebenso wie die Gesichtszüge des Mädchens und …«

Lederer hält inne. Maren weiß, welchen Teil des Satzes er vermieden hat. Auch die Genitalien des Mädchens, das auf einem Stuhl sitzt, mit weit abgespreizten Beinen, hat der User Zorro bis zur Unkenntlichkeit gefiltert, mit einer Art Weichzeichner, einem Effekt, der dem Betrachter das Gefühl gibt, das Mädchen durch eine Scheibe aus Milchglas zu sehen.

»Es wirkt wie entrückt«, sagt Ben. Seine Stimme kommt aus dem Hintergrund. Er steht ein wenig abseits. Maren fragt sich beiläufig, warum. Es ist, als wollte er der Wand, an der die Fäden der Ermittlung versuchsweise zusammengeführt werden, nicht zu nah kommen.

»Das Bild, meine ich. Es wirkt wie entrückt … wie zeitlos. Nicht greifbar. Weil eben, wie Mark zu Recht sagt, der Kontext entfernt wurde.«

»Aber warum?«, fragt Christian.

Die anderen schweigen.

»Ich verstehe, dass Zorro das Mädchen … dass er es dem Zugriff der Männer entzogen hat, aber warum hat er … oder sie … sich die Mühe gemacht, auch den Hintergrund zu tilgen?«, fragt Christian. »Warum ist es ihm so wichtig zu verschleiern, wo dieses Foto gemacht wurde?«

»Gute Frage«, sagt Maren.

»Und wie hat der User Zorro überhaupt selbst Zugriff auf dieses Bild erhalten?«, fragt Christian.

Noch bessere Frage, denkt Maren.

»Es ist bislang nicht gelungen, dem Post eine IP-Adresse zuzuordnen«, sagt Lederer. »Aber das überrascht nicht.«

»Nein«, sagt Ben.

»Ein erstes Feedback der IT-Experten lautet, dass es aber früher oder später gelingen müsste, einen Standort zu benennen«, sagt Lederer. »Sie sind dran. Es ist natürlich wahrscheinlich, dass uns die IP-Adresse dann in irgendeine Sackgasse führen wird. Wenn wir in Betracht ziehen, wie vorsichtig dieser … Zorro … offenbar agiert.«

»Was ich mich gerade frage«, sagt Maren.

»Ja?«, fragt Malvi.

Sie fühlt die Blicke der anderen auf sich ruhen.

»Ich frage mich, ob wir auf dem Foto nicht nur ein unkenntliches Mädchen sehen, sondern …«

Sie wartet.

»… Zorro«, vervollständigt Ben, nach wie vor im Hintergrund verharrend, wie ein Schemen, wie das Mädchen auf dem Bild.

BEN

Am Nachmittag fährt Ben aus der Stadt hinaus, aufs Land, zu Landmann. Er hat einen Teil der Ermittlungsakten bei sich, eine Regelverletzung, der er sich seit Jahren schuldig macht, ohne dass jemals jemand darauf zu sprechen gekommen wäre. Vermutlich wissen einige davon, dass er Landmann nach wie vor an Ermittlungen teilhaben lässt, und sie dulden es, in der Hoffnung, dass Landmanns Blick ein anderer sein könnte, einer, der die Suche nach Antworten zum Erfolg führt.

Er lässt den Wagen vor Landmanns Haus ausrollen, das wieder hell unter der Sonne ruht, wie immer in diesen Tagen und Wochen, in scharfem, surreal anmutendem Kontrast zu den Ereignissen.

Er steigt aus, überquert die Straße, klingelt, wartet. Er hat sich angekündigt, aber Landmann macht nicht auf. Er fragt sich, wie es wäre, würde er Landmann tot im Haus vorfinden. Aber das wird nicht passieren. Ben ist sich dessen sicher, ohne genau zu wissen, warum.

Er läuft über den schmalen Kiesweg in den Garten, der See liegt ausgebreitet wie ein tiefblauer Teppich, dahinter erstreckt sich, auch das ein scharfer Kontrast, bunt und weiß ein Industriegebiet. Es ist nicht immer da gewesen, erst im Laufe der vergangenen Jahre wurde es in die Landschaft gestellt, stetig anwachsend.

»Ben«, sagt Landmann, während Ben näher tritt.

Er sitzt auf einem weißen Gartenstuhl am weißen Tisch am Steg, der ins still liegende Wasser führt. Ein zweiter Stuhl steht für Ben bereit.

»Hallo Ludwig«, sagt Ben. »Wie geht es dir?«

»Heute … ein wenig besser.«

Ben nickt.

»Zumindest jetzt, in diesem Moment. Ich habe nachgedacht und bin sicher, dass ich immer … von Herzen bei ihr war. Dass ich immer das Beste gewollt und versucht habe.«

»Ja«, sagt Ben. Er setzt sich.

»Aber ich frage mich natürlich, ob sie das gewusst hat. Ob irgendwann … ob sie irgendwann nicht mehr an mich geglaubt hat. Und wenn ja, warum.«

Ben nickt.

»Ob ich etwas falsch gemacht habe«, sagt Landmann.

»Das hast du nicht«, sagt Ben.

Landmann lächelt.

»Das sagst du, um mich zu schonen. Du kannst es nicht wissen.«

Ben schweigt.

»Ich denke, dass ich eine Reise machen werde. Früher oder später.«

»Was meinst du damit?«, fragt Ben.

»Ich muss hinfahren. Noch mal an den Ort, an dem sie gestorben ist. Mit den Leuten sprechen. Verstehen, erkennen, was mir bisher entgangen ist.«

Ben nickt. Die Worte hallen nach. Wie so viele der Worte,

in den vergangenen Wochen haben sie die Eigenschaft entwickelt, nachzuhallen.

»Was hast du denn in der Mappe?«, fragt Landmann. Natürlich weiß er es schon.

»Ich habe einige … Eindrücke vom Stand unserer Ermittlung mitgebracht.« Ben öffnet die Mappe, breitet den Inhalt auf dem kleinen quadratischen Tisch aus, der zwischen ihnen steht. Fotos von Verdachtspersonen, Tatortfotos aus dem Park, Bilder aus dem Vernehmungsraum, in dem Torsten Dahms zusammengebrochen ist, vom Haus der Familie Dahms, von der Gartenlaube und deren kargem, hochtechnischem Innenleben. Auch Chatverläufe von Holdners Plattform und der Anhang, der ins Zentrum der Ermittlung gerückt ist, das schemenhafte Bild eines nackten Mädchens. Das trojanische Pferd, das Zorro in den Raum gestellt hat, um Menschen wie Hanno Eigler das Handwerk zu legen.

Landmann betrachtet das Bild des Mädchens. Es ähnelt tatsächlich eher einem Gemälde als einer Fotografie.

»Eine Kollegin, Maren Kramer, vermutet, dass dieses Mädchen …«

»Maren Kramer?« Landmann hat den Blick gehoben.

»Ja. Sie ist dazugestoßen. Sie …« Ben verbeißt sich den Hinweis darauf, dass sie zunächst die interne Ermittlung gegen ihn geleitet hat. Der Gedanke fühlt sich fremd an, weit weg.

»Ich kenne Maren Kramer. Sie kam zu uns, kurz bevor ich aufgehört habe«, sagt Landmann. »Aber kennengelernt habe ich sie in Hamburg, sie hat eine meiner Fortbildungen besucht.«

Ben nickt. Plötzlich fühlt er sich wie eingekreist. Spürt die Gegenwart von Maren Kramer, sie flankieren ihn, Landmann auf der einen, Kramer auf der anderen Seite.

»Ich denke, dass es eine sehr gute Idee war, sie hinzuzuziehen. Ich schätze sie«, sagt Landmann.

»Ja. Ich auch«, entgegnet Ben. »War Malvis Idee.«

»Auch Malvi hat zuweilen gute Gedanken«, sagt Landmann. Jetzt lächelt er.

»Ja. Maren hat eine interessante Annahme geäußert, nämlich dass dieses unkenntliche Mädchen auf dem Bild …«

»Zorro sein könnte«, sagt Landmann.

Ben schweigt. Vermutlich weiß Landmann ohnehin schon alles. Er kennt Zorro, er weiß, wer Ben ist. Aber er schweigt, aus Gründen, die Ben nicht kennt.

»Ben?«, fragt Landmann.

»Hm?«

»Was denkst du?«

»Warum?«

»Du hast auf eine Weise an mir vorbeigesehen, die ich bisher nicht kannte.« Landmann lächelt auch jetzt, aber die Worte stehen schwer im schwerelosen Sommerraum. Auf der anderen Seite des Sees, an dem schmalen Streifen Sand vor dem Industriegebiet, springen lachend Kinder ins Wasser.

»Ich weiß nicht«, sagt Ben. »Vielleicht …«

Landmann wartet.

»Vielleicht ist es diese Ermittlung, die mich verändert.«

Sie sitzen lange schweigend. Dann beugt sich Landmann wieder über die Unterlagen, die verstreut auf dem Tisch liegen. Er konzentriert sich auf das Foto des Mädchens.

»Der Hintergrund ist wegretuschiert worden«, sagt Landmann. »Das heißt, dass er euch … und vor allem den ursprünglichen Adressaten, nämlich den Nutzern des Forums, etwas Entscheidendes hätte verraten können. Hätte Zorro den Bildhintergrund nicht retuschiert, wäre irgendjemand im Forum misstrauisch geworden.«

»Das ist schlüssig. Wobei es durchaus üblich ist, dass die vorsichtigeren Nutzer das so machen. Sie bauen mit der Verschleierung des Aufnahmeorts auch einer möglichen Aufdeckung vor, also die machen das aus Angst vor Ermittlungen, die irgendwann für sie zum Problem werden könnten.«

Landmann nickt.

»Du denkst also, dass das Mädchen …«, sagt Ben.

»Ich bin sicher. Das ist sie. Ihr sucht dieses Mädchen, das heute eine junge Frau ist.«

»Und wir suchen einen Jungen. Wir suchen zwei Personen.«

Landmann zögert.

»Der Junge … vor dem Haus von Dahms, dem ersten Opfer …«

»Hast du den hier in den Unterlagen?«

»Klar.« Ben beugt sich vor, sucht nach dem Bild. Noch eine verwaschene Aufnahme. Nicht retuschiert, aber schemenhaft, grau, der reduzierte Blick der Überwachungskamera. »Hier«, sagt er, reicht Landmann den Ausdruck. »Das ist ein Standbild der Videoaufnahme. Der Junge oder junge Mann steht vor dem Haus der Familie Dahms. An dem Tag, an dem wir Dahms dort festgenommen haben.«

Landmann nimmt das Blatt Papier. Der Junge im Hoodie. Grau auf Grau. Breitbeinig steht er da, geduckt, angespannt, auf der Hut, angriffslustig, wie ein Duellant oder ein … Hooligan, bereit für die große Keilerei.

»Ihr habt nirgends sein Gesicht? Er hat immer diese Kapuze?«, fragt Landmann.

»Ja. Wir haben zwei Aufnahmen. Diese hier und eine vor dem Hotel, in dem das zweite Opfer, Hanno Eigler, abgestiegen war. Der Junge trägt beide Male genau diese Sachen und achtet akribisch darauf, dass die Kameras ihn so abbilden, wie er das möchte. Unkenntlich.«

»Wie das Mädchen hier …«, murmelt Landmann. Er hält die Bilder gegeneinander, hebt sie vor seine Augen, das des nackten Mädchens und das des von einem weiten Hoodie umhüllten Jungen.

»Habt ihr eine Beschreibung der Frau? Du sagtest, dass sie in dem Squashcenter gesehen wurde. Von dem Spielpartner des Opfers …«

»Ja. Patrick Leipold. Er erinnert sich an eine junge Frau mit rotem Top und Jogginghose. Er sagt, dass sie einige Male da war, während Leipold und Dahms Squash gespielt haben, die Frau kam zum Klettern. Leipold beschreibt sie als schwungvoll. Sie habe … ein wenig mit den Hüften gewackelt. Als sie …«

»Als sie Dahms die Flasche gebracht hat?«

»Ja.«

Landmann lehnt sich zurück. Er legt die beiden Fotos auf dem Gartentisch ab. »Eine Frau, die mit den Hüften wackelt und ein Junge als Revolverheld«, sagt er.

Ben sucht seine Augen. »Was meinst du?«

»Ich suche noch danach«, murmelt Landmann.

»Okay«, sagt Ben. Er wartet. Die Rufe der Kinder dringen herüber, das hat mit dem Sommer zu tun, denkt Ben, nicht mit ihm selbst. Es ist der Sommer, der Kinder nach draußen und zum Lachen bringt.

»Beide sind nicht echt, nicht wirklich, nicht eins zu eins«, sagt Landmann. Die Worte verschmelzen mit dem Lachen der Kinder, das Lachen aber könnte auch ein Weinen sein, vielleicht ist es eines, vielleicht ist eines der Kinder ausgerutscht, hat sich das Knie aufgeschlagen, etwas in der Art …

»Beide posieren. Und die Pose ist in beiden Fällen …«

»Was?«, fragt Ben.

»Es ist so, als würden sich beide, konfrontiert mit einer prekären Situation, eine Art zweiter Haut überstreifen«, sagt Landmann. »Das müssen sie tun, um sich zu schützen.«

CHRISTIAN

Anne schickt eine Frage, aus ihrem Quiz, die ihn verwirrt. *Was sollten Wissenschaftler mit sich führen, wenn sie Originalmanuskripte von Leonardo da Vinci studieren möchten?*

Was ist das denn für eine Frage? schreibt er.

Warum? entgegnet sie.

Leonardo da Vinci?

Und?

Christian sitzt an seinem Schreibtisch. Einige Meter entfernt telefoniert Lederer, auf Lederers Bildschirm flackert das undurchschaubare Foto des unbekannten Mädchens. Christian überfliegt die Lösungsmöglichkeiten. *Glasplatte oder Winterkleidung oder Spiegel.*

Spiegel? rät er spontan.

Es dauert einige Sekunden, bis Anne antwortet. Stimmt, schreibt sie dann.

Er spürt den Impuls, sie anzurufen, ihre Stimme zu hören.

Warum Spiegel? denkt er.

Willst du andeuten, dass ich dich nicht durchschaue? fragt er.

Ach, Christian …

Er wartet.

Es ist nur ein Quiz, ein Spiel, schreibt sie.

Okay. Ich freue mich, dich heute Abend zu sehen. Geht es dir gut?

Ja. Bis dann.

Er legt das Handy beiseite, die Frage hallt nach, obwohl er sie intuitiv richtig beantwortet hat. Aber warum?

Warum Spiegel?

MAREN

Holdner hat sich verändert. Maren kann noch nicht greifen, inwiefern, aber es ist so. Neu ist auch, dass neben ihm ein junger Mann sitzt, sein Anwalt. Torben Strate. Er wirkt freundlich und entspannt. Obwohl er neben Holdner sitzt, dem Hauptverdächtigen in einem Fall von Kindesmissbrauch, der hohe Wellen schlägt.

»Ja. Was denn nun?«, fragt Holdner.

»Entschuldigung?«, sagt Maren.

»Was wollen Sie denn noch? Warum sitzen wir hier?«

»Es geht um Ihr Anliegen. Der Ortstermin, morgen, am roten Strand.«

Holdner hält inne.

»So heißt doch der Campingplatz, auf dem Sie gelebt haben, richtig? Am roten Strand, Seeblickcamping.«

Holdner schweigt.

»Mir hat sich das eingeprägt«, sagt Maren. »Seitdem ich zum ersten Mal diesen Namen gehört habe, geht er mir nicht mehr aus dem Kopf. Der Campingplatz ist noch da. Nur Ihre Parzelle wurde abgetrennt. Ihre Parzelle ist ein Tatort.«

Holdner schweigt.

»Was wollen Sie uns zeigen, morgen?«, fragt sie.

»Das erkläre ich Ihnen zu gegebener Zeit.«

Sie wartet.

»Unterlagen. Dinge«, sagt er.

»Dinge?«

»Dinge, die mich entlasten. Die belegen, dass ich mit dieser ganzen Sache nichts zu tun habe.«

»Welcher Art sind denn diese … Belege?«

»Sehen Sie dann.«

Sie betrachtet ihn. Ein in die Jahre gekommener adipöser Mann, der spricht wie ein Kind. Er hat sich verändert. Die Kontrolle ist weg. Wer immer Zorro ist, er hat erreicht, was er erreichen wollte.

»Soweit ich weiß, wurde der … Wunsch meines Mandanten bereits bewilligt«, sagt Torben Strate.

»Das stimmt. Wir nehmen das Angebot von Herrn Holdner, uns endlich einen Einblick zu gewähren, positiv zur Kenntnis. Einen Einblick, der uns ermittlungstechnisch weiterführt.«

Strate möchte etwas entgegnen, aber Holdner kommt ihm zuvor. »Sollen Sie haben«, sagt er.

»Eben sagten Sie noch, es ginge um Dinge, die Sie entlasten.«

»Was auch immer«, sagt Holdner.

Maren Kramer sucht Holdners Augen, Holdner weicht aus. Alles an diesem Mann ist anders als zuletzt. Sie fragt sich, was ihm vorschwebt, was er mit diesem Ortstermin erreichen will. Glaubt er ernsthaft, etwas vorlegen zu können, das ihn entlastet?

»Morgen elf Uhr. So ist mir das bereits avisiert worden«, sagt Strate.

»Ja«, sagt Maren. Sie begreift diesen Holdner nicht, kann ihn nicht lesen.

»Dann sehen wir uns morgen«, sagt Holdner.

Maren hebt den Blick. Holdner lächelt. Offen, einnehmend, mit einer eigenartigen Bestimmtheit. Der Anwalt räuspert sich. Dann versandet Holdners Lächeln, triste Stille füllt den Raum.

Für Momente hat Maren den Mann gesehen, der seine Opfer gefügig gemacht hat. Für Momente hat sie gesehen, dass es undenkbar gewesen wäre, auszuweichen, freizukommen, auch für sie, wäre sie eines seiner Opfer gewesen.

Ihre Gedanken streifen Laura, Holdners kleine Enkeltochter, die seit der Festnahme ihres Großvaters in einer Pflegefamilie lebt. Maren hat Laura noch nicht kennengelernt, aber Berichte, die sie gelesen hat, besagen, dass sie sich in der neuen Umgebung gut eingefunden hat. Von längeren Vernehmungen des Mädchens und einer Freundin – beide sind vermutlich die letzten Missbrauchsopfer Holdners – wurde bislang abgesehen. Gut so.

Holdner schweigt, hat sein Pulver verschossen, es hat nur für das eine Lächeln gereicht.

Strate ist es, der aufsteht, er nickt seinem Mandanten zum Abschied zu. Zwei Vollzugsbeamte übernehmen Holdner, und Maren Kramer folgt dem Anwalt, im Abstand von einigen Metern, durch den schattigen Flur in den Eingangsbereich und ins Freie.

BEN

Am Abend ist das Sonnenlicht im Besprechungsraum golden. Lederer fasst den Stand der Dinge zusammen.

»Der damit befasste IT-Spezialist konnte dem Nutzer Zorro noch keine IP-Adresse zuordnen. Ich habe gefragt, ob er einschätzen kann, wie lange es dauern wird, und er meinte, dass er dran sei, aber er habe es mit einem honorigen Gegner zu tun.«

Honoriger Gegner, denkt Ben.

»Er neigt zu schräger Wortwahl«, sagt Lederer.

»Was ist mit dem Bild, dem Foto?«, fragt Christian.

»Auch noch nichts Neues. Sie versuchen, den Hintergrund wiederherzustellen, aber das könnte sich als schwierig oder möglicherweise sogar als nicht machbar erweisen. Sie wissen es noch nicht. Auf dem PC der Kollegen aus Dortmund, also auf dem von Hanno Eigler, dem zweiten Mordopfer, wurde tatsächlich das trojanische Pferd detektiert, das Zorro mit dem Anhang ins Forum eingeschleust hatte.«

»Wissen wir eigentlich, seit wann Zorro Mitglied des Forums ist?«, fragt Ben. »Hat er neben seinem Kommentar zu Eigler mit dem Bild noch andere Kommentierungen gemacht? Andere Bilder eingestellt?«

»Ja, dem bin ich nachgegangen. Zorro ist erstmals vor etwa sechs Monaten in dem Chatraum aktiv geworden. Und eingeführt hat er sich mit diesem Bild. Das ist … schwer zu ertragen.« Lederer öffnet eine Datei auf seinem Notebook. Das Bild sieht er nicht an, er senkt den Blick.

Ben tritt näher.

Das Foto zeigt dasselbe Mädchen. Auch dieses Bild ist retuschiert worden, aber anders. Der Kopf des Mädchens ist abgewinkelt, das Gesicht ist nicht zu erkennen, auch der Hintergrund ist wieder unkenntlich, dieses Mal hellblau, aber der Körper ist klar zu sehen. Gestochen scharf. Ben weicht intuitiv einen Schritt zurück, spürt die Anwesenheit der anderen in seinem Rücken.

»Es sieht aus, als hätte Zorro hier fast darauf geachtet, dass …«, sagt Maren.

»Dass der Körper des Mädchens … freiliegt«, murmelt Christian.

Lederer nickt. »Genauso ist es. Die IT-Techniker sagen, dass hier sogar eine Bearbeitung vorgenommen wurde, die das Bild schärfer und klarer erscheinen lässt, als es ursprünglich war.«

»Es war sein Einstiegsbild«, sagt Christian. »Zorro wollte den Nutzern des Forums etwas bieten.«

»Genau«, sagt Lederer.

»Also hat Zorro ein Foto gewählt, das die Erwartung der Nutzer erfüllt und zugleich trotzdem nicht die Identität des Mädchens preisgibt und auch nicht den Ort, an dem es aufgenommen wurde.«

»Ja«, sagt Lederer. »Und es kommt noch etwas hinzu. Die Techniker sagen, dass dieses Bild sogar ein wenig verfälscht wurde. Die Pose, in der das Mädchen liegt, war ursprünglich etwas anders. Das gilt auch für das andere Foto, mit dem Zorro das Virus eingeschleust hat.«

»Diese Umsicht ist signifikant«, sagt Maren. »Der Junge, der fast schon virtuos mit den Kameras spielt, der sie so zielsicher meidet. Die junge Frau, die Dahms auf offener Szene Gift anreicht, ohne dass sich irgendjemand, abgesehen von vagen Beschreibungen, wirklich an sie erinnert.«

»Nicht zu vergessen Hanno Eigler«, sagt Christian. »Auch Eigler wurde, wie du es gerade formuliert hast, auf offener Szene erstochen. Frühmorgens im Park.«

»Und das mit entfesselter Wut«, sagt Ben. Für Momente hat er den Eindruck, ganz klar zu sehen. Er spürt die Blicke der anderen, die auf ihm ruhen. »Wut und Vorsicht, Umsicht. Eskalation und behutsame Planung. Alles Gegensätze. Es passt nicht zusammen. Aber genau deshalb passt es ...«

Die anderen schweigen.

»Ich war heute bei Landmann«, sagt Ben. »Ihr kennt ihn ja alle. Zumindest ein wenig, aus Erzählungen, die hier so rumgehen. Er war lange … ja … meine Frau Svea sagt immer scherzhaft, er sei mein Mentor gewesen.« Ben spürt vage ein Lächeln auf den Lippen. »Er ging in Pension, kurz bevor Christian und Mark hier angefangen haben.«

Christian nickt.

»Ich soll dich von ihm grüßen, Maren. Er sagte, ihr kennt euch von früher.«

»Ja, das stimmt. Danke. Und Grüße zurück. Er war einer der Ausbilder, denen ich gerne und aufmerksam zugehört habe«, sagt Maren. »Seid ihr …«

»Ja, wir treffen uns noch regelmäßig. Also … ich fahre von Zeit zu Zeit bei ihm vorbei … und teile manchmal mit ihm auch ein paar Gedanken zu unseren Ermittlungen.«

»Und?«, fragt Christian.

»Landmann sagte etwas, das mir jetzt wieder in Erinnerung kommt. Dass die Personen, die wir auf den Überwachungskameras sehen, bei aller Gegensätzlichkeit, etwas gemeinsam haben. Er sagte, dass sie … posieren …«

Posieren … wie das Mädchen auf dem Foto …, denkt er.

»… dass sie eine Pose einnehmen, also eine Haltung, die der Situation entspricht. Die Frau im Squash-Inn hat Dahms mit wackelnden Hüften das Getränk gereicht. Und unser Junge im Hoodie steht vor dem Garten wie ein Revolverheld vor dem finalen Duell.«

»Und das heißt …«, sagt Christian.

»Landmann sagte, er habe den Eindruck, dass beide eine Art Haut überstreifen, um der Situation zu entsprechen, um sich anzupassen. Und dass es dem Schutz … dem Selbstschutz diene.«

»Okay …«, sagt Christian.

Ein Gedanke zuckt auf. Ben will ihn festhalten, aber es gelingt ihm nicht, ihn auszuformen, er verschmilzt mit dem Licht. Wenn die Abendsonne golden scheint, wie wird dann die Nacht?

»Typisch Landmann«, sagt er, wieder lächelnd.

Christian nickt, nachdenklich.

Ben sucht Marens Augen und spürt einen Stich in der Brust, weil sie sein Lächeln erwidert.

JOSY

In der Nacht sitzt sie in dem Lagerraum, den sie vor einigen Monaten angemietet hat. Sie hat das Gefühl, der einzige Mensch auf der Welt zu sein. Ein neues, sehr eigenartiges Gefühl. Nur sie. Josy. Nur sie belebt diesen Planeten.

Der Lagerraum ist Teil einer Halle, die auf einem weitflächigen Industriegelände steht, in der Nähe des Frankfurter Flughafens. Es ist ganz still. Von Zeit zu Zeit hat sie gelauscht, während die Flieger gestartet und gelandet sind. Sie versteht nicht, welches Problem Menschen mit Fluglärm haben. Starten, landen, in regelmäßigen Abständen, sie empfindet es eher als beruhigend. Aber auch das ist jetzt vorbei, auf der Schwelle zwischen Nacht und Morgen fliegen keine Flugzeuge mehr.

Sie hat schon aufgeräumt. Würde man nicht genauer hinsehen, könnte man meinen, sie sitze in einem leeren Raum. Das war ihr immer wichtig, Ordnung zu halten. Zumindest außerhalb ihrer selbst.

Sie sitzt lange nur da, gegen die Wand gelehnt, auf dem Boden. Dann steht sie auf, schüttelt ihre Beine aus, streift ihren Rucksack über und geht.

In der Ferne startet das erste Flugzeug, eine Frachtmaschine, und die entgleitende Nacht ist schon so schwül und so heiß wie ein Sommertag.

Sieben

He said well
we may be late
life is just
a passing phase

BEN

Ben erwacht in der Überzeugung, dass Holdner heute die Flucht ergreifen wird, dass er einen spektakulären Ausbruch plant, dass er alles längst zu Ende gedacht hat, dass sie ihn nie finden werden.

Der Gedanke ist Teil seines Traums, der nach dem Erwachen versandet, bevor er nach den Bildern greifen kann, die ihn ausgeprägt haben. Nur diese Idee bleibt zurück. Zu verschwinden, auf der Flucht zu sein, für immer.

Wo ist Svea? In São Paulo. Wo ist Marlene? Er steht auf, geht durch den Flur in die Küche. Svea schlafen lassen, sobald sie zurückkehrt, denkt er. Sie hatte anstrengende Tage. Er macht Kaffee, gießt sich ein. Marlene findet er im Wohnzimmer, sie sitzt mit einer Schüssel Müsli, eingehüllt in eine weiße Decke, auf dem Sofa und schaut eine Kinderserie.

»Ist dir kalt?«, fragt er.

»Hm?«

»Ist dir kalt? Weil du die Decke hast. Ich schwitze schon. Wird warm heute.«

»Ach so. Nur so«, sagt sie, ohne den Blick vom Fernseher zu nehmen.

Nur so, denkt Ben. Was hat Landmann gesagt? Eine zweite Haut überstreifen, um sich zu schützen. Braucht Marlene diesen Schutz? Und wenn ja, wovor?

»Gut geschlafen?«, fragt er.

»Jep«, sagt sie.

Er lächelt unwillkürlich. Manchmal hat er den Eindruck, dass seine Tochter sich täglich neu orientiert, weiterentwickelt, neue Formulierungen findet, ein immer neuer Unterton in der Stimme. Aber vor allem: Es scheint ihr gut zu gehen, sie genießt den Sommer. Sein Blick streift das Geschehen auf dem Bildschirm. Wieder diese kleinen Mädchen in bunten Kostümen, die wild durch die Luft fliegen und überdimensionierte Monster verprügeln.

»Guter Film?«, fragt er.

»Ja. Serie«, sagt sie.

Er nickt.

»Ich mache mich schnell fertig und fahre dann los. Sagst du Mama einen lieben Gruß?«

»Klar, Papa«, sagt sie.

Er sieht sie an. Zum ersten Mal streift ihn für Sekunden eine Ahnung davon, wie sie als Erwachsene aussehen könnte. In einigen Jahren.

Er geht ins Bad, duscht sich, holt seine Sachen aus dem Schlafzimmer, zieht sich an. Auf dem Display des Handys wartet ein entgangener Anruf von Christian. Er ruft zurück.

»Guten Morgen, Ben«, sagt Christian. »Ich bin schon mit Maren hier vor Ort.«

Ben schweigt.

»Der Ortstermin. Holdner. Wir haben hier die Vorbereitungen abgeschlossen.«

»Alles klar«, sagt Ben.

»Bleibt es dabei, dass du Holdner abholst? Dessen Anwalt wird um halb zehn da sein.«

»Ja. Bestens.«

»Gut, dann bis bald«, sagt Christian.

»Ja«, sagt Ben. Er unterbricht das Gespräch, lässt das Handy sinken. Bilder zucken auf, von dem diffusen frühen Morgen, an dem sie Holdner vor seinem Wohnwagen gestellt und festgenommen haben. Von den beiden entführten Jungen, von denen sie nach der Festnahme nicht wussten, ob sie leben.

Er wendet sich abrupt Marlene zu. Da liegt sie, entspannt, geschützt von einer Decke.

»Bis heute Abend, mein Schatz«, sagt er.

»Bis dann, Papa«, sagt sie, schlürft einen Löffel ihres Müslis und lächelt, vereinnahmt von der fiktiven Geschichte, die sich auf dem Bildschirm abspielt.

HOLDNER

Holdner kämpft. Zum ersten Mal in seinem Leben. Die Kraft ist weg, und er versucht, sie zurückzugewinnen, aber da ist kein Weg, der sich auftut, den er beschreiten könnte.

Am Vorabend hat er versucht, sich zu befriedigen, aber es ging nicht, zum wiederholten Mal erwies es sich als nicht möglich, und die Demütigung danach war kaum auszuhalten.

Wie soll er seine Kraft wiederfinden, wenn nichts von

dem, was sie speist, verfügbar ist? Die Lust, die Macht, die wiederkehrende Belohnung, die er, wann immer er möchte, aus dem Leid der anderen bezieht und daraus, dass er sie beherrscht, dass er über sie verfügen kann.

Auf nichts von alledem kann er zugreifen, und er sieht auch keine Möglichkeit, daran in absehbarer Zeit etwas zu verändern.

Die Gedanken sind heute sehr gegenwärtig, unmittelbar, denn heute wird er nach Hause zurückkehren. An den Ort, an dem er all das gehabt hat, eine gefühlte Ewigkeit lang. Er denkt darüber nach, wie er diesen Tag zum Tag seiner Befreiung machen könnte. In jeder Hinsicht. Frei von diesen Mauern, frei von den Einschränkungen, die ihm zugemutet werden. Aber wie?

Er lehnt sich zurück, schließt die Augen. Vage Bilder zucken auf, zu unstet, flatterhaft, erst überbelichtet, dann schattenhaft, ferne Ahnungen an das, was er besessen hat.

»Herr Holdner?«

Das ist die Stimme des jungen Mannes, seines Anwalts. Er öffnet die Augen.

»Sind Sie so weit?«, fragt der junge Mann. Torben Strate.

Holdner hat sich immer gerne mit jungen Männern umgeben. Hat sie in seine Welt eingeführt, hat sie angeleitet, so wie Marko, mit dem er lange in einer eigenartigen Symbiose gelebt hat, Marko oben im Hochhaus in seiner kleinen Wohnung, er, der Verwalter, im Wohnwagen auf dem Campingplatz. Aber Marko war nicht der einzige jüngere Mann, der seine Leidenschaft geteilt hat. Marko … dieser verdammte Vollidiot, der ihn hier reingebracht hat.

Und er kann sich nicht mal an ihm rächen, weil das bereits diese Polizisten zu Ende gebracht haben. Marko ist erledigt, liegt längst irgendwo unter der Erde, vermutlich in einem namenlosen Grab, Schall und Rauch, für immer.

»Herr Holdner?«

Er betrachtet den jungen Anwalt, lauscht der höflichen Anrede, die er wählt. Als hätte da jemand den Respekt vor ihm, Holdner, noch nicht verloren.

»Ich bin so weit«, sagt Holdner.

Zwei Beamte, die den Anwalt flankiert haben, setzen sich in Bewegung, nehmen ihn in ihre Mitte. Sie gehen den weiten Gang entlang, der Holdner wie ein Tunnel erscheint. Ein Tunnel, der zurück ins Licht führt. Dieser Tag muss die Wende bringen, es kann nicht anders sein. Holdner versucht, mit der Selbstgewissheit, die er besessen hat, dieses Gefühl heraufzubeschwören.

Seine Gedanken gleiten ab, steuern Ziele an, endlich gelingt es ihm, Bilder zu evozieren, an denen er andocken kann.

Er ballt die Hände zu Fäusten, die Handschellen klirren leise, und als der Anwalt am Ende des Tunnels eine Tür öffnet und sich vor Holdners Augen wie ein weiter Teppich ein Sonnentag ausbreitet, in dem schon einer der Ermittler wartet … Neven, Ben Neven … gelingt ihm endlich eine Erektion bei dem Gedanken, seiner Enkeltochter Laura und deren kleiner Freundin zwischen die Beine zu greifen.

TORBEN

Während der Fahrt denkt Torben Strate an Jennifer. Vor allem an das Baby, das sie im Bauch trägt, ihren gemeinsamen Sohn. Wie sehr er sich auf ihn freut. Und wie sehr es ihn belastet, dass noch nicht klar ist, ob Jennifer bleiben wird. Sie spielt mit dem Gedanken, in die USA zurückzukehren. Ohne ihn.

Er versucht, den Konflikt zu sortieren, den Streit, den sie am Morgen hatten. Er hat keine Ahnung, ob das Teil der Schwangerschaft ist, ob es normal ist, dass Jennifer so dünnhäutig ist. Oder ist das nur seine Wahrnehmung? Vergisst er, was er beigetragen hat? Verdrängt er seinen Anteil am Konflikt? Vielleicht. Aber was hat er denn überhaupt gesagt? Er hat versucht zu erklären, dass sie hierbleiben muss, dass sie ihr Kind gemeinsam großziehen müssen, dass sie … ja, das hat er so gesagt … dass sie die besten Eltern der Welt sein müssen. Und dass sie das auch sein werden.

Kein Grund, böse auf ihn zu sein.

Immerhin haben sie sich am Ende in den Armen gelegen, und sie hat gelächelt, während er die Hand auf ihrem Bauch hat ruhen lassen.

Sein Blick streift den Ermittlungsbeamten, der ihm gegenübersitzt. Ben Neven. Er wirkt müde. In Gedanken versunken. Nein … eher in Gedanken verloren. Und Holdner, der neben Neven und einem Vollzugsbeamten Platz gefunden hat? Sein Mandant. Ernsthaft? Jennifer hat er davon nichts erzählt, was allerdings nicht weiter schwierig war, da sie ohnehin wenig über die Arbeit sprechen. Dafür fehlt einfach die Zeit.

Er kennt Jennifer erst seit acht Monaten, seit sieben Monaten ist sie schwanger. An dem Tag, an dem sie plötzlich in der Tür stand, um ihm das zu sagen, hat er sie gefragt, ob sie bei ihm einziehen möchte, und seitdem bestand ihr gemeinsames Leben nur noch aus Freude, beschwingtem Reden über die gemeinsame Zukunft und erbittertem Streit. Und Freude, beschwingtem Reden … und so weiter. Jennifer weiß, dass er Anwalt ist, in einer Kanzlei mit Fokus auf Strafrecht, aber das ist eigentlich schon alles.

Er fragt sich, was sie sagen würde, wenn sie wüsste … hör mal, Jennifer, ich habe da diesen Mandanten … er hat Kinder vergewaltigt … viele Jahre lang, unbehelligt … erst nach der Entführung eines Jungen ist er ins Blickfeld der Ermittler geraten … ja … wie gesagt … natürlich mein Mandant … das ist mein Job, ich bin Anwalt in einer Kanzlei für Strafrecht …

Nein, besser, er lässt diesen Mandanten außen vor, sollte sie irgendwann mal fragen, was er gerade so macht, beruflich.

Als er den Blick hebt, begegnet er Holdners Augen. Er hält stand. Das erstaunt ihn selbst, es fällt ihm nicht schwer, mit diesem Mann zu kommunizieren, ihn zu lesen, ihn als das anzuerkennen, was er ist. Ein Mandant, den er vertritt, weil er wie alle anderen das Recht auf ein faires Verfahren inklusive einer differenzierten Betrachtung aller Umstände und Facetten hat. Holdner ist es, der sich abwendet.

Auch Holdner wirkt müde. Aber anders als der Ermittler,

Neven. Holdners Müdigkeit hat etwas Gehetztes, Rastloses. Eine Müdigkeit, die entschlossen ist, sich selbst zu überwinden.

Sie sind längst aus der Stadt heraus, fahren über freie Straßen, biegen in eine Fläche ab, die kaum besiedelt ist. In einiger Ferne ragen zwei Hochhäuser auf, davor erstreckt sich vor einem See mit einem merkwürdig kupferfarbenen schmalen Strand der Campingplatz, auf dem Holdner gelebt hat, in einem geräumigen Wohnwagen.

Torben Strate kennt diesen Ort bislang nur aus der Fallakte. Sein Blick streift das Schild, während sie vorüberfahren – *Am roten Strand, Seeblickcamping* –, und er denkt an seinen Sohn, der das Licht der Welt erblicken wird, bald.

BEN

Auf halber Strecke stellt Ben Holdner die Frage, die im Raum steht. »Herr Holdner?«

Holdner hebt den Blick.

»Sagt Ihnen der Name Zorro etwas?«

Holdner kneift die Augen zusammen. Ben wartet. Etwas passiert, hinter Holdners Augen.

»Was soll das?«, fragt Holdner.

»Wir sind auf diesen Namen gestoßen. Er ist inzwischen Teil unserer Ermittlung.«

Holdner schweigt. Schüttelt den Kopf.

»Und?«, fragt Ben.

»Nein«, sagt Holdner. Lächelt er?

Ben ist sich nicht sicher. Nichts ist sicher, aber Ben glaubt, dass für Sekunden ein Lächeln auf Holdners Lippen gelegen hat.

CHRISTIAN

Er wartet, gemeinsam mit Maren Kramer, während der Mannschaftswagen langsam näher kommt. Es scheint, als würde der wuchtige Polizeiwagen vorankriechen, obwohl die Straßen frei sind, obwohl es nur eine weite, freie Fläche ist, die es zu überwinden gilt. In der Ferne, am Horizont, hängt die Morgensonne, Silhouetten der Stadt sind eher zu erahnen als zu sehen, es ist, als würde ein diffuser Nebel den Sommer hinter Milchglas bannen.

Sie haben das Gelände weiträumig abgesperrt, einige Schaulustige stehen in einiger Entfernung bei den Hochhäusern und am tatsächlich kupferroten Strandstreifen des Badesees.

Der Mannschaftswagen hält endlich an, und während Christian Holdner aussteigen sieht, flankiert von Beamten, Ben und einem jungen Mann, vermutlich dem Anwalt, erinnert sich Christian an den Tag, an dem er hierhergekommen ist, um Holdner … zur Strecke zu bringen. Es liegt nicht allzu lange zurück, aber es ist weit weg. Und zugleich unmittelbar gegenwärtig. Der Tag, an dem er aufgehört hat, an Zufälle zu glauben.

Ben sieht müde aus. Das ist das Erste, was ihm auffällt. Holdner hat den Kopf gesenkt. Nein, er hebt und senkt ihn, in regelmäßigen Abständen. Er wirkt angefasst, angetastet, von diesem Moment, in dem er zurückkehrt. Der Anwalt läuft ruhig, scheint, ebenso wie die uniformierten Kollegen, mit sich im Reinen zu sein und einfach einer Aufgabe nachzukommen, die er hat, an diesem Sommervormittag.

Warum bist du so müde, Ben? Diese Frage flackert auf, dann sind sie fast schon bei ihnen.

»Guten Morgen«, sagt Maren Kramer. Ben erwidert den Gruß, der Anwalt nickt Maren lächelnd zu, die Beamten schweigen, Holdner schweigt.

Christian folgt Holdners Blick, der jetzt über den kleinen Spielplatz und die weiche grüne Wiese bis zum Wohnwagen gleitet, der in der prallen Sonne steht, als hätte man ihn mit Bedacht dort platziert, als Kernstück einer schillernden Inszenierung.

Christian ist sich nicht sicher, ob er sich das einbildet, er glaubt, Holdner leise seufzen zu hören.

»Sie sind dann bereit, Herr Holdner?«, fragt Maren.

Holdner sieht sie an. Er scheint nachzudenken. Über seine Antwort auf die rhetorische Frage.

»Herr Holdner?«, fragt Maren.

»Ja«, sagt Holdner.

»Gut, dann gehen wir rüber«, sagt Maren.

»Ja«, sagt Holdner.

Christian wartet einige Sekunden lang, dann folgt er den anderen. Sein Blick streift Ben, und er fragt sich, ob er ähnliche Gedanken hat, vielleicht sogar deckungsgleiche.

Holdner und der Wohnwagen, denkt Christian. Als wäre das etwas, das zusammengehört. Etwas, das nie mehr hätte zusammenfinden dürfen.

Ben sieht den anderen nach. Christian läuft langsam hinterher, aber Ben versagen vollends die Beine. Er muss stehen bleiben, er zittert. Es gibt keinen plausiblen Grund dafür, zumindest keinen, den er unmittelbar herleiten kann, es ist einfach so. Er schließt die Augen. In seiner Jackentasche vibriert das Handy. Lederer.

»Mark?«, sagt er.

»Guten Morgen, Ben«, sagt Lederer. »Wo bist du?«

»Hier beim Ortstermin. Am roten Strand.«

»Okay. Maren und Christian auch?«

»Ja.«

»Gut, pass auf, sobald das durch ist, müssen wir uns hier zusammensetzen. Es gibt was Neues.«

»Ja?«

»Die IT hat Zorro lokalisiert.«

Ben spürt ein Stechen in der Brust. Ein Seufzen. Hat Holdner eben geseufzt? Beim Anblick seines Wohnwagens? Ben hatte den Eindruck.

»Ben?«

»Ja. Das ist … sehr gut.«

»Ja, aber es ist so …«

Zorro finden. Was bedeutet das? Was weiß Zorro über ihn, Ben? Vermutlich gar nichts, denn mit dem Chatraum von Holdner und Dahms ist er nur als Ermittler in Berührung gekommen. Die anderen sind inzwischen im Kernquadrat der abgesperrten Fläche angekommen, am Wohnwagen. Holdner spricht mit Maren und Christian und seinem Anwalt. Fast als würde er irgendwas erklären wollen. Er scheint irgendein Anliegen zu haben. Wieder zuckt dieser Gedanke auf. Dass Holdner hierhergekommen ist, weil er einen Fluchtplan hat. Einen, den Ben nicht durchschaut, den niemand durchschaut. Christian nickt, Maren nickt. Christian überreicht Holdner etwas, Holdner steht da, mit zusammengepressten Lippen, es sieht aus, als wollte er weinen.

»Es ist so«, sagt Lederer, »die IP-Adresse gehört zu uns.«

»Hm?«, fragt Ben.

»Zu uns. Zur Polizei.«

»Was?« Jetzt steht Ben ganz still. Seine Beine schlackern nicht mehr hin und her, im Gegenteil, er steht wie festgewurzelt. Unfähig, sich zu bewegen. »Was bedeutet das?«

»Es ist eines der Nebengebäude. Kriminaltechnik und beratende Kräfte.«

»Was?«

»Zorro hat, als er den Anhang mit dem Virus versendet hat, keine zweihundert Meter Luftlinie von uns in einem unserer Büros gesessen. Vermutlich an einem PC der Polizeipsychologen.«

Ben kneift die Augen zusammen. Was? In der Ferne stehen alle um den Wohnwagen herum, als wären sie unschlüssig, wie es weitergehen soll. Nur Holdner ist plötzlich entschlossen. Er läuft, gefolgt von dem Anwalt, steckt den Schlüssel ins Schloss, oder ist es irgendeine Karte, die er einlegen muss? Um die Tür zu öffnen?

»Ben?«

Holdner hat das alles geplant, von langer Hand, denkt

Ben wieder. Er macht einen Schritt auf die anderen zu, dann noch einen, und dann ist es ganz still, weil vor seinen Augen der blaue Himmel in Flammen steht.

Christian kauert am Boden.

Maren steht aufrecht, ohne Regung.

Die Uniformierten stehen geduckt, wie im Augenblick erstarrt.

Wo der Wohnwagen stand, tanzt ein Feuerball.

»Ben?«, fragt Lederer.

HOLDNER

Zu Hause, denkt Holdner. Jetzt wird alles wieder gut, so wie es gewesen ist. Leben. Dieses Leben leben, das eine, das er hat, ohne Wenn und Aber. Ausreizen. In vollen Zügen.

Alles ist im Fluss plötzlich, der Stillstand der vergangenen Wochen ist wie eine ferne Erinnerung, alles fließt voran, und die beiden Polizisten, die Frau und der Mann … Kramer und Sandner … ermöglichen, was ihm so wichtig ist.

Er ist ihnen tatsächlich dankbar. Unendlich dankbar, es ist ein neues Gefühl, eines, das er nie gekannt hat. Auch dem Anwalt ist er dankbar, ihm vor allem, denn er hat ein gutes Wort eingelegt, hat darum gebeten, doch dieser Bitte seines Mandanten stattzugeben. In Ordnung, hat Kramer gesagt, nach langen Sekunden.

Holdner spürt den Schlüssel in der Hand, er umschließt ihn fest, ballt die Hand zur Faust. Nach Hause kommen, denkt er, während er die letzten Meter zurücklegt. Der kleine Tisch und sein Sommerstuhl stehen noch vor dem Wohnwagen, so wie damals, so wie früher. Ihm geht durch den Kopf, was der andere Ermittler sagte, Neven, auf der Fahrt hierher. Es ist alles zu viel. Zu viele Impulse, nach dem Stillstand. Zorro. Natürlich.

Er muss es zu Ende denken, bald.

Erst mal nach Hause kommen.

Sein Blick streift den Anwalt, der neben ihm ist. Der Anwalt nickt ihm zu, aufmunternd. Als wäre er, Holdner, ein Kind, und ein wenig fühlt es sich auch so an. Zum ersten Mal? Ja, doch. Zum ersten Mal fühlt sich Holdner wie ein Kind.

Er macht einen letzten Schritt, hebt den Arm an, und dann begreift er, was die ganze Zeit schon auf der Hand lag. Aus dem Fluss ist ein Strom geworden, ein Strom an Wahrnehmungen. Die Mädchen. Dieses eine, das zugezogen ist, nachdem der Student sich in den Tod gestürzt hatte.

Holdner hat es gesehen, hat gesehen, wie dieser Student vom Himmel fiel. Und dann fiel das Mädchen vom Himmel, ein Geschenk, es war einfach da, hat mit der irgendwie abwesenden Mutter die Wohnung des Studenten bezogen. Holdner hat die Lampen montiert, die Glühbirnen eingesetzt, hilfsbereiter Hausverwalter, der er ist. Hat dem Mädchen und seiner Mutter das Licht gebracht.

Wie war ihr Name? Jana.

Jana mochte Zorro. Wie kann es sein, dass ihm das erst jetzt wieder einfällt? Weil dieser Polizist, Neven, ihn daran erinnert hat. Plötzlich ist sie wieder da, die Erinnerung, und alles ist schlüssig, alles findet seinen Platz. Hat er nicht immer, schon damals, gewusst, dass dieses Mädchen besonders ist? Das hat er gespürt, gesehen … sie war … anders … etwas hat mit ihr nicht gestimmt. Sie hat seine Augen gesucht, während er sie vergewaltigt hat.

»Herr Holdner?«, sagt der Anwalt, Torben Strate, in seinem Rücken.

Danke, mein Junge, denkt Holdner noch, schenkt dem Anwalt ein Lächeln, seine Hand tastet schon die Tür ab. Dieses Mädchen war mutig, viel mutiger als er selbst, deshalb ist sie es, die jetzt seinen Blick weitet, die ihm die Augen öffnet und ihm abnimmt, was er nie hätte zu Ende bringen können.

Holdner lächelt.

Zu Hause, denkt er, bevor er stirbt.

Acht

Did you
lose
a shining
star

JANA

Kollateral. Das ist das Erste, was sie denkt. Und das wiederum hat eine Bedeutung, daraus folgt etwas. Sie muss darüber nachdenken, sobald sie kann. Nicht jetzt.

Sie steht einige Hundert Meter entfernt von der unrealistisch wirkenden Szene. Unrealistisch, unecht.

Holdner liegt am Boden. Das, was von ihm übrig ist. Holdner, der die Hand an die Tür des Wohnwagens gelegt hat, ist von der unter dem Wohnwagen verborgenen Sprengladung unmittelbar getroffen worden. Er war so nah dran, näher geht nicht. Der andere Mann, von dem Jana gehofft hat, er würde auf Distanz bleiben, würde endlich stehen bleiben und Holdner seinen letzten Weg beschreiten lassen, liegt, wie Holdner, regungslos. Kollateral. Kein Zweifel.

Die anderen, die Polizisten, Uniformierte und die in Zivil, sind unversehrt. Im Großen und Ganzen. Die Frau hat sich schon wieder aufgerichtet, einer der Männer liegt auf der Seite, der dritte Mann steht wie zur Säule erstarrt. Er betrachtet den zerstörten Wohnwagen, das ausgehöhlte Heim von Holdner. Es hat nur den Bruchteil einer Sekunde erfordert, es zu vernichten. Das ist interessant. Mehr war nicht nötig, mehr hat es nicht erfordert. Nicht mehr als einen Augenblick.

Sie steigt in den Wagen, startet den Motor, fährt los, entfernt sich. Als sie auf die Autobahnzufahrt Richtung Stadt einbiegt, kommen ihr Einsatzfahrzeuge entgegen, mit überhöhter Geschwindigkeit, lärmend, bereit, das Feuer zu löschen, das endlich erloschen ist.

BEN

Szenerie, Fassade, verlangsamt. Ben läuft. Das Handy ruht in seiner Hand, leise kann er Lederers Stimme hören.

»Ben?«, fragt Lederer blechern.

Ben nähert sich an. Christian kauert am Boden, Maren steht auf schwachen Beinen, die Uniformierten verharren wie in Trance. Beiläufig sieht Ben, dass Maren telefoniert, bald werden die Krankenwagen und Notärzte da sein, da sind sogar schon Sirenen im Hintergrund, aber kann das sein? Vielleicht bildet er sich das Sirenengeheul nur ein. Die Zeit hat sich verdichtet, die Welt ist eine Kuppel, im Zentrum der Kuppel steht der ausgebrannte Wohnwagen in einem Sommer aus rissigem Papier. Ben atmet durch. Er sieht Christian zu, der sich mühsam auf die lautlos lodernden Flammen zubewegt.

Dann streift Bens Blick einen merkwürdig, fast unnatürlich großen Feuerwehrwagen, der etwa fünfzig Meter entfernt vor den Absperrbändern ruckartig zum Stillstand kommt. Auch zwei Krankenwagen tauchen bereits auf, am blauen Horizont, und Ben liegt auf den Lippen zu sagen, dass es nichts mehr zu tun gibt.

Gar nichts.

Vor dem Wohnwagen liegt Anton Holdner. Ben tritt näher heran, Schritt für Schritt, sein Blick begegnet Christian, Maren, dann wieder Christian.

Christians Augen sind geweitet, er betrachtet den am Boden liegenden Mann. Holdner, dessen sterbliche Überreste auf den ersten Blick nicht als die Leiche eines Menschen kenntlich sind. Einige Meter entfernt liegt noch ein Toter. Der junge Mann. Der Anwalt. Strate.

Das Handy vibriert. Lederer. Offenbar war zwischenzeitlich die Verbindung unterbrochen. Jetzt ist Lederer wieder da. Wie viel Zeit ist vergangen? Ben nimmt das Gespräch schnell entgegen, hält sich das Handy fest ans Ohr, Lederer als Rettungsanker.

»Mark …«

»Ben?«, fragt Lederer.

»Hier ist was passiert«, sagt Ben.

Lederer wartet.

»Der Wohnwagen. Holdners Wohnwagen ist explodiert.«

»Was?«

»Explodiert. Holdner ist tot. Der Anwalt …«

»Was?«

»Holdners Anwalt. Strate … ist tot.«

Lederer schweigt.

»Sprengladung«, sagt Ben.

»Was ist mit dir? Christian und Maren? Ist jemand …«

»Sprengsatz. Jemand hat den Wohnwagen in die Luft gejagt.«

»Was …«

»Derjenige muss hier in der Nähe gewesen sein. Das vermute ich zumindest, denn nur so kann er sichergestellt haben, dass er … die Zielperson trifft.«

»Was …«

»Holdner. Er hat die Hand an die Tür gelegt und dann …«

Die Sanitäter sind bei den Leichen, eine junge Frau, vermutlich eine Notärztin, beugt sich über den Körper von Torben Strate.

»Ben?«, fragt Lederer. »Sag doch was. Ist bei euch … sag mir noch mal, was genau da bei euch …«

»Zorro«, sagt Ben.

LEDERER

Während Lederer die Korridore durchschreitet, wird ihm zum ersten Mal bewusst, dass das Gebäude in rechten Winkeln angelegt worden ist. Es fühlt sich an, als würde er in einem Quadrat laufen, immer wieder zu seinem Ausgangspunkt zurückkehrend, aber tatsächlich kommt er zügig voran.

Die beiden Gebäude – die Einsatzzentrale der Abteilung für Delikte am Menschen und der Bürokomplex der Kriminaltechnik und der angeschlossenen Behörden – stehen sich gegenüber, aber sie sind zugleich miteinander verbunden, durch einen Gang, dessen gläserne Wände beidseitig den Blick auf den sonnenbeschienenen, blühenden Park freigeben, an den das Polizeigebäude angrenzt.

Je näher Mark Lederer dem Büro kommt, desto sicherer ist er, dass dort Zorro einfach am Schreibtisch sitzen wird, einen fröhlichen Gruß rufend, sobald er eintritt.

Aber Zorro hat anderes zu tun. Offenbar hat er, vor wenigen Minuten, einen Anschlag auf Holdner verübt. Holdner und mindestens ein weiterer Mann, Torben Strate, sind tot. Wenn er Ben richtig verstanden hat. Er hatte noch nicht die Zeit, Bens Schilderung in Gänze zu verarbeiten.

In diesem Winkel des weitläufigen Gebäudekomplexes hat sich Lederer eigenartigerweise noch nie aufgehalten. Namensschilder gleiten vorüber … alle in diesem Flügel des Gebäudes tragen einen Doktortitel im Namen. Nur an der Tür zu dem Büro, das ihm die IT-Technik genannt hat, steht bloß der Name. Lederer stutzt. Er kennt den Namen. Und er weiß sogar, dass diese Frau Doktorin ist. Warum verzichtet sie darauf, ihren Titel an die Wand zu malen? Und wie konnte die IT-Technik Zorros Computer so zielgenau zuordnen? Er ist so vereinnahmt von seinen Gedanken und vor allem von seiner Verwirrung, dass er vergisst, anzuklopfen.

»Herr Lederer, was gibt es?«, sagt Christina Gerst, die Polizeipsychologin, die ihm sehr sympathisch ist. Sie sitzt an ihrem Schreibtisch, an Zorros Schreibtisch, und schenkt ihm ein Lächeln, das eher Freude als Überraschung verrät.

CHRISTINA

»Herr Lederer?«, fragt Christina Gerst.

Lederer schweigt.

»Was ist denn?«, fragt sie.

»Wann sind Sie hier angekommen?«, fragt er.

»Wie bitte?«

Lederer sieht sich um. Als wäre er auf der Hut. Als würde er einen Tatort sichern. Oder einen Ort, der Belege, Beweise birgt.

»Was ist denn?«, fragt sie noch einmal.

»Frau Gerst, ich bitte Sie, meine Fragen zu beantworten. Seit wann sind Sie hier?«

»Seit zehn Uhr.«

»Kann das jemand bestätigen?«

»Wie bitte?«

»Gibt es neben Ihnen jemanden, der dieses Büro nutzt?«

»Nein«, sagt sie. »Nein, das ist mein Büro.«

»Ihr Computer …«

Sie wartet. Sucht die Augen von Lederer, findet sie nicht. Lederers Blick ist rastlos. Zugleich hoch konzentriert, er scannt die Umgebung ab, fast als sei … in ihrem Büro eine Bombe versteckt … oder Ähnliches.

»Mark, Sie machen mir Angst, was ist denn los?«

Jetzt sieht er sie doch an. »Frau Gerst, wir müssen etwas herausfinden. Ihr Computer wurde von unserer IT einer … Aktivität zugeordnet, die uns zu unserem Täter führen könnte.«

Was …? Sie begreift nicht, wovon er spricht. Ihr fiel schon früher auf, dass Mark Lederer sich manchmal ein wenig verzettelt, dass er in eine Art selbst ausgedachtes Beamtendeutsch abgleitet, wenn es darum geht, komplexere Sachverhalte zu umschreiben. Aber jetzt begreift sie gar nichts.

»Ihr Computer … wer außer Ihnen hat Zugriff darauf?«

Sie zögert. Obwohl die Antwort auf der Hand liegt. »Niemand«, sagt sie.

»Sicher?«

»Na ja, natürlich wäre es denkbar, dass Kollegen in meiner Abwesenheit darauf zugreifen, aber warum sollten sie denn?«

»Welche Kollegen?«

Sie schweigt. Sie begreift die Fragen nicht. Außerdem … »Ich habe ein Passwort«, sagt sie. »Das müsste ja jemand kennen. Um sich anzumelden.«

»Wer kennt das?«

Niemand, denkt sie.

»Frau Gerst.«

»Niemand«, sagt sie.

»Sie arbeiten an dem Fall mit. Sie betreuen Kinder, die mit dieser Ermittlung … in Verbindung stehen …«, sagt Lederer.

»Das stimmt.«

»Wir waren beide in dem Hotel, bei der kleinen Tochter von Eigler. Hanno Eigler …«

»Ja, das stimmt«, sagt Christina Gerst. Es wirkt, als würde Lederer mehr zu sich selbst sprechen als zu ihr, als würde er um die Lösung eines Rätsels ringen, das ihn sehr beschäftigt.

»Was ist mit meinem Computer?«, fragt sie.

»Haben Sie hier Gespräche geführt? Mit Kindern … oder eher mit Jugendlichen oder jungen Erwachsenen, die mit unserem Fallkomplex in Verbindung stehen?«

»Nein«, sagt sie.

»Sicher?«

»Ja, ganz sicher, ich besuche die Kinder meistens da, wo sie leben, und wenn wir hier sprechen, dann haben wir andere Räume. Schönere … Räume, schöner gestaltet, in denen sich besser …«

… über Unaussprechliches sprechen lässt, vervollständigt sie in Gedanken.

Lederer nickt, vielleicht hat er verstanden, auch wenn sie die Worte nicht ausgesprochen hat. Er nickt vor sich hin, kneift die Augen zusammen, setzt sich auf den Stuhl ihr gegenüber.

»Was ist denn um Himmels willen los?«, fragt sie. »Ist etwas mit dem Mädchen?«

Lederer hebt den Blick.

»Mit der Tochter von …«

»Mit Eiglers Tochter? Nein. Nein, ich denke, sie ist mit der Mutter wieder … zu Hause.«

»Was führt Sie denn her? Was ist …«

»Die IT-Ermittlung besagt, dass von diesem Büro Bilder versendet wurden, Anhänge, auf die Plattform.«

»Anhänge?«

»Wir gehen davon aus, dass in diesem Büro der Täter gesessen hat, den wir suchen.«

»Das ist unmöglich.«

Lederer schweigt. Dann nimmt er sein Handy, scrollt

zielsicher durch Galerien, steuert ein Ziel an. Er reicht ihr das Handy.

Etwas zerbricht. Im Bruchteil einer Sekunde. Sie findet den nächsten Atemzug nicht.

»Frau Gerst, kennen Sie diesen Jungen? Ich weiß, dass das Gesicht durch die Kapuze verdeckt ist, aber vielleicht erkennen sie ihn an der …«

»Das ist kein Junge«, sagt sie.

Ihr Blick trifft Lederers Augen, und für Momente hat sie den Eindruck, dass sich in ihnen ihre Traurigkeit widerspiegelt. »Das ist kein Junge, das ist eine langjährige Patientin … nein, eine liebe Freundin von mir.«

»Was?«, fragt Lederer tonlos.

»Das ist ein Mensch, der mir sehr viel bedeutet«, sagt Christina Gerst. »Wir wohnen zusammen, seit etwa einem halben Jahr, das ist meine Freundin Jana.«

MAREN

Am Abend nach Hause kommen, denkt Maren. Die Katze füttern. Sie steht am Rand der Szene, sie versucht, ihren Modus zu finden, diesen Zustand, in dem es ihr gelingt, die Dinge zu benennen, indem sie einfach nur beobachtet und ihre Wahrnehmungen zu einem Ganzen ausformt. Aber es ist schwierig geworden, vielleicht unmöglich, die Zusammenhänge zerfasern.

»Dissoziative Identitätsstörung«, sagt Lederer gerade. Sie fragt sich, wie es möglich ist, dass er diese Begrifflichkeit so ausspricht. So selbstverständlich, als habe er die Worte schon immer gekannt, schon immer vor Augen gehabt. Obwohl … vielleicht sollte sie das eher beruhigen, Zuversicht spenden. Letztlich ist es typisch Lederer. Würde sie irgendjemand in diesem Moment fragen, welchen Menschen auf diesem Planeten Maren als verlässlich einstuft, würde sie vermutlich den Namen Lederer nennen.

Christian Sandner sitzt am Konferenztisch, in sich gekehrt, erschöpft. Er stand dem Wohnwagen, abgesehen von Holdner und dem Anwalt, Torben Strate, am nächsten, in dem Moment, in dem der Sprengsatz gezündet wurde.

Ben steht einige Meter von Maren entfernt, auch er am Rand. Es ist, als würden sie beide demselben Impuls folgen, als würde also auch Ben beobachten wollen. Aus sicherer Entfernung. Als wollte auch er Abstand gewinnen wollen, um endlich begreifen zu lernen.

»Ja …«, sagt Lederer. Er sitzt am Tisch, aufrecht, vor ihm liegen, akkurat sortiert, Unterlagen. Maren hat keine Ahnung, welchen Teil der Fallakte Mark Lederer vor sich liegen hat. Neben Lederer sitzt eine Frau, die Maren kennt und die zugleich in völlig neuem Licht erscheint. Christina Gerst, die Polizeipsychologin, die unterstützend in diesem Fall tätig ist. Gemeinsam haben sie im Hotel an der Autobahn auf dem Teppich gekniet und mit Biene, der kleinen Tochter von Hanno Eigler, Lego gespielt.

Maren erinnert sich. Vor allem daran, dass Christina Gerst gelächelt hat, voller Zuneigung, als Biene die kleine Legofigur ins Zentrum des weiten Meeres hineingestellt hat. Mit einem Rettungsring. Sie fragt sich, wie es Biene und ihrer Mutter, Kerstin Eigler, geht.

»Die Fahndung läuft. Bislang ohne Ergebnis. Frau Gerst … kann uns mehr dazu sagen. Zu unserer … Zielperson …« Lederer wendet sich Christina Gerst zu, die den Blick hebt. Maren hat es schon vor einigen Minuten gesehen, aber erst jetzt nimmt sie wirklich wahr, dass Christina Gerst geweint hat. Sie ist traurig. So traurig wie kein anderer Mensch. Maren hat nie zuvor einen so traurigen Menschen gesehen.

Christina Gerst schweigt, einen Anfang suchend.

»Frau Jacobsen … Jana Jacobsen … sie hat eine Mutter mit norwegischen Wurzeln …«, beginnt Lederer.

»Sie war meine Patientin«, sagt Christina Gerst. »Seit einigen Jahren. Ich wusste, dass ihre Identitätsstörung mit einem traumatischen Erleben in der Kindheit zusammenhängt. Das ist in vielen der Fälle so. Aber ich wusste nicht, dass es einen Zusammenhang zu … dieser Ermittlung gibt … zu Holdner, Eigler …«

Und Dahms, vervollständigt Maren in Gedanken.

»Wir haben Jahre gebraucht, um das Trauma aufzubrechen. Ich habe jemanden wie Jana nie gesehen. Sie ist … anders als alle anderen.«

Die Worte verbleiben im Raum, während alle schweigen.

»Janas Diagnostik geht nicht einher mit einer erhöhten Wahrscheinlichkeit von Gewaltausübung. Ich weiß, dass das hier jetzt nicht weiterhilft, aber es ist mir wichtig, euch das zu sagen.«

»Kannst du uns helfen zu verstehen?«, fragt Christian. Er hat sich aufgerichtet, hat sich Christina Gerst zugewendet. »Womit haben wir es hier zu tun?«

»Wie Mark schon sagte, hat Jana eine dissoziative Identitätsstörung. Umgangssprachlicher wäre vielleicht der Ausdruck multiple Persönlichkeiten.«

»Was heißt das genau?«

»Als Jana vor einigen Jahren zu mir kam, war das noch sehr unterschwellig. Sie hatte es verinnerlicht, also, sie hat es vor der Außenwelt verbergen wollen, und das ist ihr auch weitgehend gelungen. Was auch damit zusammenhing, dass sie kaum Kontakte hatte. Sie arbeitet als chemische Laborantin in der Pharmazieforschung. Davor hat sie studiert, mehrere Studiengänge, mehrere auch abgeschlossen. Sie hatte … trotz allem … auch ein außergewöhnliches Abitur abgelegt. Sie war eigentlich … seitdem sie erwachsen ist, nur für sich, hat ihr Leben … ja … sozusagen nur mit ihren Studien, ihrem Beruf geteilt.«

»Bis sie dann zu dir kam«, sagt Christian.

»Ja. Bei unserer ersten Begegnung sagte sie, dass es Monate gedauert habe, einen Termin bei mir zu bekommen, aber meine Augen hätten sie bewogen, geduldig zu sein.«

»Deine Augen?«, fragt Christian.

»Ja. Sie sagte, dass sie in meinen Augen, auf dem Foto auf der Homepage unserer Gemeinschaftspraxis, gelesen hat, dass ich ihr werde helfen können.«

Wieder füllt Schweigen den Raum.

»Sie hat sich als Josy vorgestellt.«

»Was?«, fragt Christian.

»Damit hat sie den Ton gesetzt. Sie wusste schon an diesem ersten Tag fast mehr über das Krankheitsbild als ich. Sie sagte, Josy sei nach vorne gegangen, weil sie die Kontrolle habe. Diejenige, die die Identitäten zusammenführen kann.«

»Nach vorne gegangen? Was genau …«

»Damit bezeichnete sie die Identität, die im jeweiligen Moment … ja … aktiv war. Wenn sie sagt, dass Josy vorne ist, ist es eben Josy, mit der wir es zu tun haben. In anderen Situationen sind es andere Teilidentitäten. Es gibt zum Beispiel Nette, ein kleines Kind, und einen Beschützer, der in akut bedrohlichen Situationen nach vorne geht. Dann agiert Jana wie ein Mann … oder wie ein Junge … eben wie einer, der aufpasst, wie ein Bodyguard … zu sehen auf einigen eurer Fotos.«

»Und Josy …«

»Jana sagte schon in einer der ersten Sitzungen, dass Josy ihre Befreierin sei. Sie sei an dem Tag entstanden, an dem sie dem Bösen entronnen sei.«

»Dem Bösen entronnen?«, fragt Christian.

»Das waren exakt ihre Worte. Mir fiel damals auf, dass sie diesen … ja … lyrischen Duktus hatte. Es klang, als würde sie aus einem Märchen zitieren, aber es war tatsächlich harte Realität, die sie aussprach. Später wurde mir klar, dass sie immer dann diese fast märchenhaften Formulierungen wählte, wenn sie besonders schwerwiegende Elemente ihres gelebten Lebens zur Sprache bringen wollte.«

Christian nickt.

»Ich habe das überprüft«, sagt Ben. Seine Stimme kommt aus der Ferne. Wie aus einem anderen Raum.

»Was?«, fragt Christian.

»Ich habe schon eine etwas tiefer zielende Abfrage gemacht zu Jana Jacobsen. Zu ihren Wohnorten der vergangenen dreiundzwanzig Jahre. Wie Mark schon sagte, war ihre Mutter Norwegerin, und Jana hat auch die ersten Monate ihres Lebens in Norwegen verbracht … die Mutter siedelte dann aber berufsbedingt nach Deutschland über …«

Macht Ben jetzt Lederers Arbeit? denkt Maren. Und wenn ja, warum?

»Also … das führt jetzt zu weit … was mich im Kern interessiert hat, war Folgendes … wo lebte Jana Jacobsen, als sie … ja …« Ben zögert.

»Ja?«, fragt Christian.

»In ihrer Kindheit. In ihrer frühen Jugend.«

»Okay. Und … wo?«

»Sie war, gemeinsam mit ihrer Mutter, für etwa vier Jahre mit einer Wohnadresse gemeldet, die wir kennen. In der Hochhaussiedlung am roten Strand. Mit Blick auf Holdners Wohnwagen.«

Christian, das kann Maren unmittelbar sehen, zuckt zusammen, strafft sich. Auch Maren selbst braucht einige Sekunden, um das, was Ben gesagt hat, zuzuordnen.

Holdners Wohnwagen. Ein Kristallisationspunkt. Ausgebrannt.

»Ihr wisst ja, dass sie bei mir gewohnt hat«, sagt Christina Gerst leise. »Seit einiger Zeit. Ich hatte das vorgeschlagen, weil sie ihre Mietwohnung verloren hatte. Ihr werdet euch vielleicht fragen …«

Zu viele Fragen, denkt Maren. Vielleicht wird ihre rätselhafte Katze eine Antwort wissen. Wenn Maren am Abend endlich nach Hause kommen wird.

»Also, damit ihr euch da nicht den Kopf zerbrecht …«, sagt Christina Gerst. »Wir waren beste Freundinnen … wir waren … und sind … kein Liebespaar, aber …«

Maren sucht ihre Augen. Die Augen, über die Jana …

oder Josy … so liebevoll gesprochen hat. Oder eher hoffnungsvoll? Sie habe in ihren Augen gelesen, dass Christina ihr wird helfen können. Das hat Jana Jacobsen gesagt.

Christina Gerst lässt den Blick abgleiten, zum Fenster. »Wir sind kein Liebespaar, nie gewesen, aber ich habe sie geliebt.«

CHRISTIAN

Während Christian die Stadt hinter sich lässt, während die Häuser immer prächtiger werden, kehren die Worte wieder, wie in einer Endlosschleife, er hört sogar Bens Stimme, denn Ben hat sie ausgesprochen. Jana Jacobsen. Einen Teil ihrer Kindheit und Jugend hat sie in dem Hochhaus verbracht, am roten Strand, mit Blick auf Holdners Wohnwagen. In dem Hochhaus … in dem auch die heranwachsende Anne gelebt hat.

Er hat darüber nachgedacht, sie anzurufen. Sie einfach zu fragen, ob sie Jana Jacobsen kennt. Eine rhetorische Frage. Natürlich kennt Anne Jana Jacobsen. Hat sie gewusst … geahnt … dass Jana Jacobsen diejenige ist, die sie suchen? Ist sie gestolpert, als Christian den Namen erwähnte? Zorro.

Er versucht, sich die Situation in Erinnerung zu rufen. Und er erinnert sich an Annes Worte. Ihm müsse doch klar sein, dass sie ihm, selbst wenn sie könnte, niemals dabei helfen werde, diese Morde aufzuklären.

Christian denkt an Anne, hat sie vor Augen. Heute hat sie ihm noch keine Quizfrage gestellt. Inzwischen durchquert er eine Villensiedlung, prachtvolle Häuser fliegen vorüber, alle umgeben von großen Gärten, aber man kann nur Blicke erhaschen, Ahnungen gewinnen. Die meisten der Grundstücke liegen hinter hohen Zäunen und Mauern verborgen.

Er lässt den Wagen ausrollen. Betrachtet das Haus. Schneeweiß. Wie aus dem Ei gepellt, denkt er unwillkürlich. Zweistöckig, oben ist ein Balkon mit zwei Stühlen … Frühstück im Sonnenlicht, denkt Christian. Er steigt aus, geht auf das Haus zu, versucht, sich auf das Kommende zu fokussieren. Zwei Klingelschilder, zwei Parteien. Im oberen Stock, mit dem Balkon, wohnen Strate und Allister. Christian klingelt, spürt das Auge einer golfballgroßen Kamera auf sich gerichtet.

»Ja, bitte?«, fragt eine Frau.

»Sandner von der Kriminalpolizei«, sagt Christian. »Könnte ich Sie kurz sprechen?«

In der Pause, die entsteht, atmet er durch.

»Worum geht es denn?«, fragt die Frau.

»Kann ich kurz raufkommen?«

»Ja …«

Die Tür wird geöffnet. Christian tritt ein, durchquert einen großen Vorgarten, wieder blühende Beete, vor allem eine riesige, glatt gemähte tiefgrüne Rasenfläche, im Zentrum eine weiße Bank neben einem Teich. Als er an der Haustür ankommt, wird wieder ein Türöffner betätigt, Christian betritt das Haus, geht über die leise knirschende Treppe nach oben. Die Frau steht an der Tür, als er ankommt.

»Kriminalpolizei?«, fragt sie.

»Guten Tag, Christian Sandner. Ja …« Schwanger, denkt er. Ihm ist schwindlig. Er hat wieder den Moment vor Augen, Holdner, Strate, auf dem Weg zum Wohnwagen. Holdner hat darum gebeten … wollte unbedingt selbst die Tür öffnen … Christian fragt sich, was passiert wäre, wenn Maren und er Holdner diesen Wunsch abgeschlagen hätten.

Die Frau lässt ihn eintreten. Jennifer Allister, die Lebenspartnerin von Torben Strate, Holdners Anwalt. Das hat Lederer ihm mit auf den Weg gegeben, aber selbst Lederer wusste nicht, dass Jennifer Allister schwanger ist.

Er steht im Raum, unschlüssig, sein Blick streift den Balkon, die Sonne.

»Was … was ist denn?«, fragt Jennifer Allister.

Christian zögert. Aber er darf nicht zögern.

»Setzen wir uns kurz?«, sagt er.

Sie nickt. Führt ihn ins Wohnzimmer. Zwei weiße Sofas, im rechten Winkel zueinander. Er setzt sich auf das eine, sie auf das andere.

»Es ist etwas Schlimmes passiert«, sagt Christian, ihrem fragenden Blick standhaltend. »Torben Strate ist heute bei einem Ortstermin … ums Leben gekommen.«

Sie schweigt.

»Es tut mir sehr leid«, sagt er.

Mehr wird es nicht zu sagen geben. Bald wird ihr Kind zur Welt kommen. Ihm liegt auf den Lippen, das zu sagen, aber er sagt es nicht, natürlich nicht.

Sein Handy vibriert. Er hatte es stumm gestellt, aber die Vibration bleibt. Er betrachtet das Display, Lederer. Schon zum dritten Mal, zwei Anrufe hat Christian verpasst.

»Gehen Sie ruhig ran«, sagt Jennifer Allister.

Er sucht ihre Augen. Nimmt das Gespräch entgegen. »Mark, ist gerade schlecht, ich rufe dich zurück …«

»Ganz kurz nur«, sagt Lederer. »Die Fahndung ist beendet.«

Christian wartet. Was?

»Jana Jacobsen hat sich gestellt. Sie sitzt hier im Vernehmungsraum, möchte eine Aussage machen. Maren und Ben habe ich schon Bescheid gegeben.«

Christian schweigt.

»Christian?«

»Ja … danke dir … ich … komme dann bald.«

»Gut, bis dann«, sagt Lederer.

Wieder sucht Christian die Augen von Jennifer Allister, aber er findet sie nicht. Er steht auf, geht ein paar Schritte, wählt die Nummer des psychologischen Dienstes. Unter anderen Umständen hätte er direkt die Nummer von Christina Gerst gewählt, aber das geht heute nicht. Ein Kollege nimmt ab, den er kennt. »Bernd, Christian hier, Christian Sandner. Kannst du kommen? Oder eine Kollegin, ein Kollege? Ich schicke dir die Adresse, ich bin bei einer Angehörigen in einem Tötungsdelikt und muss bald wieder … bald wieder los, zu einer Vernehmung …«

»Klar«, sagt Bernd Seibert, einer der Polizeipsychologen.

»Bestens«, sagt Christian. »Ich schicke dir die Adresse.«

»Gut, bis dann.«

»Danke, bis dann.«

Christian versendet die Nachricht. Dann kehrt er zu Jennifer Allister zurück, die immer noch regungslos, wie in Gedanken verloren, auf dem Sofa sitzt. Er setzt sich. Hat keine Worte. Er fragt sich, ob der Kollege später Worte haben wird. Eine Nachricht geht ein. Lederer, denkt Christian, aber die Nachricht kommt von Anne.

Eine Quizfrage.

Sie verschwimmt vor seinen Augen. *Können Krokodile weinen?*

BEN

»Vernehmung von Jana Jacobsen, anwesend sind die Ermittler Kramer und Neven«, sagt Maren Kramer.

Und Christian und Lederer sitzen nicht weit entfernt vor einem Bildschirm, denkt Ben. Er ist umgeben von Menschen, die aufmerksam zuhören. Mit wachem Blick, mit geschärften Sinnen. Er ist umzingelt.

Warum denkt er das? Nicht er ist umzingelt, sondern die junge Frau, die ihm gegenübersitzt. Jana Jacobsen. Er hält ihrem Blick stand, denn sie ist es, die ihn herausfordert. Nicht die anderen, nicht Maren, nicht Christian, nicht Mark Lederer.

Er sucht die Augen von Jana Jacobsen, findet sie.

»Dass ein Unbeteiligter gestorben ist, tut mir leid«, sagt Jana Jacobsen. »Der Anwalt, Torben Strate. Ich habe zu ihm recherchiert. Ihn trifft keine Schuld. Aber er war zu nah dran an Holdner.«

Sie schweigt. Lässt sie den Satz mit Bedacht weiterwirken? Zu nah dran an Holdner … also doch nicht so unbeteiligt? Reicht es schon aus, dass dieser Mann Holdner verteidigen wollte vor Gericht? War das sein Todesurteil?

»Das tut mir sehr leid«, sagt Jana Jacobsen noch einmal. »Das sollte nicht passieren. Kollateral. Das wollte ich nicht. Auch deshalb bin ich jetzt hier. Weil etwas passiert ist, das nicht passieren sollte. Und weil Holdner endlich tot ist.«

»Wer ist gerade vorne?«, fragt Maren Kramer.

Ben kneift die Augen zusammen, für Momente verwirrt. Er hat das, was Christina Gerst erläutert hat, gar nicht mehr vor Augen gehabt.

Jana Jacobsen lächelt. »Sie haben mit Christina gesprochen?«

»Ja, das haben wir.«

»Auch das tut mir sehr leid. Dass Christina jetzt traurig ist. Sie hat versucht, mir zu helfen. Wir waren beste Freundinnen. Mehr geht nicht. Vor vielen Jahren hatte ich auch eine Freundin … auch das war schön. Aber all das reicht nicht. Freundschaft bewahrt uns nicht vor dem Schlimmen.«

»Wer …«

»Josy«, sagt Jana Jacobsen. »Josy ist vorne. Sie hält alle zusammen.«

»Gut«, sagt Maren Kramer.

»An guten Tagen«, sagt Jana Jacobsen.

»Ja«, sagt Maren.

»Es hat sich lange aufgebaut, aber eigentlich wurde mir schon damals, als Josy kam, klar, dass ich Holdner irgendwann töten würde.«

Sie sieht Maren an, und dann wendet sie sich plötzlich Ben zu. Sie sieht ihn an.

»Ich wusste, wie es geht, und ich wusste, dass ich es machen würde, irgendwann, sobald die Zeit reif wäre«, sagt Jana Jacobsen.

»Sie haben …«

»Dann wurde mehr daraus, denn auf der Plattform verabredeten sich Nutzer zum gemeinschaftlichen Missbrauch an Kindern.«

»Hanno Eigler«, sagt Maren Kramer. »Und …«

»Holdner. Natürlich. Ich nahm mir vor, erstens die Betreiber der Plattform zu tilgen und zweitens das von Eigler anberaumte Treffen zu verhindern.«

Tilgen, denkt Ben.

»Indem sie Eigler im Park …«

»Eigler joggt täglich um Punkt acht. Egal, wo er gerade ist. Dahms trinkt immer Cola light. Holdner liebt seinen Wohnwagen fast so sehr wie sich selbst.«

Ben fällt auf, dass Jana Jacobsen Maren nie ausreden lässt. Sie ist immer schon einen Gedanken weiter. Hat keine Zeit für langes Gerede.

»Festplatten und Mailwechsel eröffnen immer einen akkuraten Einblick in Abläufe, mit denen Menschen ihr Leben strukturieren. Aber ich hatte auch Glück. Ich hatte befürchtet, auf Holdner länger warten zu müssen.«

Maren schweigt. Ben hat seinen Blick abgewendet. Er lauscht nur noch der Stimme.

»Es gab keine andere Möglichkeit«, sagt Jana Jacobsen. »Sobald ich auf der Plattform war, war ich dazu verpflichtet, diese Vorgänge zu unterbinden.«

»Sie hätten es zur Anzeige bringen können …«

»Dann wäre Holdner noch am Leben.«

»Sie hätten …«

»Und Eigler. Und Dahms.«

Maren schweigt.

»Dahms wollte ich eigentlich eine Woche später töten. Glücklicherweise hatte ich die Flasche schon präpariert. Glücklicherweise war ich auf vieles vorbereitet.«

Glücklicherweise, denkt Ben.

»Und Sie?«, fragt Jana Jacobsen.

Es dauert einige Sekunden, bis Ben begreift, dass die Worte an ihn gerichtet sind. Er wendet sich Jana Jacobsen zu.

»Sie sind so still«, sagt sie.

»Bin ich das?«

»Stille Wasser.«

Ben hält ihrem Blick stand. Er war nie Mitglied auf Holdners Plattform, er hat niemals einen von *Zorro* versendeten Anhang geöffnet.

»Stille Wasser ...« Plötzlich lacht Jana Jacobsen. Murmelt vor sich hin. Wie ein Kind.

Maren neben ihm zuckt zusammen. Ben fragt sich, ob das echt ist. Ist das ein Rollenwechsel? Oder wie nennt man das? Nennt man das so? Was ist das? Was passiert mit Jana Jacobsen? Wer ist sie? Er sucht ihre Augen und findet ein fremdes Kind, das ihn ansieht, kichernd, vielleicht im Alter von Marlene.

»... sind tief«, sagt das fremde Kind.

Neun

... there
on
sunset
boulevard?

BEN

Abendsonne, Abendstraße, Abendhauch. Abendlust. Abenteuer.

Ben lässt Musik laufen, Radio. Irgendetwas. Er fährt nicht schnell, nicht langsam. Normal. Das Handy hat er ausgeschaltet. Was für ein Tag, denkt er. Was für ein Tag.

Die Strecke fühlt sich an wie etwas, das er so gut kennt wie nichts anderes, so gut wie sich selbst. Wie sagt man? Er kennt die Strecke wie seine Westentasche. Er trägt keine Weste.

Immer geradeaus. Die Abfahrt blau auf grau, zartorange der Himmel. Weiße Wolken, watteweich. Ein Schauer läuft über seinen Rücken, während er den Wagen auf den weiten Parkplatz steuert, ausrollen lässt. Stillstand.

Jetzt kann er das Lachen hören, von Jugendlichen, die sich in die Wasserrutsche hineinwerfen, mit Wucht, bedingungslos, als wäre es das Letzte, was sie tun wollen und werden.

Auch dieses Lachen, diese Freudenschreie sind ihm schon vertraut. Wie eine Geräuschkulisse vom Band, er fragt sich, ob er es wird hören können, in einigen Monaten, in einem vielleicht verschneiten Winter, wenn er hier mal wieder vorbeischauen wird. In einer ganz anderen Zeit, einem ganz anderen Leben. Um zu sehen, wie es hier aussieht. Ob sich etwas verändert hat. In den Monaten danach.

Das Radio läuft noch. Seichte Musik, unzugänglich, glatt, wie eine kühle, spiegelglatte Oberfläche. Er schaltet aus. Jetzt hört er noch etwas lauter das ferne Geschrei aus dem Erlebnisbad.

Das Letzte, was man tun will. Und wird.

In der Nische, am Ende des Parkplatzes, erahnt er die Hochhaussiedlung. Grau, gelb, grün.

Er startet den Wagen, fährt behutsam an, im Schritttempo, bis er endlich da ist. Schattengleich die Jungen. Drei. Der Wagen steht still. Er könnte stundenlang hier sitzen bleiben. Bis die Nacht kommt. Zwei Stunden Fahrt, vergangen wie im Flug, innerhalb einer langen Sekunde. Alles ist ruhig jetzt.

Ein Gedanke an Holdner streift ihn. Holdner, der die Hand an die Tür seines Wohnwagens legt. Der Feuerball. Ben kann sich gar nicht an die Explosion erinnern, hat nur den Feuerball vor Augen. Ein Feuerball, der tanzt, in der Stille, über dem weißen Wohnwagen.

Einer der Jungen läuft. Schritt für Schritt, ihm entgegen.

Jana Jacobsen hat gekichert wie ein Kind. Als wollte sie ihn auslachen. Stille Wasser, tief. Dann war ihr Gesicht verschlossen. Als hätte sie alles gesagt. Und alles getan, was möglich war. Auch Zorro kann nicht alle retten.

Der Junge verlangsamt, sucht Bens Blick. Ben sucht den Raum im Rückspiegel ab. Niemand da. Alle sind im Schwimmbad, um das Leben zu lieben.

Der Junge ist da. Ben nickt. Der Junge wartet. Ben nickt. Der Junge steigt ein. Setzt sich. Fünfzig Euro liegen mittig in der Ablage. Der Blick des Jungen streift den Geldschein.

»Fünf Minuten fahren«, sagt er.

Ben startet den Wagen. Sie fahren. Ben sieht und hört nichts mehr. Die Gegenwart des Jungen neben ihm ist allumfassend, beansprucht jede seiner Wahrnehmungen. Der Junge zeigt den Weg, der Wagen schlägt die Richtung ein, auf einem leeren Parkplatz am Waldrand kommen sie an.

Ben sieht den Jungen an. Fragend. Lächelt er?

Der Junge lächelt nicht. »Hier gut«, sagt er.

Ist es eine Frage? Oder eine Feststellung?

Ben sucht wieder den Raum im Rückspiegel ab. Niemand. Da kann niemand sein, denn Ben ist allein auf der Welt. Allein mit diesem Jungen.

Der Junge hat sein T-Shirt abgestreift. Jetzt beugt er sich nach unten, betastet Bens Hose, den Reißverschluss, öffnet ihn. Langsam, ohne zu zögern.

Zu lange gezögert, denkt Ben. Er schließt die Augen, öffnet sie. Schließt sie, öffnet sie. Den Schrei, der sich aufbaut, verlagert er nach innen. Er will dem Jungen keine Angst machen.

»Gut?«, fragt der Junge.

Ben nickt, der Junge macht weiter.

Im Rückspiegel fährt ein Wagen vorüber, silbern, sonnenbeschienen.

Am Ende reißt Ben die Augen weit auf, dann verschließt er sie. Denkt, dass er sie für immer verschlossen halten wird, aber er hat sie schon wieder geöffnet. Sein Körper zuckt aus. Der Junge zieht sich sein T-Shirt an. Er sieht Ben kurz an, verunsichert, bevor er den Geldschein an sich nimmt.

»Gut?«, fragt der Junge.

Ben schweigt.

Der Junge ist schon draußen. »Bis nächste Mal dann«, sagt der Junge.

Ich kann dich doch zurückbringen, denkt Ben. Zurück … nach Hause. Aber der Junge ist schon verschwunden, im Wald, im Dickicht, so als wäre er nie da gewesen, als hätte es ihn nie gegeben.

CHRISTIAN

Am Abend liegen die Würfel neben dem Becher auf dem Küchentisch, und Anne schweigt. Lange. Nachdem er die Frage gestellt hat.

Schließlich antwortet sie mit einer Gegenfrage. »Was ist mit ihr?«

»Mit Jana Jacobsen?«

»Ja. Warum fragst du nach ihr? Warum fragst du mich, ob ich sie kenne?«

»Kennst du sie?«

»Ist … ihr was passiert?«

»Sie ist diejenige, die wir suchen. Sie hat sich gestellt.«

Anne schweigt.

Christian weiß, dass er das Eigentliche noch gar nicht gesagt hat. Er hat darüber nachgedacht, wie er es machen soll. Wie er es formulieren soll. Ob er es überhaupt aussprechen kann. Was es auslösen wird.

»Sie hat sich gestellt?«, fragt Anne.

»Ja.«

Anne betrachtet die Würfel, die verstreut neben dem Becher liegen. Spielen, denkt Christian. Gleich.

»Lass uns spielen«, sagt er.

Sie hebt den Blick.

»Lass uns dieses Spiel spielen. 10.000. Gleich. Wenn wir mit diesem … Thema hier … fertig sind.«

»Okay«, sagt sie.

»Heute ist etwas passiert. Etwas, das mir zu sagen nicht leichtfällt. Weil ich weiß, dass es von Bedeutung ist. Aber ich kann nicht genau einschätzen, was es bedeutet.«

Er sucht ihre Augen. Er mag sie von ganzem Herzen. Ich möchte dich nie verlieren, denkt er.

»Jana Jacobsen hat Holdner getötet«, sagt er.

Anne sieht ihn fragend an. Suchend. Die Worte wägend. Dann huscht ein Lächeln über ihr Gesicht, für Sekunden nur.

Minuten vergehen. Anne steht auf, gießt Limonade in zwei Gläser, stellt eines vor ihm ab, nippt am anderen. Es ist noch schwülwarm, obwohl der Abend längst da ist, das Küchenfenster ist geöffnet, draußen zirpen Grillen. Christian nimmt das Glas, trinkt. Annes Lieblingslimonade, Orange, sie holt sie immer beim Asia-Shop um die Ecke. Schmeckt tatsächlich gut.

»Jetzt, wo du das gesagt hast, kommt es mir so vor, als hätte ich immer gewusst, dass das irgendwann passieren wird«, sagt sie. »Mein Wunsch … diese Hoffnung, die ich hatte, war immer mit Jana verknüpft.«

Christian versucht, es sich vorzustellen. Anne, Jana, vor vielen Jahren. Holdner. Vor langer Zeit, als er Anne gar nicht kannte, keine Ahnung davon hatte, dass sie überhaupt existiert. Und wäre er ihr begegnet, dann hätte er, der junge Erwachsene, einfach nur ein neunjähriges Mädchen gesehen. Nie wäre er auf den Gedanken gekommen, dass sie Hilfe braucht.

»Kann ich sie besuchen?«, fragt Anne.

Was …? denkt Christian.

»Kann ich Jana besuchen?«, fragt Anne.

»Ach so … ja … nach einer Weile … sicher«, sagt er.

Der Gedanke an Torben Strate streift ihn. An Jennifer Allister, an das Kind, das zur Welt kommen wird, bald. An die Szenerie, die sich unwirklich anfühlt, wie ein Traum, den er geträumt hat. Der kupferrote Strand, das Feld, der weiße Wohnwagen. Die dumpfe Explosion. Die Druckwelle. Die Stille danach.

»Spielen wir?«

»Klar.«

»Hast du das mit den Krokodilstränen rausgefunden?«, fragt sie.

»Ja«, sagt er.

»Du hast aber nicht geantwortet.«

»Ich musste schummeln. Ich habe mir Hilfe im Internet geholt. Es wäre … unseriös gewesen, das zu verschweigen.«

Anne lacht. »Eine Bitte«, sagt sie.

Christian sieht sie an. Sie ist gelöst, viel gelöster, entspannter, als er gedacht hat. Vielleicht nur in diesem Moment. Trotzdem, etwas ist gut, etwas ist richtig.

»Eine Bitte, sei jetzt gerne mal unseriös«, sagt sie.

»Was?«

»Jetzt, wenn wir spielen.« Anne nimmt den Becher, legt die Würfel hinein, setzt zum Wurf an. »Sei gerne unseriös, nur heute mal, und lass mich gewinnen.«

BEN

Während der Rückfahrt stellt er sich vor, auch das Geschehene rückabzuwickeln. Kilometer für Kilometer, Minute für Minute. Am Ende wird er wieder am Anfang stehen, nichts ist passiert.

Er legt Pausen ein, von Zeit zu Zeit, auf leeren Rastplätzen. Nach knapp drei Stunden erreicht er sein Ziel.

Er sitzt im Wagen, in der Stille, betrachtet Landmanns Haus, in dem Licht brennt. Landmann ist wach. Bens Blick streift die Uhr, kurz vor Mitternacht.

Er möchte aussteigen, aber er tut es nicht. Er wird Landmann heute nicht besuchen. Es geht nicht. Denn Landmann würde ihn erkennen, im Bruchteil einer Sekunde.

Würde er das? Würde er sehen, dass Ben einen kleinen Jungen vergewaltigt hat? Neun oder zehn Jahre alt. Er wird Landmann nicht in die Augen sehen können. Der Gedanke, es zu wiederholen, es noch einmal zu erleben, ist von Scham überlagert, aber er ist schon da. Eine Ahnung, untergründig.

Er betrachtet das Haus, einige Minuten lang. Irgendwann wird er Landmann sagen, dass er richtiglag, zumindest fast richtig, einmal mehr. Weil Jana Jacobsen tatsächlich Schutz sucht und findet, wenn Josy … oder ihre anderen Beschützer … zu Hilfe kommen. Landmann hat das klug assoziiert, hat die richtigen Schlüsse gezogen … aus den grauen, kaum kenntlichen Bildern der Überwachungskameras.

Er wird Landmann eine Audio-Nachricht schicken, wird ihm sagen, dass die Ermittlung … zumindest die Mordermittlung … abgeschlossen ist.

Er startet den Wagen, fährt. Ohne einen weiteren Gedanken zu Ende zu denken. Als er zu Hause ankommt, steht, wie eine Täuschung, eine Illusion, Marlene in der Haustür. Im Nachthemd. Fröstelnd, der Sommer hat sich für einige Stunden zurückgezogen.

Ben kneift die Augen zusammen. Wartet darauf, dass sich das Bild, die Illusion, verliert. Aber das passiert nicht. Marlene steht wirklich da, auf der Schwelle zum Haus.

Er steigt aus. Sucht ihren Blick, aber es ist zu dunkel, er sieht nur ihre Silhouette.

»Marlene?«, fragt er.

»Papa«, sagt sie.

Er läuft auf sie zu. Schritt für Schritt. »Was …«

»Mama hat nichts gesagt, aber ich hatte vorhin gehört, dass du angerufen hast … weil was passiert war …«

Hat er das? Hat er angerufen? Mit Svea telefoniert? Ja, doch … am Nachmittag. Nach der Explosion. Und bevor Jana Jacobsen sich gestellt hat. Svea war gerade erst aus São Paulo zurückgekehrt. Das ist …

»Papa?«

… eine Ewigkeit her, denkt Ben.

»Mama hat gesagt, dass alles in Ordnung ist, aber ich war nicht sicher.«

Was hat er zu Svea gesagt? Am Nachmittag? Dass alles in Ordnung sei, dass sie sich keine Sorgen machen müsse, falls in den Nachrichten irgendwas über eine Explosion eines Wohnwagens im Zusammenhang mit seiner Ermittlung laufen sollte. Genau. Etwas in der Art hat er gesagt.

»Ja. Mama hat das richtig verstanden, es ist alles in Ordnung.«

Jetzt ist er bei ihr, Marlenes Augen sind Höhlen im Dunkel. Sie lächelt. Sie ist glücklich, erleichtert. Seine Lüge ist auf fruchtbaren Boden gefallen.

»Dann ist ja gut«, sagt Marlene.

Eine gute Lüge, denkt Ben.

»Dann kann ich jetzt schlafen«, sagt Marlene.

»Ja, mein Schatz«, sagt er.

MAREN

Spät am Abend sitzt Maren neben der Katze, wohl wissend, dass sie sich nicht bewegen darf, denn jede ihrer Bewegungen könnte zur Folge haben, dass sie die Katze aufschreckt. Und dann wird die Katze gehen, wird sich entfernen.

Maren möchte, dass die Katze bleibt.

Sie weint lautlos. Sie weiß nicht, warum. Ihre Gedanken streifen die Toten. Holdner. Und der Junge, Torben Strate. Er hat die Ausstrahlung eines Jungen gehabt, obwohl er vermutlich Anfang dreißig war.

Sie fragt sich, wie viele Meter näher sie dem Wohnwagen hätte sein müssen, um heute zu sterben. Zwischen ihr und

Holdner waren vermutlich etwa zwanzig Meter. Genug, um unversehrt zu bleiben. Zufall.

Die Katze zuckt zusammen. Obwohl Maren sich nicht bewegt hat, keinen Millimeter.

»Schschsch … alles ist gut«, flüstert sie.

Die Katze entspannt sich, tastet mit der Tatze den Raum ab, findet Marens Hand.

Von Herzen Dank an

Niina, Venla, Nana, Georg, Wolfgang, Felix, Esther, Caterina, Vanessa, Lisa, Lisa, Flo, Nina, Helge, Christian, Klaus, Theresa, Eva, Henry, Stephan, Bubu und Belinda.

Die Songs *girl and the moon* und *everlasting for a while,* die die Romanfigur Anne mir eingeflüstert hat, finden sich auf youtube.

Jan Costin Wagner
Sommer bei Nacht

WAS GESCHIEHT, WENN DAS
UNFASSBARE GESCHEHEN IST?

320 Seiten

Ein Kind verschwindet. Dabei hat die Mutter ihren Jungen nur für wenige Momente aus den Augen gelassen. Die Ermittler Ben Neven und Christian Sandner machen sich auf die Suche nach dem fünfjährigen Jannis. Zeugen erinnern sich, dass ein Mann mit einem Teddybären auf dem Arm das Kind während des Flohmarkts in der Grundschule angesprochen hat. Schnell wird Ben und Christian klar, dass sich die schlimmsten Befürchtungen bewahrheiten. Und nicht nur das: Es scheint einen direkten Zusammenhang mit der nie aufgeklärten Entführung eines weiteren Kindes zu geben.

»Jan Costin Wagner ist zurück. Hochaktuell. Psychologisch. Beklemmend.« 3SAT KULTURZEIT

»Ich bewundere schon lange, wie mühelos er es schafft, mich immer wieder in seine Geschichten hineinzuziehen.« BJARNE MÄDEL

Weitere Informationen finden Sie unter **rowohlt.de**